W0278022

» LA GAJA SCIENZA «

VOLUME 1230

L'ENIGMA DEI GHIACCI

Romanzo di
MAURIZIO MAGGI

LONGANESI

PROPRIETÀ LETTERARIA RISERVATA
Longanesi & C. © 2016 – Milano
Gruppo editoriale Mauri Spagnol

www.longanesi.it

ISBN 978-88-304-4331-0

Per essere informato sulle novità
del Gruppo editoriale Mauri Spagnol visita:
www.illibraio.it

L'ENIGMA DEI GHIACCI

1

Amanda

Antartide, 20 aprile

Le restavano ancora due ore di vita.

Questo dicevano gli indicatori sull'avambraccio della tuta, calcolando temperatura dell'aria, umidità interna, velocità di traspirazione. Ma era solo il parere di un software biomedico e dei minuscoli sensori integrati nelle fibre artificiali del tessuto che la proteggeva. Roba da un milione di dollari al metro quadrato, studiata per i climi estremi. Una macchina, in fondo. Che ne sapeva della vita, una macchina?

Amanda invece sentiva l'angoscia crescere piano, un movimento subdolo, partito da qualche angolo della mente. La paura la stava contagiando in silenzio, un muscolo dopo l'altro, e la rendeva flaccida e debole, un fenomeno che nessun parametro di termoregolazione poteva misurare. Abbassò la visiera del casco e il display mostrò numeri più incoraggianti.

Il plateau antartico si stendeva all'infinito davanti a lei, alle sue spalle, ai fianchi, ovunque volgesse lo sguardo. Muto, bianco come un sudario. Si trovava a milletrecento chilometri da Casey, la stazione costiera australiana da cui era partita un mese prima, e a un giorno di cammino da Vostok, la base russa, l'obiettivo per cui si era infilata in quell'avventura. Ma ora il crepaccio lì di fronte poteva comportare mezza giornata di ritardo. Il tutto mentre il tempo peggiorava più rapidamente del previsto.

« Che hai da guardare? » chiese Shannon, la sua compagna in quella sfida estrema: attraversare l'Antartide a piedi passando per il punto più freddo del pianeta. Oltre duemila chilometri, in coppia, con una sola tappa di assistenza intermedia.

« Niente » mentì Amanda.

« Ogni volta che ci fermiamo ti guardi indietro. Hai paura che qualcuno ci segua? »

« Pensiamo al crepaccio. »

« È profondo, ma non tanto ripido » disse Shannon. « Se ci leviamo gli sci, possiamo scendere. Aggirarlo ci farà perdere un sacco di tempo. »

A ogni sosta che durasse almeno cinque minuti, Shannon calcolava i chilometri mancanti. Amanda invece contava quelli alle spalle, che la separavano dal mondo civile. Per Shannon la loro marcia era una corsa verso la gloria sportiva, per lei invece non era che una fuga.

« E quelle, come ce le tiriamo dietro? » Amanda indicò le slitte. Due lunghi gusci in nanofibre di cellulosa, ciascuna con novanta chili di attrezzature e alimenti concentrati.

Shannon si guardò intorno e s'avvicinò al bordo del crepaccio, come per valutarne profondità e pendenza.

« Ok, ok. » Alzò le braccia al cielo. « Tanto hai sempre ragione tu, alla fine. »

Amanda ignorò la sfumatura polemica. La tensione dell'impresa cominciava a farsi sentire. Shannon era stata una compagna di viaggio amichevole e collaborativa, fino a quel momento. Amanda non sapeva molto di lei, a parte il curriculum sportivo d'eccellenza, motivo per cui gliel'avevano messa alle costole. Non era venuto nessuno a salutarla alla partenza, all'aeroporto militare di Darwin, in Australia. Nessun fidanzato, benché questo significasse poco o niente, a pensarci bene. Anche Amanda era partita in solitudine.

«Ad alzare le vele non ci proviamo neppure, immagino.»

«Abbiamo poco vento e dritto sul naso, Shannon. Non servirebbe a nulla.»

C'era del buono nel parlarsi meno, però. Amanda non avrebbe corso il rischio di tradirsi, visto che aveva raccontato a Shannon un mare di bugie, fin dalla partenza, quando s'era spacciata per un'atleta da imprese estreme, un'amante della natura e dei record. Due donne sole, a piedi, attraverso l'Antartide. L'avevano già fatto altre, ma non passando dal punto più freddo e inospitale del pianeta, dove le anomalie magnetiche rendevano difficile la navigazione strumentale. E non alle soglie dell'inverno australe.

«Ti muovi? Se dobbiamo fare il giro, almeno facciamolo in fretta.» Shannon indicò l'orizzonte a ovest.

Una poltiglia lattiginosa aveva sostituito la netta linea di separazione fra cielo e terra, ben visibile fino a poco prima. Più in alto, l'aria era ancora di un azzurro intenso, un colore raro, quasi artificiale con quel tono così carico, come i disegni dei bambini. Significava tormenta in arrivo, quindi aria catabatica, fredda e densa, che precipita dagli strati alti proprio per il suo peso maggiore e non trova nulla che ne ostacoli il cammino. I sastrugi, milioni di rughe disposte nella direzione dei venti prevalenti, erano lì a testimoniarlo. Increspavano la superficie ghiacciata e sembravano dire che al Polo Sud ogni calma era momentanea, una sospensione accordata dalla benevolenza della natura. Il vento aveva soffiato a oltre centocinquanta nodi, per scavare quei solchi, e prima o poi l'avrebbe rifatto. Infatti stava per succedere.

Fermarsi e montare il campo sarebbe stata la cosa più sensata, ma implicava rinunciare a una o forse due ore di marcia. Amanda tornò a guardare le tracce degli sci alle sue spalle, spingendosi con lo sguardo verso una linea d'orizzonte che a sud era ormai invisibile, confusa fra cielo e ghiaccio.

Un'assurdità pensare che l'avessero seguita fin lì, nel cuore dell'Antartide. Più facile arrestarla al rientro, semmai. Eppure preferiva proseguire, rimanere ferma la faceva sentire indifesa.

« Provo a contattare Base Vostok » disse. « Magari sanno a che velocità arriva quella roba. »

« E una volta che te lo dicono, cosa cambia? »

C'era una nota di sconforto nella voce di Shannon. Forse era solo l'amplificazione della trasmittente di prossimità che la rendeva stridula e la caricava di angoscia. Oltretutto era esperta quanto lei e sapeva bene che la velocità di avvicinamento della tempesta si traduceva in numero di ore o di minuti ancora utilizzabili prima di doversi fermare a montare la tenda-rifugio. Forse aveva davvero voglia di litigare.

Amanda la ignorò e commutò la trasmittente da polso sulla frequenza di Base Vostok. Il ponte bluetooth con il computer sistemato in una delle slitte era attivo, perciò anche il simulatore software a onde corte doveva esserlo, ma la stazione ricevente non rispondeva e l'interferometro digitale indicava cifre di un ordine di grandezza superiore ai valori attesi. Accettare quella missione era stata una violazione grave delle sue regole di vita. Aveva lasciato il Michigan per frequentare college e università al caldo della California, quindi aveva trovato lavoro a San Diego, il posto con il clima più mite degli States. Un'unica bussola aveva guidato le grandi scelte di Amanda fino a quel momento: evitare il freddo. Dal freddo non poteva arrivare altro che dolore, era una regola. Ma le serviva un'occasione di espiazione dei peccati, e infatti eccola lì.

« Allora? Vuoi parlare con Base Vostok o aspettiamo domani? »

Ora la voce di Shannon era angosciata, non c'erano dubbi. La trasmittente non c'entrava, dato che la ragazza si era alzata la visiera del casco.

« Chiudi quella visiera, Shannon » la redarguì Amanda. « Mi hai rotto le scatole mille volte con la storia che gli zigomi sono la prima cosa che congela. »

« Parla forte, non ti sento. La radio interna ha perso campo, non te ne sei accorta? »

Amanda ricontrollò l'indicatore bluetooth: il segnale era sparito. Alzò a sua volta la visiera. A tratti, il fischio del vento sui tubolari delle slitte si faceva sentire, come una maledizione mormorata da un coro di voci lontane.

« C'è troppa radiazione di fondo. »

« Siamo nell'area di anomalia magnetica più intensa del pianeta, te ne sei dimenticata? »

« Oppure sta arrivando la tempesta del secolo. »

Amanda si guardò intorno: la neve di riporto trascinata dall'aria in arrivo aveva già coperto i solchi degli sci. Stava succedendo tutto troppo in fretta, c'era qualcosa che non andava. O forse era soltanto paura, la sua? Comunque, il crepaccio era troppo ripido per essere un rifugio sicuro. Le sembrò che ci fosse un dosso, un chilometro più avanti, ma ormai non era sicura di quello che vedeva.

« Quindi? Che si fa? » chiese Shannon.

A ovest, piccole ombre grigie si agitavano, difficile stimarne la distanza. Forse erano solo mulinelli creati dal vento, ma sembravano davvero persone. Amanda controllò ancora l'anomalia geomagnetica: l'indicatore ECM sul braccio della tuta era quasi a fondo scala.

« Allora, mi rispondi? Non capisco se vuoi innervosirmi o preoccuparmi. »

« Dobbiamo muoverci. E molto in fretta. »

2

Gabriel

Parigi, 20 aprile

Fare quattro passi fra le geometrie eleganti del Jardin des Plantes era sempre una salutare boccata d'ossigeno per Gabriel Novak. Non saltava mai quel rito, se transitava per Parigi. L'arrivo all'esplanade Milne-Edwards, al termine di una prospettiva regolare di vialetti e giardini ben curati, gli trasmetteva una sensazione di ordine e di equilibrio. Camminava isolandosi dal resto del mondo, come sempre, ignorando le coppie di innamorati all'ombra degli alberi monumentali o i gruppi di joggeurs che correvano ansimando e facendosi largo fra scolaresche e mamme con i passeggini.

Spesso, quando si trovava nella folla, a Gabriel sembrava di essere l'unico a procedere nella propria direzione, mentre il resto del mondo gli veniva incontro. In prossimità del Museo di zoologia si rese conto che questa volta era diverso: non era solo una sensazione.

« Lottiamo uniti! »

Un grido carico di rabbia gli confermò quel sospetto. Un assembramento lo separava dal museo, ma non sembrava la solita ressa di turisti. Aveva piuttosto l'aria di una manifestazione politica.

Un ragazzo, testa rasata e giubbotto nero, gridava nel megafono con un tono che a Gabriel sembrò più adatto a spaventare che a fare proseliti. Altri due reggevano uno striscione: ORDINE PULIZIA RISPETTO, firmato White

Arian Rebellion. WAR, come si poteva leggere anche sulle bandiere agitate da una ventina di altri ragazzi. Tutti skin, vestiti più o meno come lo speaker.

Spaventati e confusi, erano come l'erba dei campi.

Gabriel richiamò alla mente le parole del Libro dei Re, mentre valutava la situazione per decidere il da farsi. L'uomo con cui doveva conferire l'aspettava dentro il museo e ci sarebbe rimasto solo pochi minuti, le istruzioni erano state chiare. Controllò l'orologio: non gli rimaneva molto tempo. Fu tentato di mandare tutto a monte. L'incarico che stava per ricevere aveva qualcosa di immorale: spionaggio industriale per la MOST, una multinazionale di cui Gabriel ignorava persino le attività operative. L'aveva accettato solo per spirito d'obbedienza, ma se fosse toccato a lui decidere avrebbe invece scelto un altro obiettivo: Amanda Martin, l'assassina che lui aveva giurato di punire. A volte si chiedeva con quale criterio i capi decidessero le missioni.

La chiamata del cellulare lo scosse come una premonizione. Proveniva dalla base, dagli Stati Uniti.

«Ci sono novità sull'affare MOST» disse la Voce.

Gabriel ascoltò senza interrompere. Alla fine rimase in silenzio per qualche secondo.

«Io non credo nelle coincidenze» fu tutto quello che riuscì a dire.

«Nessuno ci crede» replicò la Voce. «Non esistono coincidenze, esistono informazioni. E le nostre ci dicono che Amanda Martin è più pericolosa di quanto pensassimo. Ora sappiamo che fa parte di qualcosa di molto più grande. Qualcosa che tu devi fermare prima di concentrare la tua attenzione su quella donna.»

«È un'assassina.»

«E ti occuperai di lei, infatti, ma al momento opportuno. Lavoriamo da mesi a questo piano. La copertura come agenzia di mercenari sta funzionando e la MOST si fida di noi. Non rovinare tutto. È chiaro, Novak?»

Gabriel rimase muto a osservare una coppia di asiatici che si scattava stupidi selfie. Si spostò per evitare di comparire sullo sfondo della fotografia.

«È chiaro, Novak?» chiese ancora la Voce.

«Signorsì» rispose lui prima che dall'altra parte chiudessero la conversazione.

Le notizie appena ricevute cambiavano ogni cosa, la missione ora aveva un senso diverso. All'inizio consisteva nell'aiutare la MOST in un complotto non molto chiaro e in cambio di chissà che, solo i suoi capi lo sapevano. Adesso invece sembrava che la grande corporation avesse notizie utili alla cattura di Amanda Martin – di per sé un regalo inaspettato – e questo proprio perché la donna occupava un ruolo in quel complotto. Ciò gli avrebbe dato la possibilità di obbedire ai superiori e allo stesso tempo di fare giustizia. Tutto combaciava: se quello non era un segno del Signore, allora cosa poteva dirsi tale?

Aveva sbagliato a dubitare dei capi, come Salomone, figlio di re Davide, di cui narravano le Cronache, e se ne pentì.

Giovane e inesperto, mentre l'impresa è grandiosa, perché l'edificio non è per un uomo ma per il Signore Dio.

Ora doveva entrare nel museo a ogni costo e incontrare il suo uomo.

Valutò la situazione che aveva di fronte. La polizia aveva già isolato i dimostranti, separandoli dai turisti. Gabriel si avvicinò a un sottufficiale che sembrava il comandante di piazza. L'uomo lo fermò con un gesto della mano.

«Signore, si fermi: è pericoloso avvicinarsi.»

«Dipende per chi.» Gabriel gli mostrò il distintivo dell'FBI e il mandato Interpol. Era un vecchio documento e non lo autorizzava a investigare in Francia, ma il sottufficiale non lo lesse neppure, limitandosi a un esame superficiale dei timbri.

« Bloccare gli ingressi del museo è un'azione illegale o sbaglio? » aggiunse Gabriel, senza nascondere il tono polemico.

« Finché non vedo atti di violenza non muoverò i miei uomini. »

« Complimenti. »

« Siamo a metà stipendio da un mese. È già tanto che siamo qui. » Il sottufficiale accennò un saluto militare e tornò a confabulare con i suoi.

L'economia del mondo sembrava davvero nel panico. Ormai bastava il giudizio negativo di un'agenzia di rating per far credere alla gente che uno stato potesse fallire. L'ultimo downgrade della Francia risaliva soltanto a un mese prima, ma stava agendo più in fretta che nel passato. Gabriel si ripromise di chiedere lumi a qualcuno che ne capisse qualcosa. Ora la manifestazione era un problema più urgente.

Il luogo era insolito per una protesta, ma, a giudicare dal numero di fotografi e operatori TV che si occupavano della faccenda, sembrava una scelta vincente dal punto di vista mediatico. Di sicuro i notiziari della sera le avrebbero dato molto risalto.

« Il governo si è prostituito alla grande finanza! » Il ragazzo con il megafono si era fatto avanti, gli occhi puntati proprio su Gabriel, l'unico dei civili così vicino ai dimostranti. Lui non abbassò lo sguardo mentre l'altro si avvicinava.

« La soluzione? Via dalla Francia negri e arabi, politicanti e finanzieri ebrei » gridò ancora lo skin, il megafono a due spanne dalla faccia di Gabriel. « Che c'è? Non sei d'accordo con quello che diciamo? » lo sfidò.

« Sulla diagnosi, abbastanza d'accordo » rispose Gabriel. « Sulle terapie, un po' meno. »

« Sei uno sbirro? Parlavi con loro, cosa avevate da dirvi? Sei dell'Antiterrorismo? »

« Troppe domande per uno che vuol fare politica. Dovreste dare delle risposte voialtri, no? »

« Non hai l'accento francese. Sei straniero? » Un secondo skin si era affiancato allo speaker, le gambe larghe e le mani sui fianchi, i muscoli pettorali ben definiti sotto la T-shirt bianca.

Gabriel lo guardò negli occhi senza sfilare le mani dalle tasche. Tutta quell'aggressività non era altro che una facciata monumentale, simile a quella della Grande Galerie che aveva di fronte. Molto accademica, con le file di finestre regolari, appena nobilitate dai fregi in rilievo dei grandi naturalisti del passato. Ma quella facciata aveva uno scheletro metallico integrato nei muri che le impediva di accasciarsi sul grande vuoto centrale del museo, lungo e slanciato come una nave, che Gabriel conosceva bene. Ecco cosa la rendeva speciale, l'anima di ferro. Una caratteristica che forse quei ragazzi non possedevano.

« Sei un maledetto straniero, è così? » Altri skin si stavano avvicinando, arrotolando le bandiere sui manici da piccone che fungevano da aste.

« Devo entrare là. » Gabriel accennò al palazzo. « Non ce l'ho con voi, ma ho un appuntamento importante. »

Alzò lo sguardo per indicare l'edificio alle spalle dei manifestanti. Oltre i tetti a cupola delle torri laterali del museo, il colore morto del laminato di zinco delle coperture si confondeva con quello del cielo di Parigi. Quella manifestazione era un grosso inconveniente e lui doveva sbrigarsi.

« E come vorresti entrare, sentiamo? » lo incalzò l'altro skin.

« Una spada mi aprirà la via. » Gabriel estrasse le mani

dalle tasche. Allargò le braccia, i palmi verso l'alto. Grida e fischi lontani gli dissero che i poliziotti erano in movimento.

« Quale spada? Uno contro trenta, idiota. Tornatene a casa. »

« Dalla bocca gli esce una spada affilata » continuò Gabriel.

« Signore! Venga via! » urlò uno dei poliziotti.

Il ragazzo vicino allo speaker avanzò deciso, asta della bandiera alta sulla testa per caricare il colpo. Gabriel reagì. Rotazione del busto, evitato il fendente di pochi centimetri. Con lo stesso movimento, allungo del braccio sinistro. Il palmo della mano ben aperto colpì l'aggressore sul volto. Contatto istantaneo, setto nasale fratturato: Gabriel aveva abbastanza esperienza per capirlo. Rapida rotazione a sinistra e palmo destro in pieno sul naso dello speaker. Stesso risultato.

« Per colpire con essa le nazioni » disse Gabriel mentre arretrava e stringeva i pugni per chiudere la guardia.

Gli altri skin lo circondarono, scalciando e tirando colpi con bastoni e pugni. Qualcuno Gabriel lo parò, qualcun altro arrivò a segno, ma l'aggressione non durò che pochi secondi.

« Gli sbirri! » gridarono alcuni dei dimostranti.

Gabriel si girò per un istante a guardare i poliziotti. S'avvicinavano a piccola corsa, forse una carica di alleggerimento per riportarlo indietro. Proprio quello che non doveva succedere.

Avanzò con due rapidi passi e strappò la bandiera a uno dei manifestanti. Rotazione dell'asta dal basso verso l'alto e punta in piena laringe. Avversario in ginocchio, mani alla gola e respiro mozzato.

« Egli le governerà con scettro di ferro! »

Gabriel si fece strada nella confusione dei corpi, mulinando l'asta come una mazza.

Gli empi sbigottirono per paura di lui e tutti i malfattori furono confusi.

I poliziotti erano ormai a contatto con le teste rasate e le spingevano verso la parte centrale del palazzo. Qualcuno era sfuggito alla carica e gridava minacce cariche di rabbia, mostrando i pugni.

Ed essi, confusi e accecati, si dispersero in preda al disordine.

Sirene e stridere di freni annunciarono l'arrivo di rinforzi. Tre furgoni con il simbolo della Compagnie Républicaine de Sécurité inchiodarono al bordo della piazza; sbarcarono una quarantina di agenti. Dalla determinazione con cui si muovevano, Gabriel ipotizzò che la CRS quel mese avesse pagato gli stipendi fino all'ultimo euro. Gettò l'asta e, senza girare le spalle, avanzò a grandi passi verso l'entrata. Una mano l'agguantò per un braccio.

« Testa di cazzo! Lo sapevo che eri uno sbirro! »

Gabriel si liberò dello skin con uno strattone, gli assestò una gomitata in faccia e se lo scrollò di dosso come un indumento di troppo, continuando ad avanzare. Giunto sulla soglia si voltò.

Il piazzale era quasi sgombro, i dimostranti confinati ormai contro la facciata centrale del palazzo, le T-shirt alzate a mostrare i petti nudi. Un modo per far sapere ai giornalisti che erano disarmati, ma anche per irridere la polizia. Un cordone di CRS in assetto da guerriglia urbana, le spalle rese enormi dalle imbottiture e le celate abbassate come guerrieri antichi, fronteggiava gli skin e li spingeva sempre più indietro, mentre i colleghi delle file successive picchiavano i manganelli sugli scudi rotondi tanto forte da coprire gli insulti delle teste rasate.

Gabriel a quel punto sospettò che alla CRS gli stipendi

non li avessero pagati del tutto e che quella che vedeva fosse solo rabbia repressa. In ogni caso non erano affari suoi.

Oltre la folla di polizia e dimostranti, gli operatori TV si muovevano frenetici, alla ricerca della migliore angolazione per le riprese o di qualche dichiarazione dei presenti. Le guide stavano già alzando i cartelli dei gruppi organizzati, per radunare i turisti e continuare le visite programmate. Nella confusione della piazza nessuno sembrava badare a lui.

Gabriel strinse i pugni e chiuse gli occhi. Respirò a fondo per scaricare la tensione. Presto sarebbe arrivato anche per lui il momento di liberare la rabbia che sentiva bruciare dentro.

Egli pigerà nel tino il vino dell'ira.

«L'ira furiosa del Dio Onnipotente» mormorò. Poi si fece il segno della croce ed entrò nel museo.

3

Il crepaccio

Antartide, 20 aprile

Amanda guardò l'orizzonte, le mani sui fianchi e le gambe larghe. Anche se Shannon era una grande atleta, toccava a lei prendere le decisioni.

« Il comando è tuo » le aveva detto il capo nel loro ultimo colloquio. « Se non fossi intervenuto, saresti già in galera, Amanda. In mezzo ai ghiacci sarai al sicuro per un po', ma se fallisci questa missione non potrò salvarti il culo una seconda volta. »

In galera forse ci sarebbe finita comunque, ma non avrebbe sprecato la chance che le avevano offerto. Ogni ritardo aumentava le probabilità di fallimento, perciò non doveva mostrare indecisione. Shannon aveva lasciato trapelare troppi segni di cedimento psicologico. Erano già in ritardo sulla tabella di marcia e non potevano più perdere tempo.

« Una tempesta in questa zona è anomala, ma la sua velocità non dovrebbe superare qualche decina di nodi. Significa almeno un'ora, prima che ci investa. C'è un ridosso a meno di due chilometri. Le monteremo là, le tende. »

« Signorsì. » Shannon si mise in marcia.

Trenta minuti più tardi il vento sollevava già le prime folate di neve ghiacciata. La velocità era ancora moderata, ma stava arrivando troppo in fretta, come se l'origine del fenomeno si fosse spostata verso di loro.

« Il punto di caduta dell'aria è più vicino del dovuto.

Shannon, mi senti? » Amanda sollevò appena la visiera del casco. Dalla fessura, una lama di aria a meno cinquanta le colpì il viso.

« Quel ridosso è più basso di un marciapiede » osservò Shannon, acida. « Non ci proteggerà. »

« Sarà alto almeno due o tre metri, può fare la differenza. »

« Non ci arriveremo. »

« Andiamo avanti, possiamo ancora farcela, ma stiamo unite. »

Amanda chiuse gli auricolari passivi. Tanto, con il sibilo del vento sulle tute e soprattutto sui tubolari delle slitte, non avrebbe potuto sentire Shannon nemmeno se avesse gridato.

Altri dieci minuti e la foschia diventò tanto densa che a tratti Amanda non era sicura che la compagna fosse ancora lì con lei. Accese l'alogena del casco e vide i moschettoni dell'imbraco da sollevamento brillare sul corpo di Shannon, poco lontano. Un bagliore sinistro, dato che quell'attrezzatura era integrata nelle tute solo per facilitare un elirecupero, unica garanzia di salvezza in caso di problemi seri. Ma nessun elicottero poteva volare con quel vento.

Sentì una mano battere sulla spalla. Si fermò, il viso rivolto sottovento per sollevare la visiera del casco.

« Forse dovremmo montare le tende! » gridò Shannon.

« Ormai è troppo tardi, volerebbero via. Non abbiamo scelta. »

Shannon s'era messa a stretto contatto, la visiera alzata e le mani ai lati a fare da schermo. Amanda poteva quasi sentire la punta del naso della compagna strofinarsi sul suo. In quel gesto c'era qualcosa di più che un espediente per comunicare meglio nel fischiare del vento o per limitare la perdita di calore dall'apertura del casco.

« Ce la faremo » le urlò Amanda prima di riabbassare la visiera.

« Ce la faremo » rispose Shannon, con un'altra pacca sulla spalla. Un gesto per dire che avrebbe potuto contare su di lei.

Il vento aumentò ancora d'intensità. Sotto le raffiche più violente, era necessario piegarsi in avanti quasi a quarantacinque gradi per riuscire ad avanzare: non avrebbero fatto molta strada in quel modo. A un certo punto, Amanda ebbe l'impressione di scorgere quel maledetto dosso, ma, quando strinse gli occhi per metterlo a fuoco meglio, lo perse di vista. Il battito era salito, l'indicatore era al limite della banda rossa di allarme. Fra una raffica e l'altra la nuvola di nevischio si diradava abbastanza da offrire allo sguardo squarci della superficie tormentata del plateau. Amanda aveva sottovalutato la rapidità d'arrivo della tormenta. Un'anomalia, quel vento così forte in quella zona, ma ripeterselo non serviva a niente. L'avevano avvertita del possibile arrivo della « Tempesta Perfetta ». La somma casuale di fenomeni concomitanti in grado di produrre un evento catastrofico unico. Avrebbe interessato buona parte del pianeta, e forse quelle erano le prime avvisaglie. Oppure si trattava solo di segni marginali e l'epicentro era altrove, non aveva notizie dal mondo da un bel pezzo.

Shannon allungò un braccio a indicare qualcosa nel bianco indistinto che le circondava. Le fece segno di avvicinare il casco.

« C'è qualcosa! » disse.

« Cosa? »

« Qualcosa, ho detto! Ho visto qualcosa! »

« Non è possibile, siamo ancora lontane da Base Vostok. » Amanda attivò il filtro a bande cromatiche del visore, ma non distinse nulla nel ribollire bianco che a ogni raffica si alzava dal terreno. « Forse è un campo remoto! »

Spesso i ricercatori allestivano piccoli accampamenti lontano dalla base, per effettuare test che duravano più di un giorno. Incontrarne uno sarebbe stata una fortuna.

Shannon scosse la testa. Chiuse la visiera e ripartì, il busto proteso in avanti, mulinando le braccia come se volesse nuotare nella neve polverizzata.

Amanda strinse i denti per starle dietro. Faticò per rimanere attaccata alla compagna. Perse il contatto, ma spinse ancora. Le sembrò di vederla, ma si sbagliava. Si fermò per un istante, cercandola. Guardarsi attorno, in quel bianco privo di punti di riferimento, dava un senso di perdita di equilibrio e peggiorava solo le cose.

Quando avvistò il retro della slitta di Shannon si sentì rivivere, ma la sensazione durò solo per qualche secondo. La compagna non c'era e accanto ai tubolari da rimorchio abbandonati si apriva un crepaccio.

Amanda s'avvicinò con cautela, senza staccarsi dall'imbrago. Era quasi impossibile cadere nella voragine, restando ancorati a quei novanta chili di zavorra. Perché Shannon se n'era liberata, come poteva essere stata tanto incauta?

« Shannon! » gridò, più che altro per darsi forza.

Controllò meglio: la profondità del crepaccio non superava i due metri e sul fondo non c'era nessuno. Forse il cedimento psichico della compagna aveva superato una soglia critica. O forse s'era semplicemente liberata del carico per aggirare più velocemente l'ostacolo. Ma Amanda non voleva fare altrettanto e preferì proseguire trascinando la slitta.

Le sembrò di sentire una voce provenire dagli auricolari. La radio aveva ripreso a funzionare, o forse erano solo scariche statiche.

« Shannon! » gridò ancora. Amanda s'era mantenuta in rotta, dopo avere aggirato il crepaccio, o aveva deviato a destra? Non ne era sicura e nemmeno riusciva a stimare quanta strada avesse fatto. La bussola era inservibile e se si fosse allontanata troppo avrebbe rischiato di non ritrovare la slitta abbandonata, ma perdere Shannon nella tormenta sarebbe stato anche peggio. Fu quasi sul punto di mollare il carico a sua volta. Sull'avambraccio, il cardiofrequenzimetro era in piena banda rossa. Ancora qualche decina di metri e avrebbero potuto dire addio alla slitta di Shannon.

Amanda non sentiva più dolore, né alle ginocchia né altrove. L'adrenalina aveva cancellato tutto, almeno per il momento.

La radio tornò a farsi sentire per qualche istante con un rumore rauco e intermittente, come i colpi di tosse di un malato che non riesce a parlare. Ma oltre il rumore di fondo questa volta c'era una voce: era Shannon.

«... non... neanche idea di quello che vedo!» gridava.

C'erano eccitazione e paura nel tono di quelle parole e Amanda chiamò a raccolta ogni residuo di energia per forzare il passo. I muscoli le facevano un male insopportabile ora, e l'imbrago la stringeva in vita e sulle spalle, come una mano che cercasse di trascinarla indietro.

Quando intravide Shannon, lei era qualche metro avanti, fra i turbini di ghiaccio nebulizzato, serpenti che si contorcevano frenetici sul fondo bianco del plateau. Era inginocchiata a terra, le braccia larghe come di fronte a una visione.

Amanda accelerò ancora per raggiungerla, sentì il respiro farsi affannoso, non aveva bisogno di guardare gli strumenti per capire di essere vicina al crollo. Poi anche lei vide ciò che si parava davanti a loro e si lasciò cadere sulle ginocchia.

Era un enorme trattore. Rosso fiammante, sei ruote con catene a spatola, semisommerse nella morsa bianca del terreno. Abbandonato, gli sportelli e i vetri chiusi, anche se l'interno dell'abitacolo era in gran parte occupato dalla neve, forse infiltratasi negli anni da qualche piccola fessura. Dalle linee squadrate della carrozzeria e dal simbolo della falce e martello sulla fiancata sembrava un veicolo di almeno trent'anni prima. Capitava spesso che li abbandonassero, se finivano in panne lontano dalle basi. Le avevano fornito una mappa dei relitti conosciuti, ma quello non figurava.

Shannon si rialzò e aprì lo sportello sottovento. Quando Amanda fece altrettanto con l'altro, la corrente spazzò l'abitacolo in pochi secondi, liberandolo dalla neve. Con le forze residue trascinarono all'interno la slitta rimasta. Senza il fischio del vento sui caschi, sembrava un mondo di pace.

« Rischiavo di perdere di vista il trattore se non mollavo subito la slitta » si giustificò Shannon.

« Hai fatto bene » disse Amanda. « Quando la tempesta sarà passata la troveremo, se la neve non l'avrà seppellita. »

Accesero la piccola stufa a paraffina per scongelare l'acqua e, dopo aver mangiato un pasto autoriscaldante, s'infilarono nei sacchi a pelo, distese come potevano, una appiccicata all'altra sui sedili anteriori del veicolo. Shannon chiuse gli occhi e abbracciò Amanda. Un gesto infantile, che lei imitò con un sorriso.

« Se rimanessimo sole al mondo, mi sposeresti? » disse Shannon, ma poi senza attendere la reazione della compagna sprofondò nel sonno.

« Per quanto mi riguarda, sono già sola al mondo » mormorò Amanda.

Chiuse l'apertura del sacco a pelo di Shannon – lasciare il viso scoperto a quelle temperature l'avrebbe costretta a un rapido risveglio per il dolore al naso – e si rannicchiò al suo fianco, preparandosi per l'ennesima notte di solitudine.

Coperte ben rimboccate per difendersi dal freddo, ma forse non solo da quello. Mille cose da dire e nessuno con cui parlarne. Quante delle sue giornate finivano così, già prima di quella fuga, già ai tempi del college o dell'università?

Sempre sola, ma forse era colpa sua. Forse era per come si vestiva. Taglie oversize e capi militari, roba poco femminile che sembrava fatta apposta per dissimulare un corpo malfatto, come le rimproverava sua madre, mentre lei era tutto il contrario. O forse era per come si pettinava: capelli corti e frangia, altro ricorrente argomento di discussione familiare. Anche l'ultima volta che si erano parlate, nella loro casa nel Michigan, quaranta giorni prima.

« Il taglio corto rimpicciolisce il viso e tu non ne hai bisogno, amore. Sei così ben fatta. Sei il mio orgoglio, Amanda. »

Suo padre non aveva commentato, invece, e l'aveva guardata con quel mezzo sorriso che voleva dire: sono d'accordo con te, figlia mia, ma non mi va di litigare.

« La cosa più bella che ho fatto nella vita » aveva aggiunto sua madre.

Erano state le sue ultime parole.

« La frangia mette in risalto gli occhi grandi come i miei, mamma » avrebbe voluto risponderle Amanda, ma sul momento non le era venuto in mente.

Non ci sarebbe stata una seconda occasione per farlo. Neppure per incoraggiare suo padre a dire quello che pensava. Dieci secondi più tardi, infatti, Amanda li aveva uccisi entrambi.

4

Mikhail

Antartide, Base Vostok, 20 aprile

Mikhail Rebko aveva sempre sognato di sposare un'americana, con capelli scuri e pelle abbronzata, diversa dalle russe. Ricca o povera, purché amasse la scienza. Meglio ancora se ricercatrice come lui.

Non gli serviva una schiava domestica confinata fra fornelli e lavatrice, avrebbe potuto sposare una dell'Azerbaijan o di un'altra repubblica islamica, altrimenti. No: ci voleva un'americana. Da giovane era arrivato persino a chiedersi dove avrebbero potuto vivere dopo il matrimonio, se nella sua madrepatria o negli States. Faceva piani, all'epoca, studiava inglese, ascoltava canzoni americane, raccoglieva informazioni, teneva contatti con altri ricercatori occidentali, gli sembravano cose realizzabili. Ma negli ultimi trent'anni e passa, da quando era iniziato il confino de facto a Base Vostok, quelle erano rimaste solo fantasie per ammazzare il tempo.

Era nel posto più freddo del pianeta, meno 89,2°, nel 1983, quando era arrivato lui, e addirittura meno 90 e rotti nel 2003, ma la seconda misurazione non era omologata. L'aveva ripetuto decine di volte ai visitatori stranieri, Mikhail. Con una certa enfasi all'inizio, quasi fosse un merito del suo paese, e poi sempre più svogliato, come una vecchia guida turistica che non vede l'ora di andare in pensione.

Il trillo del telefono interno lo richiamò alla realtà.

« Ehi, Mikhail, ti sei addormentato? » La voce impastata e irriconoscibile di un compagno dell'Unità di Foratura 57 non riusciva a nascondere l'impazienza di chi aspetta il cambio a fine turno. « Dovresti essere qui da cinque minuti. »

« Sto uscendo. »

Mikhail diede un ultimo sguardo agli strumenti: temperatura a meno quarantuno, velocità dell'aria al suolo quindici nodi. Strinse con cura le guarnizioni della tuta antivento, si calò gli occhiali a maschera e uscì dalla baracca dormitorio.

Il tempo dei grandi sogni era finito, doveva rilevare i colleghi per il turno di lavoro alla trivella, adesso, e i desideri si spingevano al massimo fino al prossimo viaggio premio a Base Mirny, sulla costa antartica, dove almeno c'erano Internet stabile e una cucina decente. E, un paio di volte l'anno, una botta di vita nel mondo esterno. Venti ore sul cargo del personale smontante, odore di cuoio bagnato e un brontolio di fondo al quale ci s'abitua solo quando ormai è tempo di scendere. Atterraggio al Pushkin di Leningrado, anzi San Pietroburgo ormai, una settimana scarsa di permanenza e poi il ritorno insieme ai nuovi arrivati. Del resto in galera se la sognavano una vita così, soprattutto tutti quegli anni prima, quando Mikhail aveva dovuto fare la sua scelta. E fra il carcere duro in Siberia e il lavoro a Vostok, aveva scelto l'Antartide. Unica soddisfazione: vedere due segretari generali del PCUS morire di « raffreddore », almeno a sentire le note ufficiali di Mosca.

« Il freddo ha ucciso voi, bastardi. Io sono ancora qui. »

Dieci anni più tardi, con il crollo di un regime e l'instaurazione di un altro, Mikhail aveva avuto una seconda occasione.

« Le cose sono cambiate e il paese ti riconosce come figlio, Mikhail Rebko » gli avevano scritto. Lettera ufficiale, mille timbri e nessuna sostanza. Era cambiato il governo, ma non lo stile. Mikhail aveva provato a tornare, ma era stato lui questa volta a non riconoscere la Madre Russia. Qualche mese di soggiorno fra borsa nera legalizzata, docenti che per lui erano un mito ridotti a fare i tassisti e delinquenti da strada riveriti come statisti, ed era tornato in Antartide da professionista.

Ma il sogno di una nuova vita altrove, in America, in Francia o, perché no, in Australia, non era mai morto. Mikhail aveva messo da parte abbastanza soldi per provarci ed era stata solo la sua curiosità da scienziato a spingerlo a rimandare la partenza, anno dopo anno, e a sopportare le privazioni della vita antartica. Nelle brevi licenze in Russia, la donna giusta non l'aveva mai trovata, mentre l'obiettivo per cui era stata costruita la base era vicino, ormai: sarebbe stata un'assurdità rinunciare proprio ora. Gli sarebbe sembrata una sconfitta bruciante, come dire che aveva sprecato trent'anni di vita solo per tirare su quattro soldi, lasciando agli altri la gloria delle scoperte promesse dal lago Vostok.

A metà strada fra la baracca-dormitorio e la torre di trivellazione, Mikhail si fermò. La linea di separazione fra cielo e ghiaccio era ben visibile, la tempesta stava solo sfiorando la base, ma laggiù all'orizzonte soffiava a sessanta nodi. Chissà come stavano affrontando l'emergenza le due americane? Avrebbero dovuto essere già lì, secondo le previsioni, ma era ovvio che con quel clima imprevisto si fossero fermate.

Shannon McCain e Amanda Martin. La prima era australiana, a dire il vero. Nei rari momenti di copertura Internet, Mikhail aveva trovato molto su di lei. Grande sciatrice, tanti record alle spalle a soli ventidue anni. Purtroppo era bionda e con la pelle chiara, sembrava quasi russa. Le immagini la ritraevano pressoché sempre con il byos, la nuova tuta antartica che gli americani stavano sperimentando nei freddi estremi, in vista dell'uso operativo su Marte. Considerando le condizioni climatiche, dovevano averla testata per bene.

Sulla Martin aveva trovato ben poco invece. Sapeva come si chiamasse perché lo aveva detto Radio Mirny. La scheda stampa della NASA, lo sponsor dell'impresa, forniva solo nome di battesimo ed età, ventinove anni. La definiva un'esperta velista, ma sembrava quasi che volessero mantenere un basso profilo. L'unica foto che lui aveva recuperato in rete, che la ritraeva durante una gara sportiva di vari anni prima, la mostrava al timone di una piccola barca monoposto, in una regata universitaria che poi aveva vinto. Le braccia nude mostravano muscoli tesi e forti mentre stringeva la barra e guardava avanti, con uno sguardo determinato che si percepiva nonostante la bassa definizione dell'immagine. La pelle abbronzata e gli occhi, neri come i capelli, che una bandana colorata faticava a trattenere, la facevano sembrare un'ispanica o addirittura una squaw.

Mikhail riprese il cammino, le braccia strette al corpo per offrire meno superficie possibile all'aria gelida. Di fronte all'ingresso della torre di trivellazione G-5 si fermò. Il sole era basso ma faceva brillare ogni cosa di un bianco accecante. L'ombra del suo corpo si proiettava sul terreno ghiacciato, stretta, a dispetto delle dimensioni del parka, e lunga, come volesse fuggire.

Sul fianco della costruzione spiccavano ancora le scritte originali: pozzo G-5, Vostok, URSS. Nessuno s'era mai preoccupato di correggerle. Oltre il piccolo vano antivento dell'ingresso, l'aria era di pochi gradi sotto lo zero. Con l'umidità al 20 per cento, condizione indispensabile per la buona conservazione dei sedimenti, la sensazione era di sollievo.

« Alla buon'ora, Mikhail. Ci sono cinque metri di carota da sistemare. » Il capo del turno smontante accennò al tavolo di legno, ingombro di « carote », i cilindri di ghiaccio estratti a grande profondità. Gli altri due uomini stavano completando la vestizione per affrontare il breve viaggio di rientro all'insediamento.

« Accidenti, cinque metri in un turno solo. Avete trovato cristalli più piccoli per scendere così in fretta? »

« Tutti da campionare e classificare » aggiunse il capo, ignorando la domanda.

I glaciologi dell'unità di foratura erano diventati molto riservati sui risultati del lavoro, Mikhail l'aveva notato da un pezzo. Era una lotta contro il tempo per raggiungere il lago Vostok. Il più grande corpo idrico sotterraneo del Polo Sud, esteso come la metà del Belgio, vecchio di milioni di anni, coperto da uno strato di ghiaccio di quasi quattromila metri di spessore. Arrivarci era un evento paragonabile allo sbarco su un pianeta alieno, dal punto di vista scientifico. La Russia aveva già annunciato due volte il successo, ma dopo i falsi allarmi del 2012 adesso erano davvero a qualche metro. Il « Contatto », come lo chiamavano tutti. A meno di due settimane dall'inizio della notte invernale, la tensione fra il personale del Vostok Komanda, venticinque fra uomini e donne, era comprensibile. Un ritardo di pochi giorni poteva comportare un rinvio al novembre successivo.

« Notizie da Mirny? » chiese uno dei trivellatori.

« Negativo. » Mikhail allargò le braccia. « Con il vento degli ultimi giorni non potevano rifornirci neanche con i lanci. »

« Vento a sessanta nodi in questa stagione. » Il capoturno scosse la testa.

Uscirono tutti e tre.

« Non è normale. »

Fu l'ultimo commento che Mikhail sentì, prima che la porta si chiudesse, lasciandolo solo.

5

Il Senatore

Parigi, 20 aprile

Gabriel entrò nel museo e, oltrepassate le biglietterie, salì al ballatoio superiore, come da istruzioni. Gli bastò uno sguardo attorno per individuare il Senatore, il dirigente della MOST che doveva incontrare. Cappotto di alta sartoria italiana, taglio impeccabile, tessuto di lana pregiata che comunicava morbidezza anche senza toccarla. Il museo era ancora semideserto, ma Gabriel avrebbe notato l'uomo che cercava anche in mezzo alla folla, vestito così. Tanta segretezza e poi si tradivano con abiti che una persona comune non avrebbe mai potuto permettersi. Lui invece, giubbotto e pantaloni qualsiasi, scarpe qualsiasi, aveva studiato ogni dettaglio per essere anonimo. Non fosse stato per la piccola rissa imprevista, giù all'ingresso, era certo di essere passato quasi inosservato. Era invisibile, proprio come i pochi visitatori che si muovevano fra le teche. Donne e uomini grigi, da soli o in coppia, voci basse, movimenti lenti, nulla che li facesse notare, quasi dei fantasmi. Dovevano essere tutti agenti della scorta, professionisti come lui. Forse c'era anche qualche cecchino che lo stava osservando, oltre i vetri spessi dei lucernari monumentali che ornavano il soffitto della grande navata. Dirigenti importanti come quello che stava per incontrare non si muovevano mai senza protezione, e la MOST aveva gli stessi mezzi di una grande nazione. Gabriel era sicuro che l'avessero già riconosciuto dalle fotografie. Non l'avrebbero lasciato avvicinare a quell'uomo, altrimenti.

Il Senatore stava leggendo un pannello sull'evoluzione dei virus e sulle conseguenze delle epidemie del XX secolo.

« Senatore, buongiorno » mormorò Gabriel, avvicinandosi e fingendo di leggere. « La trovo immerso in argomenti inquietanti. »

« Lei dice? » L'uomo lo squadrò per un istante, prima di continuare la lettura. « Il contagio non è sempre una sciagura. Può favorire il prevalere di specie nuove. »

« Più forti. »

« Più adatte » lo corresse il Senatore. « La forza non c'entra. Lei ragiona proprio come un americano. »

« Lo siamo entrambi, no? E poi è normale, noi americani siamo il paese più forte del mondo. »

« Abbiamo più potenza industriale e più missili di chiunque altro, più portaerei del resto del mondo messo insieme. Questo sì. Ma nel caos di oggi, chi è più adatto a garantire l'ordine mondiale? La Cina o l'America? »

« So fare il poliziotto, non conosco la politica internazionale. È lei quello che siede nel Senato di Washington. »

« Se l'immagina un attacco di hacker per mettere in crisi il sistema informatico unificato della difesa cinese? » proseguì l'altro, quasi non l'avesse nemmeno udito.

« Non sapevo neanche che ne avessero uno. »

« Infatti, ne hanno almeno una cinquantina e metà delle loro forze armate comunica ancora con fax e telefonate. Nessun hacker li può mettere in ginocchio. »

Il Senatore si spostò al pannello successivo e Gabriel lo seguì.

« Ma non è di questo che dobbiamo parlare. È in ritardo di cinque minuti, signor Novak. »

« Disordini all'ingresso. Gruppi di estrema destra protestavano per la crisi. Sono tempi difficili, a volte bisogna lottare. »

« Sono tempi nuovi e bisogna adattarsi. »

Bisogna adattarsi. Era quello che a Gabriel avevano detto subito dopo la morte del padre, quando era ancora un cittadino sovietico. Ma era solo un modo per ricordargli che lui e la madre erano estoni, quindi gli unici non russi nel villaggio, e che dovevano andarsene. Due giorni più tardi avevano venduto per un pugno di mosche tutto ciò che possedevano, per trasferirsi a Leningrado. Stipati come carne in scatola sul retro di un furgone, nell'odore di muffa e di marcio. Ai primi spiragli concessi dalla Perestroika, l'aiuto di un gruppo cristiano del Michigan aveva aperto le porte degli Stati Uniti per loro, e si erano trasferiti. Quando, l'anno seguente, sua madre era morta, lui si era ritrovato orfano a sette anni, senza un soldo e squassato da una rabbia che gli ribolliva dentro come un mare in tempesta. No, il Senatore sbagliava. L'adattamento è la strategia dei deboli, Gabriel non si sarebbe mai adattato.

« Questo è il dossier relativo alla missione. » Il Senatore gli passò una cartellina.

Gabriel sfogliò i documenti finché trovò l'unica cosa che lo interessava. Era la fotografia di una donna. Giovane, viso ovale e pulito. Una frangetta corta e un po' disordinata suggeriva che non fosse maniaca della cura dell'immagine. O forse era tanto sicura della propria bellezza da non curarsi dei capelli spettinati o del trucco.

« Bella ragazza. Ma è solo un piccolo tassello della missione » commentò il Senatore mentre Gabriel esaminava il documento.

« Non si lasci ingannare dall'aspetto. È un'assassina. Sembra che a nessuno interessi arrestarla, ma io andrei in capo al mondo per prenderla. »

« Dovrà andare in capo al mondo, infatti. Ma spero che

lo farà per i soldi che le diamo e non per un illusorio senso di giustizia, Novak. Se la politica mi ha insegnato qualcosa negli ultimi vent'anni, è diffidare degli idealisti.»

Gabriel ignorò quelle parole e sfogliò gli altri documenti.

Amanda Martin, ventinove anni, nativa di Ada, Michigan: nulla di nuovo, salvo la posizione attuale della donna. Gabriel lesse quell'informazione due volte, per essere certo di non sbagliarsi.

«Antartide?»

«Sorprendente, vero?»

«Qualcuno ha fatto pulizia dei suoi dati su Internet e su molti archivi pubblici. Posso chiedere come l'avete trovata?»

«Sorvegliamo ogni territorio in cui svolgiamo affari, e l'Antartide è uno di questi. Base Vostok in particolare» disse il Senatore con un sorriso compiaciuto. «Non ci vanno molte persone in questo periodo dell'anno.»

Il dossier proseguiva con articoli di giornale sulle imprese sportive di una certa Shannon McCain, di Cairns, Australia.

«È la ragazza che accompagna la Martin» disse il Senatore. «Non risulta che sia coinvolta. È quasi certo che non sappia nulla dei rischi che corre. Ovviamente non sa degli omicidi, i giornali non ne hanno quasi parlato.»

«Già. Un fatto insolito per una che ha ucciso padre e madre, non trova? Sembra che le autorità americane non siano ansiose di riportarla in patria. Forse qualche agenzia addirittura la protegge.»

«È proprio questo che ci ha insospettiti, ed è il motivo per cui nel dossier trova informazioni sulla dottoressa Martin. Ma quella donna non è così importante. La missione per cui intendiamo ingaggiare lei, invece, lo è.»

«Non è importante fermare un'assassina?»

«In Antartide?»

« Ovunque sia. »

« Si guardi attorno. Il mondo sta per cambiare in modo radicale, una trasformazione che la gente comune neanche s'immagina. »

« Anche nel mezzo dell'Apocalisse riterrei giusto punire un assassino. »

Gabriel lesse altri particolari sul duplice omicidio, tutte cose che già sapeva, ma rileggerle lo fece infuriare. Come poteva avere commesso un crimine simile, uccidere chi l'aveva generata? Strinse le mani sui fogli e una rabbia interiore lo bruciò, tanto forte che s'immaginò di vedere la cartellina andare a fuoco.

« Tutto bene, signor Novak? Non distrugga quei documenti. Non ancora. »

Sì, Gabriel avrebbe trovato quella donna a costo d'inseguirla in cima al mondo, nel posto più freddo del pianeta, ovunque fosse stato necessario. Ma ora doveva mantenersi lucido.

« Legga il resto » lo esortò il Senatore.

La cartellina conteneva elenchi di organici militari, di armi e dispositivi bellici. C'erano compiti e ruoli, descrizione del terreno: sembrava un *operation order* da comando squadra. A Gabriel parve di essere tornato ai tempi dell'esercito.

« Il grosso del lavoro si svolgerà in Antartide, vedo. »

« Dove assumerà il comando di una squadra di contractor che si trova già sul posto: combattenti, ma anche cyber engineer per tenere d'occhio i russi, dato che non mi fido di loro. Spyware e roba simile infiltrati nei sistemi di comunicazione di Base Vostok ci diranno se stanno rispettando i patti con la MOST. »

« Se non lo fanno? »

« Gli ricorderemo chi paga le loro costose ricerche antartiche. »

« Se non bastasse? »

« Ci aspettiamo che lei li faccia ragionare con altri mezzi. La Security company che ci ha fatto il suo nome dice che lei è un ottimo leader, sul campo. È stato nei ranger, e parla russo, giusto? »

« È la mia lingua madre, ma sono cittadino americano dal 1993. Ho servito due anni in Afghanistan. »

« Avrà imparato a guardarsi le spalle, allora. Le servirà anche fra i ghiacci. » Il Senatore si guardò intorno. « Girano notizie di movimenti militari non identificati sotto il parallelo 78, non lontano da Base Vostok. Mosca ha negato ogni responsabilità. Washington ha chiesto a noi, alla MOST intendo, se ne sapessimo qualcosa. »

« Posso sapere come avete risposto? »

« Abbiamo chiesto se disponessero di prove, anche solo testimonianze oculari, ma non ne avevano e l'allarme è rientrato. »

« Un passo falso e potremmo ritrovarci contro sia Washington sia Mosca, se capisco bene. »

« C'è un solo rimedio a questo, signor Novak: non faccia passi falsi. » L'uomo squadrò Gabriel, irrigidendo la mandibola. « La MOST non lavora per singoli governi e nemmeno lei, dato che la paghiamo noi. Siamo più importanti di Washington e di Mosca. Adesso siamo noi i suoi santi in paradiso, signor Novak, veda di non deluderci. »

« E Amanda Martin? »

Il Senatore si appoggiò al parapetto del ballatoio perimetrale, le braccia conserte. Gabriel cercò d'immaginarlo mentre giurava di difendere la Costituzione degli Stati Uniti d'America contro tutti i nemici, interni o esterni, come ogni senatore faceva al momento dell'insediamento. Quell'uomo parlava di Washington come se fosse una qualsiasi azienda concorrente e non la capitale del suo paese.

« Secondo il suo curriculum lei è un cacciatore spietato »

disse il Senatore. « Quando inquadra una preda, non vuole mollarla, eh? »

Gabriel non rispose, mentre teneva d'occhio due visitatori che fingevano di osservare lo scheletro di un macrorettile, sul piano inferiore, oltre le linee curve e i motivi floreali Art Nouveau della ringhiera. Gli sembrò d'indovinare il gonfiore delle pistole sotto i loro giubbotti da grande magazzino.

« Se è così e se ci tiene tanto, regoli i conti con quella donna, signor Novak. Ma nessun danno collaterale: mi riferisco alla ragazza che l'accompagna, l'australiana. Non voglio una scia di sangue che attiri l'attenzione su di noi. E soprattutto, non dimentichi la missione prioritaria: garantire alla MOST l'accesso al Vostok. La prima cosa è recuperare l'Hydrobot e scortarlo fino in Antartide. Quel drone ci è costato come una sonda marziana, è un tassello cruciale per il progetto. Senza, non possiamo esplorare il lago. Al momento si trova in Italia e lei deve occuparsene. »

« Devo aspettarmi dei problemi? »

« Ha seguito le notizie sulla crisi economica? »

« Solo in parte. »

« Se non se n'è ancora reso conto, siamo alla vigilia del caos. Non sarà la fine dell'euro, forse, ma le difficoltà a pagare i salari dei dipendenti pubblici, a tutti i livelli, ha complicato qualsiasi cosa. E la situazione in Italia è incandescente, anche peggio che in Francia. L'Hydrobot è bloccato da una serie di disordini pubblici, e le autorità italiane non sono in grado di garantirne la sicurezza. Troverà tutti i dettagli nel dossier, ma... »

« Cosa vi aspettate da me? »

« Che faccia il suo lavoro. Ciò per cui l'abbiamo assunta. La consegna dell'Hydrobot è a rischio, e per garantirla lei dovrà improvvisare: collaborare con le autorità, certo, ma se occorre dovrà anche compiere azioni illegali e senza coinvolgere il nome della MOST. Non sarebbe la prima volta che usa metodi non ortodossi, giusto? L'FBI non la sta forse indagando per uso eccessivo della forza e possesso di documenti falsi? »

Gabriel non rispose.

« È stata una fortuna che l'abbiano sospesa per qualche mese » continuò il Senatore. « Lei è l'uomo perfetto per noi, adesso. Mi dica una cosa: ammesso che l'assolvano, intende rientrare al Bureau dopo questa operazione? »

« No. »

« E mi hanno detto che ha bisogno di soldi. »

« Sì » mentì Gabriel.

« Bene, li avrà. Dall'Italia s'imbarcherà per Città del Capo, dove troverà il contatto per l'ultimo volo verso l'Antartide. È tutto lì dentro. » Il Senatore indicò la cartellina e si avvicinò agli ascensori. La conversazione era finita.

« Solo un consiglio, agente Novak » disse ancora il Senatore prima di entrare nel cubicolo in plexiglass che l'avrebbe condotto al piano inferiore. « Forse non siamo gli unici ad avere uomini armati, laggiù. Se davvero vuole catturare quella donna, lo faccia in fretta, prima che qualcun altro la prenda al posto suo. »

6

Ultimo caffè

Circa cinque settimane prima, Upper Peninsula, Michigan

Secondo un servizio di MyTV sulle industrie che resistevano alla crisi, il fatturato delle imprese farmaceutiche aveva superato i trecentocinquanta miliardi di dollari. Più del PIL della Danimarca.

« Danimarca? »

« È in Groenlandia, idiota. Una provincia del Canada. »

Quattro ragazzi, gli unici clienti del locale, s'erano seduti proprio al tavolo di fianco a quello di Amanda. Camicie di flanella fuori dai pantaloni e birra stretta nella destra, nonostante fossero le otto del mattino. Chiassosi e ignoranti, commentavano ogni frase in un crescendo di volgarità, nel tentativo di farsi notare da lei. Più che al servizio televisivo, sembravano interessati a sbirciarle la scollatura. Potevano avere sui diciannove o vent'anni, dieci meno di lei, e forse solo quella differenza d'età li aveva trattenuti dall'importunarla, almeno fino a quel momento.

Pessima idea, mettersi quella maglietta, ma dopo notti passate in auto, imbacuccata come un eschimese, era piacevole starsene con vestiti leggeri in un ambiente caldo. E poi ad Amanda non era rimasto altro di pulito e, se proprio dovevano arrestarla, non voleva che la prendessero conciata da stracciona, i capelli unti e i vestiti intrisi di sudore.

« Veramente la Danimarca è in Europa » disse il ragazzino che era alla cassa fino a poco prima e adesso s'era avvicinato per portarle il caffè. Aveva qualche anno meno degli altri e tutta l'aria di essere l'unico ad andare a scuola, ogni tanto.

«Veramente la Danimarca è in Europa» ripeté uno dei quattro più grandi, la voce in falsetto. Sotto la camicia aperta ostentava la maglia bianca, rossa e blu dei North Stars, una delle squadre di hockey su ghiaccio più popolari nella zona, e aveva tutta l'aria del capobranco. Gli altri infatti risero al suo commento come se fosse una gran battuta.

«Te la sei tagliata da solo quella frangetta, Lucas?» chiese un altro.

«Sembri una femmina con quei capelli» disse ancora quello con la maglia dei North Stars. S'era tolto la camicia di flanella a quadri e s'era arrotolato le maniche della T-shirt come se si preparasse a fare a botte. Forse l'aveva fatto solo per mettere in mostra i muscoli. Sul bicipite destro aveva il tatuaggio di un'aquila stilizzata. Sotto c'era anche scritto EAGLE, casomai qualcuno non avesse capito. Doveva essere il suo soprannome.

Il ragazzo del bar, Lucas, finì di versarle il caffè senza ribattere e tornò alla cassa.

Amanda aveva scelto quel tavolo perché era di fronte all'unica finestra del locale, abbastanza grande da permetterle di dominare il parcheggio, e da lì, grazie allo schermo spento del televisore, poteva controllare l'ingresso senza voltarsi. Ma poi uno di loro l'aveva acceso con la scusa che stavano per trasmettere il meteo e addio riflesso.

Avrebbe potuto mandarli al diavolo. Erano ben piantati e anche aggressivi, ma non le facevano paura. Le sarebbe bastato allungare una mano nello zainetto e afferrare la pistola per mettere le cose in chiaro. Una parte di lei voleva farlo, le dava fastidio che la guardassero in quel modo, che dicessero tutte quelle volgarità, che se la prendessero con uno più piccolo. Un'altra le suggeriva di non farsi notare: era pur sempre una donna in fuga, che la polizia inseguiva con un'accusa di duplice omicidio.

Fuori sembrava tutto tranquillo, però. Lo Huron Bay Trade Post, la bassa e lunga costruzione con negozio e ristorante nella quale Amanda si era rifugiata e che a dar retta al cartello sul ciglio della strada era in attività dal 1978, sembrava intento a stropicciarsi gli occhi e a chiedersi se davvero doveva svegliarsi. Le pareti in acero pitturate del tradizionale rosso Falun lo facevano sembrare uno dei tanti cottage di pescatori, non fosse stato per le due pompe, benzina e diesel, attorno alle quali armeggiava in quel momento un'inoffensiva coppia di anziani.

Amanda s'era fermata per l'ultimo rifornimento e quel posto le aveva ricordato i fine settimana con i genitori, quando era ancora troppo piccola per starsene da sola ma già abbastanza grande da averne una voglia dannata. A ottanta chilometri da lì, sulla sponda meridionale del Lago Superiore, c'era il cottage delle vacanze, il posto dove lei era diretta. L'ultima sosta prima di passare in Canada.

A dispetto della scritta sopra il bancone del bar, che millantava una miscela arabica di qualità garantita al cento per cento, il caffè aveva un retrogusto acido, quasi di gomma bruciata. Ma dopo notti in auto, senza neanche poter accendere il motore perché la benzina era oro e non si poteva sprecare, l'effetto su di lei fu quello della prima giornata di primavera. Amanda sentì le ossa scaldarsi e i muscoli sciogliersi uno dopo l'altro, ognuno al suo posto e in sequenza, come soldati che rispondono all'appello gridando « presente ». La bevanda metteva in secondo piano la voglia di alcol che s'era riaffacciata spesso durante la fuga, facendosi strada fra stanchezza e solitudine. Data la situazione, poteva persino reggere il confronto con le sofisticate miscele da dieci dollari degli Starbucks fra Stanford e Palo Alto, attorno al laboratorio di ricerche della NASA che per Amanda era stato il centro del mondo, negli ultimi anni. Ma doveva smettere di pensarci: era il passato e forse non sarebbe mai tornata al suo vecchio lavoro. L'obiettivo immediato era non farsi catturare.

Doveva essere stata l'astinenza da caffè a renderla imprudente. Da quando aveva lasciato la casa dei genitori, nei sobborghi di Grand Rapids, s'era fermata solo una volta per fare rifornimento e scegliendo con cura una stazione priva di telecamere di sorveglianza.

A dirla tutta, il caffè non c'entrava ed era stata più che altro la nostalgia a trascinarla dentro quella casetta circondata dalle betulle, a due passi dal lago. L'aveva risucchiata come una corrente di marea, ma era stato un inganno. Da fuori, aveva promesso un impossibile tuffo nel passato. Dentro, c'erano solo quattro bulli indecisi se importunare lei o un ragazzino di sedici anni.

Intanto, lo speciale sulle industrie farmaceutiche era terminato con la notizia che in cima alle vendite c'erano gli antidepressivi. Nell'ultimo anno avevano scalzato il primato dei medicinali per i disturbi cardiaci e promettevano di crescere ancora.

Poi un volto femminile annunciò le previsioni del tempo.

« Era ora » disse Eagle. « Vediamo se domani si può andare a pesca o ci sarà ghiaccio. »

Il bollettino meteo assorbì l'interesse dei ragazzi. Smisero di guardare Amanda come se volessero strapparle i vestiti a morsi e si accalcarono sotto lo schermo.

Il ghiaccio poteva essere un problema anche per lei. Il piano prevedeva di raggiungere la casa dei Trudeau, i vicini di cottage a Schlatter Lake, e passare in Canada con la loro barca. La polizia non poteva sapere che lei aveva una copia delle chiavi né che aveva percorso decine di volte le novanta miglia scarse per arrivare alla costa settentrionale del Lago Superiore. Il problema era che non l'aveva mai fatto a metà marzo.

E comunque, a farle paura non erano solo le lastre di ghiaccio alla deriva. Era una minaccia più profonda. Anche se come biologa sapeva che non era del tutto vero, il freddo era per Amanda equivalente all'assenza di vita. La cosa peggiore che riuscisse a immaginare.

« Niente ghiaccio domani » esultò Eagle.

« Perché cazzo si lamentano del clima, a Washington? » disse un altro. « Se fa sempre più caldo meglio, no? »

Erano trascorsi quindici minuti ormai dal passaggio dell'auto di pattuglia. Amanda era entrata subito dopo, per avere un po' di tempo per lavarsi e riordinare le idee, ma era ora di schiodarsi. Se lo sceriffo fosse ripassato avrebbe senz'altro notato la piccola utilitaria forestiera, parcheggiata ai margini del piazzale, lontana dai grossi pick-up neri con i cerchioni e i paraurti cromati, come un'antilope che cerca di tenersi alla larga dai grandi felini della savana.

Amanda si alzò per avviarsi alla cassa. I ragazzi smisero di parlare e la seguirono con lo sguardo.

Pagò con i pochi contanti rimasti – non poteva rischiare con le carte di credito – e uscì all'aperto.

Stava albeggiando e oltre il grande cartello che presentava i servizi dell'officina meccanica, fra il lago e il bosco di betulle, di nuovo verdeggianti dopo il breve inverno, una lunga prospettiva di pali della luce si perdeva verso l'orizzonte, come per rassicurare che la strada continuava davvero.

Amanda percorse i pochi metri verso l'auto, le braccia strette al petto, già rimpiangendo l'aria calda del locale. E il gelo le provocò una sottile angoscia, come quando si pensa di avere dimenticato qualcosa.

Si mise alla guida. Il sedile era freddo come marmo. In tasca le rimanevano due dollari, a malapena sufficienti per un paio di preziosi caffè ai distributori automatici, e secondo i suoi calcoli aveva ancora una manciata di minuti prima che lo sceriffo tornasse dal confine della contea. Doveva trovare un nascondiglio sicuro per l'auto, lasciar passare la pattuglia e poi proseguire per Schlatter Lake. Avrebbe viaggiato di giorno, pazienza se era pericoloso, ormai era vicina.

Mise in moto ma, percorsi pochi metri, si fermò di fronte all'ingresso del bar. Scese lasciando il motore acceso, raggiunse la porta a passi decisi e la spalancò. Dentro, i bulli rimasero a bocca aperta mentre lei si avvicinava al banco e appoggiava una pila di monetine di fronte a un Lucas impietrito dalla sorpresa.

«Avevo scordato la mancia» gli disse con un sorriso.

Si passò una mano sui capelli e voltò le spalle al gruppo. Sentì i loro sguardi mentre tornava all'uscita con passi lenti, che lo scricchiolare del parquet in legno massiccio rendeva quasi teatrali. Giunta sulla porta si fermò per un istante e si voltò. «Sei carino con la frangia, lo sai, Lucas?» disse.

Un misto di delusione e rabbia affiorò sul viso dei più grandi. I tre gregari si voltarono verso Eagle come implorando una risposta brillante, ma il loro capo era più spiazzato di loro.

Lei non attese i commenti dei ragazzi e uscì. Quasi saltellando, percorse i pochi metri che la separavano dall'auto e ripartì, imboccando la strada con lo stomaco che già brontolava in vista di un digiuno destinato a durare fino al Canada. Nello specchietto retrovisore Lucas la salutava con un timido gesto della mano. Chissà se era stata una buona idea rinunciare a quegli ultimi due dollari per lui. Magari da grande sarebbe diventato come gli altri.

7

L'esonero

Antartide, Base Vostok, 20 aprile

Il ricevitore a onde corte emise una raffica di suoni metallici prima di spegnersi del tutto, lasciando la baracca dell'Unità di Foratura 57 nel silenzio assoluto. Una luce lampeggiante avvertì Mikhail che le comunicazioni con la base costiera di Mirny erano interrotte. Un problema ricorrente nelle ultime settimane, forse legato alle anomalie nelle macchie solari. La radio era in realtà un computer e in casi del genere il sistema di emulazione sospendeva il contatto. Ma Mikhail sapeva usare il ricevitore analogico e con quello c'erano altre opzioni, almeno per un operatore esperto come lui. Ruotando la manopola di selezione, si portò vicino alla banda di Mirny, un po' fuori frequenza in modo da sentire la modulazione e non la voce. Muovendo i cursori, pulì il rumore fino ad arrivare a un suono umano distinto. Si sentiva a tratti, sulle cuspidi d'onda, ma si capiva abbastanza.

L'operatore di Radio Mirny li informava della situazione.

« ... anomalia meteo... forti raffiche... » Le cause e i dettagli si persero nel brusio dell'apparecchio.

« Non vi lasceremo soli » fu l'ultima cosa che Mikhail capì con certezza.

Pazienza, tanto non gli serviva un bollettino meteo per capire che qualcosa non andava per il verso giusto. Dopo una vita spesa a studiare il clima, vedeva bene le sequenze ripetute di segnali fuori norma: un grido d'allarme del pianeta che l'umanità sembrava ignorare. E la situazione economica non era migliore, con l'euro di nuovo sul punto di crollare e le banche centrali che non sapevano che pesci pigliare. Per non parlare del terrorismo. Se confrontava ciò che vedeva attorno a sé con le aspettative di quando era un ragazzo, gli veniva voglia di urlare. Una gioventù buttata alle ortiche solo per essere stato fedele ai suoi ideali, sperando in una vita migliore per tutti, mentre ora, a sentire i discorsi dei governanti russi e le loro esortazioni ad arricchirsi, sembrava che quelli come lui dovessero pure vergognarsi per essere stati dei sognatori.

Ora però doveva preparare i campioni di ghiaccio per i colleghi. A rodersi per un mondo che andava a rotoli avrebbe pensato più tardi, nel turno di riposo in baracca.

Doveva sezionare la parte più interna e ricoverarli nelle casse di alluminio. Gli strati nei quali stavano scavando erano vecchi abbastanza da offrire supporto a forme di vita sconosciute, e non si potevano correre rischi di contaminazione. Base Vostok era il vuoto biologico quasi totale, difficile immaginare un luogo più lontano dalla vita, almeno da quella nota alla scienza. Tuttavia la possibilità di un errore era sempre in agguato. Persino la minima alterazione magnetica avrebbe compromesso i biomarcatori molecolari usati nei laboratori e sarebbe stata fatale per le analisi.

Osservò l'orientazione del cilindro di ghiaccio e preparò i talloncini con codice e profondità, poi lo suddivise in sezioni di un metro ciascuna e passò al taglio longitudinale, metà destinata al laboratorio e l'altra all'archivio. Solo la perdita del primo campione poteva giustificare l'utilizzo del secondo, ma a Mikhail non era ancora capitato. Un errore poteva significare il rimpatrio e non doveva succedere. Era un paleoclimatologo, come formazione di base, ma negli ultimi anni si era adattato a fare un po' di tutto pur di rendersi utile. Le condizioni di vita erano dure alla base, ma ora il Vostok Komanda era a un passo da un nuovo mondo, a sentire i capi.

«Sarà come sbarcare su una luna di Giove» dicevano.

Per una volta Mikhail era d'accordo con la loro retorica. Le rilevazioni con i radar di profondità avevano confermato le ipotesi degli anni Sessanta: c'era una sacca di atmosfera sopra il lago, un endopianeta autonomo, fermo a milioni di anni prima e con un ciclo dell'acqua completo, quindi vento, piogge e temporali. Come in un libro di Jules Verne, a parte la pressione di trecentocinquanta atmosfere, come sul fondo di un oceano, e un'aria tanto ricca di ossigeno da essere quasi tossica per l'uomo.

Mikhail tagliò il primo cilindro con la lama diamantata a bassa velocità, centellinando l'acqua di raffreddamento per non contaminare il campione. Adagiò la sezione sul supporto apposito e con il pennello iniziò ad asportare le impurità esterne.

Un agente patogeno proveniente dalla superficie poteva sterminare la biologia del lago in un minuto, la comunità scientifica internazionale aveva battuto molto su quel tasto. Ma pochi avevano sottolineato il pericolo opposto, e cioè che un agente proveniente dal lago potesse infettare la Terra. In un luogo rimasto isolato sin dal Miocene potevano esserci forme di vita sconosciute e potenzialmente dannose per l'uomo. Non era solo come sbarcare su un altro pianeta: il pozzo G-5 era un'astronave e una macchina del tempo insieme.

Sì, in fondo Mikhail era fortunato a far parte del Vostok Komanda. Contava i giorni e le ore che mancavano al momento del Contatto. In realtà, sarebbe stato l'Hydrobot, il drone sottomarino di ultima generazione in arrivo dall'Europa, a entrare nel lago. Ma che importava? Seguire l'evento da vicino l'avrebbe ripagato di trent'anni di sacrifici.

La preparazione dei campioni era ultimata; li ricoprì uno a uno con un film di plastica trasparente. Non rimaneva che scrivere il rapporto per il meeting del gruppo di ricerca.

Lo squillo del telefono lo sorprese. L'intervallo mensa era ancora lontano.

« Mikhail Denisovich Rebko? Devi venire subito nel mio ufficio. Devo parlarti. »

La voce del capobase era fredda e priva di inflessioni, come sempre, ma il fatto che l'avesse chiamato per nome e cognome, a Mikhail, sembrò sospetto.

Secondo gli indicatori alla parete, il vento era calato ancora e la temperatura esterna era salita a meno trentotto. Mikhail si vestì e uscì all'aperto, mettendosi in cammino. Il capo era nuovo, arrivato da meno di due mesi, e aveva sempre cercato di familiarizzare con tutti, all'apparenza. Siamo tra amici, parlatemi se avete dei problemi, dobbiamo fare squadra: quel genere di discorsi. La fama che l'aveva accompagnato raccontava però di un manager privo di scrupoli, imposto dal Cremlino e accettato dalla MOST, la Korporatsiya che di fatto stava finanziando le trivellazioni. Senza i suoi soldi, Mosca avrebbe dovuto di nuovo piegare il capo agli americani.

Arrivato alla baracca principale, Mikhail si rese conto di aver fatto il tragitto di corsa. Attraversò la sala mensa a grandi passi, bussò ed entrò nell'ufficio del capobase senza aspettare la risposta.

« Siediti, Rebko. »

Mikhail prese posto nella piccola sedia pieghevole riservata agli ospiti. S'era immaginato d'indovinare le intenzioni del capo dalla postura o dalle parole usate per introdurre l'argomento, ma non ne ebbe il tempo.

«Torni in Russia con il primo Ilyushin disponibile» si sentì dire.

«Non la voglio una gita premio, capo. Proprio adesso che stiamo per entrare.»

«Non è un premio, Rebko. Sei fuori dal Progetto Vostok. Torni in Russia per sempre.»

8

La bugia

Circa cinque settimane prima, Upper Peninsula, Michigan

Gabriel era di fretta. Aveva mancato Amanda Martin di poco in una stazione di servizio a trecento chilometri da lì, ma nessun viaggiatore avrebbe rinunciato a una sosta allo Huron Bay Trade Post: non c'era nulla da lì al confine. Non che lui avesse bisogno di qualcosa, era abituato a digiunare o a soffrire la sete o il sonno, se necessario. Ma ormai aveva capito come ragionava la donna che inseguiva. Preferiva le strade secondarie, anche a costo di raddoppiare le distanze, e se era in fuga verso il Canada, come lui sospettava, probabile che si fosse fermata proprio lì.

Dentro il locale c'era solo un gruppetto di ragazzi sui vent'anni. Gabriel rinunciò a chiedere notizie della fuggitiva: sghignazzavano e sembravano interessati ad altro.

« Mi scusi, signore, arrivo subito da lei » gli disse uno di loro, più giovane degli altri. « Mio zio mi ammazza di botte se non è tutto in ordine quando rientra. »

Era chino sul pavimento ingombro di tazze e bicchieri di plastica e sembrava intento a rimediare alle conseguenze del rovesciamento di un vassoio, mentre gli altri lo deridevano. Gabriel capì subito la situazione. Uno dei più grandi gli aveva fatto lo sgambetto, e non doveva essere il primo sopruso, a giudicare dall'aria rassegnata del ragazzino.

« Ci penseranno loro a pulire. Tu portami un caffè. »

« Cosa? » disse quello più robusto del gruppo, che si atteggiava a capo. Aveva un tatuaggio a forma di aquila sul bicipite destro e, sfoggiando la sua espressione più minacciosa, fece un passo verso Gabriel. Lui lo colpì con un ceffone. L'altro rimase a guardarlo per un secondo a bocca aperta, quasi fosse di fronte a un fenomeno sovrannaturale. Che fosse viziato e abituato a fare i suoi comodi, era evidente. Passata la sorpresa iniziale, il ragazzo si rannicchiò piegando appena le gambe, la postura di chi si prepara a un'azione di sfondamento sul campo da football, ma Gabriel lo colpì una seconda volta e poi ancora una terza. Prima del quarto colpo il ragazzo chinò la testa alzando le mani per proteggersi, in segno di resa. Un sottile rivolo di sangue gli colava dal naso.

« Voi ora pulite pavimento e tazze. In silenzio. »

Il ragazzo con l'aquila si massaggiò il naso, gli occhi ancora spalancati per lo shock.

« Allora? Quale parte del mio discorso non avete capito? »

Erano in quattro e Gabriel era pronto a malmenarli finché non avessero obbedito, ma non ce ne fu bisogno. Si inginocchiarono a terra e senza altri commenti fecero quanto gli aveva ordinato.

Lui sedette a uno dei tavoli e quando il ragazzino gli servì il caffè, chiese della donna.

« Fra i venticinque e i trenta, bianca, capelli scuri. Dovrebbe avere un'utilitaria italiana. »

« L'avrebbe vista anche un cieco, signore. È passata di qui meno di venti minuti fa. »

« L'hai vista partire? Che strada ha preso, litoranea o interna? »

« Interna. Sbuca sulla litoranea, ma molto più avanti. »

« Come ti chiami? »

« Lucas, signore. »

Gabriel si alzò senza toccare il caffè e a grandi passi si avvicinò ai ragazzi che pulivano il pavimento.

« Voi quattro, fuori con me. Subito. »

Appena fuori del locale, puntò l'indice contro quello con il tatuaggio. Il naso aveva smesso di sanguinare ma era gonfio.

« A guardie e ladri si gioca alla pari, non come fate voi, ricordatevelo. »

I quattro si guardarono l'un l'altro, confusi e senza il coraggio di chiedere spiegazioni.

« Fra un anno, o magari fra due, ripasserò e chiederò a Lucas se va tutto bene. Se dovesse lamentarsi, qualcuno ne pagherà le conseguenze. Pensate che stia scherzando? »

« No, signore » dissero rapidi, tutti e quattro insieme.

« Ma non ci sarà nessun problema » aggiunse il capo del gruppo, mentre Gabriel risaliva in auto e metteva in moto.

Percorse un lungo tratto di litoranea prima di svoltare verso l'interno della penisola, fermandosi in vicinanza di una chiesetta. Amanda Martin doveva passare di lì, se stava cercando di raggiungere un punto d'imbarco per il Canada.

La chiesa, fra il bosco e il dirupo erboso che dominava la strada, era una piccola costruzione a navata unica. Solo il basso campanile al centro del tetto spiovente la distingueva da una delle cascine della zona. Sovrastava un ingresso senza fronzoli, semplice e umile come dev'essere ogni porta che conduce al Signore.

Una breve perlustrazione convinse Gabriel di essere solo. Da un lato ne fu soddisfatto, era venuto per uccidere, non per pregare. Dall'altro se ne rammaricò. Quella chiesa era stata edificata decenni prima, quando la gente del posto di certo la frequentava e la riempiva di vita. Ora era come un fantasma. Dal bosco, la betulla bianca avanzava e aveva invaso il prato di un tempo, avvicinandosi al piccolo edificio come volesse spingerlo giù dal dirupo. Eppure solo le assi di legno inchiodate di traverso sulle finestre laterali, forse per impedire ai volatili di nidificare all'interno, ne denunciavano lo stato d'abbandono. Per il resto sembrava tutto ben tenuto.

Dentro, il buio nascondeva le pareti, ma era chiaro che non c'erano e non c'erano mai stati gli ori delle chiese di Roma.

Non bramerai per te l'oro o ne rimarrai preso in trappola, perché è un abominio per il Signore Dio tuo.

Così era scritto nel Deuteronomio.

Come sperava, le scale erano ancora agibili. Con pochi balzi fu in cima al campanile. Da lassù dominava almeno un paio di chilometri di strada. Nel traffico quasi inesistente, giusto qualche mezzo agricolo, avrebbe scorto con largo anticipo l'arrivo di Amanda Martin. Abbastanza per scendere, salire sul pick-up e bloccarla poco più avanti. Lei sarebbe passata di lì, diretta verso una località imprecisata sulla costa del Lago Superiore. Gabriel non le avrebbe dato scampo. Doveva solo aspettare.

È tempo che tu agisca, Signore, hanno infranto la tua legge, recitò a memoria, dal libro dei Salmi.

Era soddisfatto del suo nascondiglio. La vernice dell'edificio aveva perso lo smalto originario, ma l'insieme era in ottime condizioni. Sapeva che c'erano molti discendenti dei norvegesi nel Michigan settentrionale, gente che ci sapeva fare con il legno. Per i pilastri portanti venivano scelti pini silvestri. La cima era tagliata per limitare la crescita in altezza e irrobustire il tronco, e solo la parte interna usata per la costruzione. Uno spreco per la mentalità odierna, certo. Ma una civiltà che faceva ore di coda per acquistare l'ultimo modello di smartphone non poteva capire. Gli avevano detto che da qualche parte, in Norvegia, c'era una chiesa in legno di quasi mille anni. Era ancora funzionale, mentre il telefono di quei poveri di spirito sarebbe stato da buttare da lì a qualche mese.

Il tetto, coperto dalle file di scandole, accavallate una all'altra come la lorica squamata di un antico legionario, sembrava volesse resistere all'assalto del tempo, pronto a riparare eventuali fedeli convenuti. Ma non sarebbe successo, inutile illudersi. Lungo la strada, nei locali e nelle stazioni di servizio della zona, Gabriel aveva visto solo ragazzi strafottenti e sciatti, come quelli di poco prima. Camicie fuori dei pantaloni, abiti di due misure troppo larghi e in bocca solo male parole. Di certo non andavano in chiesa.

Gabriel rimase ancora a lungo a osservare gli alberi, fin quando diventarono una massa oscura, di cui si distingueva solo il profilo delle chiome, sul fondo del cielo stellato.

Amanda Martin non sarebbe mai passata di lì.

Quando quel pensiero si formò con chiarezza nella sua mente, fece scivolare la destra sulla pistola. Era diventata fredda, come se avesse capito che non c'era lavoro per lei, che l'azione era rimandata.

A passi decisi si avviò verso il sentiero, fino all'auto, salì e mise in moto, oppresso da un senso di sconfitta. Sterzando per invertire la marcia, la luce dei fari accarezzò il margine del bosco, facendo brillare per un istante la corteccia bianca degli alberi, come una pennellata frettolosa.

Lucas, il ragazzino del bar, aveva mentito. La fuggitiva aveva preso la litoranea e non la strada interna e quindi doveva essere ormai oltre il confine e Gabriel avrebbe dovuto modificare i suoi piani.

9

La cancelliera

Berlino, 20 aprile

Il piccolo corteo di auto blu procedeva con discrezione verso l'imponente architettura barocca di Charlottenburg. Niente sirene, niente blocchi sulle vie laterali: l'Europa andava a fuoco, ma Berlino era ancora un posto sicuro. Lo Schloss dominava imponente al fondo del largo viale alberato, fra le doppie schiere di tigli e le case mezzo addormentate. La cupola verde della torre centrale brillava appena ai primi raggi di sole e, in cima, la statua della Fortuna si stagliava nitida sullo sfondo più chiaro del cielo.

Ma non era di fortuna che andava in cerca la cancelliera. Sul sedile posteriore di una Audi Luxury A9, ripassava in silenzio il piano concordato con i suoi esperti. Era basato su conoscenza della situazione, studio meticoloso dei particolari, applicazione e duro lavoro di analisi. La fortuna era l'eterna illusione dei popoli del Sud Europa, i tedeschi non ne avevano bisogno. Nessuno muore di lavoro, diceva Lutero, e l'uomo è nato per lavorare come l'uccello per volare.

Un tram illuminato si avvicinò all'incrocio con la Spandauer Damm, curvò lungo la rotonda, raddrizzò la corsa e sfilò davanti alla lunga cancellata in ferro battuto del castello. Uno dei motociclisti della scorta uscì dal gruppo e accelerò per intercettarlo e costringerlo a dare la precedenza al corteo.

« Qualche problema? » chiese la donna, alzando appena lo sguardo dagli appunti.

« Solo una precauzione, signora cancelliera » rispose l'assistente.

Appena una settimana prima, i disordini che coinvolgevano ormai mezza Europa erano sembrati lontani, ma ora le agenzie di rating avevano minacciato un downgrade anche per la Germania e i quotidiani popolari spargevano nervosismo a piene mani.

Lo sferragliare delle ruote del tram fu coperto dal fischio dei freni. Le auto superarono le rotaie e il motociclista rientrò nel gruppo. I compagni aprirono la formazione per accoglierlo, una manovra elegante, di certo provata mille volte. Gioco di squadra, questa era la forza dei tedeschi, la cancelliera ne era convinta. E per lottare uniti a volte bisognava dare l'impressione di essere divisi, come faceva lei con i dirigenti della Bundesbank. Ma questo l'opposizione non lo capiva. Oppure, per convenienza, fingeva di non capirlo.

« C'è un lancio d'agenzia che può interessarla in vista dell'incontro di oggi. »

Il giovane assistente sfiorò un tasto e accese un tablet, mostrandolo alla donna. Indicò un punto in particolare. « La Bild insiste nel sottolineare i contrasti fra governo e Bundesbank, signora. »

« Non c'è nessun contrasto. C'è altro? »

Due guerrieri di marmo si fronteggiavano sulle colonne dell'ingresso che la loro auto stava varcando proprio in quel momento. Gli scudi alzati, le spade pronte a colpire, sembrava lottassero l'uno contro l'altro e invece erano soldati di una sola armata, difensori del medesimo castello.

L'Audi rallentò, facendo crepitare la ghiaia del cortile, fino a fermarsi di fronte all'ingresso del palazzo. La cancelliera scese e lanciò uno sguardo alla facciata, alle finestre allineate ai lati del grande timpano centrale.

« Non c'è nessun contrasto » sussurrò ancora all'assistente mentre si sistemava la giacca. « Ma va benissimo che all'estero lo credano. »

Non aggiunse altro ed entrò nell'edificio.

I rappresentanti di Francia, Italia e Spagna erano già seduti al tavolo per l'incontro, quando la cancelliera entrò nella Sala Ovale. Non l'aveva scelta a caso: quella sala era una studiata miscela di eleganza e di sfoggio di potere. I dieci pilastri corinzi disposti a cerchio erano dritti come sentinelle di guardia al tavolo centrale. Piccolo, perché ci si guardasse da vicino, ma soprattutto perché quegli uomini si sentissero minuscoli. Si alzarono per salutarla, senza entusiasmo, quasi come un dovere. Con la crisi finanziaria che mordeva ormai il cuore forte dell'Europa, i tempi dei grandi sorrisi erano finiti. Forse li avrebbero riesumati per la conferenza stampa finale. Per compiacere gli elettori, soprattutto: i mercati non ci cascavano più.

« Signora cancelliera, non le nascondo il mio disappunto per le dichiarazioni della Bundesbank di ieri. » Con la sua flemma, il presidente del consiglio italiano sembrava quasi un britannico. Il portamento e il viso squadrato lo facevano assomigliare a un militare d'altri tempi, ma nella sua voce c'era una vena nuova, di risentimento.

« Sono desolata. Io stessa ricevo continue critiche dalla Bundesbank. »

« Senza conseguenze, però » continuò l'italiano. « A noi è costato un balzo in alto di quasi cento punti di spread. Solo perché uno dei suoi ha dichiarato che abbiamo venduto segretamente parte delle riserve auree. Non solo non è vero, ma non potremmo farlo, appartengono alla Banca d'Italia, non al governo. »

«Non è uno dei miei quello che vi ha attaccati. Come le ho appena detto, io stessa sono nel mirino.»

«Dobbiamo ripristinare il potere degli stati» disse il presidente francese. «È da lì che tutto è partito, governi centrali deboli, troppo potere ai grandi gruppi privati, e questo è il risultato: benessere effimero in cambio di caos e insicurezza. Terreno fertile per speculatori e terroristi. Sappiamo come fermare i missili ma non quattro criminali con kalashnikov che sparano sulla folla in un centro cittadino.»

«Ha nostalgia dei tempi della guerra fredda?» replicò la cancelliera. «Io sono nata in Germania Est e sa che le dico? Non rimpiango quegli anni.»

«Il fatto è che non si tratta più di multinazionali che producono beni» si intromise l'italiano. «I gruppi finanziari di oggi ragionano su orizzonti di mesi, a volte di giorni o di ore e destabilizzano i mercati. Non facciamoci illusioni, producono instabilità perché è da quella che guadagnano.»

«Abbiamo la Banca centrale europea e il Fondo monetario per tenere a bada i mercati finanziari. Senza offesa, ma voi italiani tendete sempre a drammatizzare.»

«Se la sfiducia supera una certa soglia, crolleremo come tessere del domino.» Il premier italiano scrollò la testa. «E se il contagio si mette in moto, né BCE né Fondo monetario lo fermeranno.»

La cancelliera aprì il piccolo quaderno che aveva sempre con sé. Annotò qualche rapido appunto senza rispondere.

«Per non parlare delle conseguenze extraeconomiche» disse il presidente francese. «La perdita di autorità dello stato è una minaccia altrettanto temibile. Oggi non c'è minoranza politica o religiosa che non si senta al di sopra della legge. Credono di avere la verità in tasca, giudicano e non vogliono essere giudicati. E se glielo fai notare diventano violenti. »

« Stiamo uscendo dal seminato » obiettò la cancelliera. « Cerchiamo di essere pratici. »

« D'accordo, cerchiamo di essere pratici » sbottò il francese. « Noi siamo pieni di titoli italiani e se l'Italia affonda, la seguiremo, ma voi tedeschi siete pieni di titoli francesi. Come pensate di rimanerne fuori? »

« Nessuno deve affondare. Siamo qui per impedirlo, giusto? »

« Allora lei deve rilasciare una dichiarazione forte. » Il tono del primo ministro spagnolo era quasi di supplica. « Che smentisca la Bundesbank e faccia capire che la Germania non permetterà il crollo dell'euro. »

« Avete ragione. » Guardò negli occhi gli interlocutori, uno a uno, prima di continuare. « Incontrerò il presidente della Bundesbank e gli chiederò conto delle sue dichiarazioni. E nella conferenza stampa successiva definirò le sue parole di ieri avventate e non fondate. »

I tre uomini la guardarono con un misto di scetticismo e speranza.

« Avventate e non fondate » ripeté la cancelliera ad alta voce. Si appuntò le parole sul quaderno, come se la cosa potesse servire da garanzia. « Avete la mia parola » aggiunse, alzandosi in piedi per congedarli.

Una parola che aveva ancora una reputazione. Donna lontana da gossip e scandali, quattro anni di studi di teologia alle spalle, severa persino nel vestire, mai una parola fuori posto. Negli occhi degli interlocutori intravide ombre nuove, mentre le stringevano la mano: sospetto e persino disperazione.

Li accompagnò per un tratto lungo il corridoio e li osservò scendere, le mani dietro la schiena e le spalle curve, tutti e tre. Sembravano piccoli nell'immensità dello scalone monumentale, e semplici nelle loro grisaglie, sovrastati dagli elaborati stucchi che decoravano le pareti.

« Spiacente di non darle tregua, signora, ma il presidente della Bundesbank è arrivato. » La voce dell'assistente la richiamò nella Sala Ovale.

« La vita non è riposo » disse lei. « Ma trasformazione del buono in meglio. »

« Parole di Lutero? » chiese una voce dall'interno. « O di Tony Blair? »

A parlare era stato « Herr Buba », come lo chiamavano i giornali, un nomignolo da orsacchiotto di peluche, anche se dirigeva la Bundesbank, la banca centrale del più ricco e forte paese europeo. Non perdeva mai l'occasione per una battuta e si era portato anche un accompagnatore. Sulla trentina o poco più, una faccia nuova.

« Avevo chiesto una riunione riservata » protestò la cancelliera, mentre prendeva posto al tavolo.

« Il dottor Müller è il mio nuovo consigliere economico. Ha grossi dubbi su quello che stiamo facendo. »

« Le dichiarazioni di ieri sono state esagerate, con quella storia delle riserve auree italiane vendute di nascosto. Sappia che più tardi dovrò criticarla » disse la donna.

« Prima di tutto è la verità, questa volta. Inoltre, ripeto, il dottor Müller ha dei dubbi. »

« L'ho sentita, non sono sorda. Chi sarebbe questo dottor Müller? » chiese, come se l'altro non fosse presente. « Stiamo seguendo un piano concordato, giusto? Che dubbi ci sarebbero? »

« Dottor Müller, prego. »

« Grazie, presidente. Signora cancelliera, i fondi privati hanno acquisito troppo potere, l'instabilità è vicino a un punto di non ritorno. »

« Si è messo d'accordo con gli italiani? L'ho appena sentita, questa litania. »

« Questo tira e molla, un giorno dichiarazioni ottimistiche e il giorno dopo il contrario, sta per esploderci in mano. »

« Ma cosa dice? È proprio questo gioco che fa salire i tassi degli altri paesi, mentre la gente paga per prestare soldi alla Germania. Significa trenta miliardi di euro di rendita all'anno per noi, lo sa questo o no? »

« Sì, ma... »

« Posso chiederle quali qualifiche ha il suo esperto? »

« Il dottor Müller è a capo di una speciale task force che studia l'evoluzione della crisi con nuovi modelli, noi li chiamiamo evolutivi, sono un misto di teoria delle catastrofi e di... »

« E cosa prevedono questi vostri modelli evolutivi? Le do un minuto » tagliò corto la cancelliera.

« Il gioco che stiamo facendo con i paesi del Sud Europa è pericoloso. » Müller mostrò un foglio zeppo di grafici. La cancelliera lo ignorò.

« Ne abbiamo già parlato. Li critichiamo per spingerli verso le riforme di bilancio. E se poi loro minacciano di uscire dall'euro, rilasciamo dichiarazioni rassicuranti per calmare i mercati. Poi ricominciamo. Sempre guadagnandoci trenta miliardi l'anno. Dove sta il problema? »

« Il meccanismo finora ha funzionato, ma potrebbe sfuggirci di mano. »

« Standard & Poor's ha ventilato un downgrade anche per noi » aggiunse Herr Buba.

« È una sciocchezza, siamo il paese più ricco d'Europa. »

« Ma le nostre banche sono piene di titoli che rischiano di diventare spazzatura. Gli italiani hanno ragione: se il contagio parte, non lo fermeremo. »

« Ci fermeremo noi, prima che il contagio parta. »

« Ci servono leggi per regolare i movimenti di capitale di tipo speculativo. E ci servono in fretta. »

«Se lo scordi. Londra è il più grande mercato finanziario d'Europa, come pensa che la prenderebbero, gli inglesi?»

«La crisi...»

«La crisi, caro signore, ci permette di costringere il Sud Europa a prepararsi alle sfide di oggi. Il mondo non sta fermo ad aspettare lei. La Cina è pronta a diventare la seconda potenza mondiale. La Russia sta per mettere le mani sulle più grandi riserve di metano del pianeta, in Antartide, al lago Vostok.»

«La crisi ci sfuggirà di mano prima» protestò Müller.

«No, è la nostra alleata, invece.» Tutti si voltarono verso l'assistente della cancelliera. Non interveniva mai, di regola, ma era entrato nello staff proprio perché economista di una certa esperienza.

«È un classico modello a cuspide» continuò. «La crisi è un tipico stato catastrofico, piccole variazioni che creano enormi conseguenze. Ed è l'unico modo per mettere in moto il cambiamento. Altrimenti i paesi del Sud Europa non evolveranno.»

«L'evoluzione è un fenomeno più complesso.» Müller agitò i fogli davanti a sé, alla ricerca di qualcosa. «Il suo modello è insufficiente.»

«Basta!» La cancelliera picchiò la mano sul tavolo. «Non m'importa nulla dei vostri modelli a cuspide. Meno sono le parole, migliore la preghiera. Proseguiremo con il piano concordato. Ora criticherò le dichiarazioni della Bundesbank di ieri. Lasceremo che lo spread italiano scenda di un centinaio di punti, poi voi li attaccherete di nuovo. Niente panico. Servono solo freddezza e precisione.»

La cancelliera si alzò, segno che la riunione era finita. I tre uomini la imitarono e uscirono in silenzio.

Certo, gli stati si erano indeboliti e i gruppi finanziari privati spadroneggiavano, lo sapeva benissimo, cosa credevano di insegnarle? Ma proprio per questo era necessaria un'Europa unita. E non ci sarebbe stata unità, in quel pollaio con troppi galli, se prima non si fossero obbligati i paesi del Sud a fare le riforme necessarie per allinearsi all'efficienza della Germania. Dopo, quanto era vero Iddio, sarebbe arrivato il momento di mettere in riga i mercati finanziari. Londra o non Londra.

Oltre la finestra all'inglese laccata di bianco, l'erba del giardino brillava al sole ormai alto della tarda mattinata.

« Freddezza e precisione » disse ancora ad alta voce mentre si avvicinava ai vetri, le mani strette l'una nell'altra.

10

La sala biliardo

Antartide, Base Vostok, 20 aprile

Mikhail si fece strada barcollando fra gli uomini in attesa del pranzo, nella zona mensa di Base Vostok. Aveva la testa leggera e la visuale sfocata da un sottile velo agli occhi. Un effetto normale per chi proveniva dall'esterno, meno quarantatré in quel momento. Immergersi nell'aria satura dei vapori di cucina era come entrare in una sauna, non fosse stato per l'odore di pesce e per quello pungente del coriandolo.

Mikhail però non arrivava dall'esterno, ma dal piano di sopra, dall'ufficio del direttore: l'andatura era incerta per la sorpresa e gli occhi erano umidi di rabbia. Gli avevano appena notificato l'equivalente di un licenziamento e, proprio come nel processo che trent'anni prima l'aveva condotto lì, stava per pagare al posto di altri. Qualche idiota che aveva contaminato i campioni di ghiaccio, probabilmente a Mosca, e ora davano la colpa a lui. Ma Mikhail era sicuro che fossero sterili quando li aveva sigillati. All'epoca del processo, gli erano toccati dieci anni di confino nelle stazioni antartiche, ora invece il rimpatrio coatto. Paradossale, avrebbe dovuto esserne contento, faceva il percorso a ritroso. E invece si sentiva sconfitto.

Il Vostok Komanda avrebbe presto raggiunto il lago del mistero. Altro che sonde Pioneer o Voyager o Galileo. Base Vostok era come una nave spaziale e lui doveva far parte dell'equipaggio. Estrometterlo dal progetto avrebbe reso inutili trent'anni di sacrifici.

E poi cosa avrebbe trovato al ritorno in Russia? Aveva già tentato un rientro in patria, nei primi anni della Perestroika, ma s'era sentito come un reduce ed era stato un fallimento. Ora rischiava di essere ancora peggio. Mosca o San Pietroburgo, con le loro spietate regole di sopravvivenza, gli facevano più paura delle minacce dell'Antartide.

« Rebko, è ora di pranzo. Che fai lì? »

I colleghi che transitavano vocianti nel corridoio quasi lo travolsero.

La voce metallica di Radio Mirny trasmetteva un bollettino meteo. Tanto per cambiare, prometteva tempesta.

A testa bassa e senza salutare, Mikhail s'avvicinò a un tavolo dove tre colleghi agitavano le braccia per segnalargli un posto libero. Sedette senza rispondere ai loro commenti sul menu del giorno: ravanelli e insalata di cipolle, zuppa di pesce e pasta al burro. Ai tavoli attorno vedeva solo facce nuove, come quasi tutte quelle presenti alla base, ormai. Il ricambio del Vostok Komanda era stato radicale nei mesi precedenti. Tecnici informatici soprattutto, adesso che le tecnologie digitali sembravano governare ogni cosa. Era la dottrina della MOST, l'ente privato che finanziava tutto e che aveva classificato lui, Mikhail Rebko, come inutile e persino incompetente.

« Sono il residente più anziano » aveva protestato poco prima con il direttore. « Ho passato qui più primavere di chiunque altro. »

« Nessuno nega il tuo contributo, Rebko. »

« Non parlo di primavere come le conosciamo in Russia » l'aveva incalzato Mikhail. « Non fiori di melo e pero, niente sapore di miele che scorre nell'aria e uccelli che cantano! »

Impassibile, il direttore aveva scosso la testa. Sovrastato

dal poster dell'incrociatore *Aurora*, un lascito del suo predecessore, gli aveva spiegato che la MOST Korporatsiya voleva personale nuovo, padrone delle tecnologie digitali più avanzate. Teleconferenze, cloud data, simulazioni 3D con interventi in remoto: la presenza dei ricercatori era sempre meno necessaria. Potevano occuparsi delle indagini e delle analisi direttamente all'Istituto di glaciologia di Mosca, lasciando al personale di Vostok giusto il compito di far funzionare le macchine.

« Hai commesso una serie di errori » lo aveva rimproverato il direttore. « Negli ultimi campioni di ghiaccio c'erano tracce di organismi criotolleranti. In parole povere hai sporcato i campioni con sostanze viventi: uno sbaglio che non ci possiamo permettere, in questa fase. Siamo a pochi metri, ti rendi conto? »

Gli aveva mostrato un grafico, a riprova delle accuse, ma Mikhail era certo di essere nel giusto.

« Ho pulito per bene. Avranno trovato dei residui organici, ma morti e sterili. »

« Erano vivi e vegeti e arrivavano da qui. Ti rendi conto che tutta la fatica e i rischi per cercare forme di vita di milioni di anni fa sono inutili, se contaminiamo i campioni con organismi che vivono in superficie? »

« Forse gli organismi del lago Vostok interagendo con quelli superficiali li hanno trasformati in un modo che non conosciamo » azzardò.

« Facendoli resuscitare dopo che tu li hai sterilizzati? Ma per favore. Puoi andare, Rebko. »

Mikhail aveva chiuso gli occhi e immaginato che il poster alle spalle del direttore prendesse vita ed esplodesse una salva di cannoni, mentre un coro possente cantava *L'internazionale*. Non per dare il via alla Rivoluzione d'ottobre, però, ma per punire la nuova burocrazia, ancora più ottusa e arrogante di quella dei suoi tempi.

Invece, non aveva potuto fare altro che alzarsi e scendere al refettorio con la coda tra le gambe.

« Misha, che faccia da funerale. »

Mikhail si rese conto di aver quasi finito il suo piatto senza dire una parola ai colleghi, due fratelli della Repubblica di Carelia, sui cinquanta come lui, e Kirill, un ingegnere ormai prossimo alla pensione. Erano le uniche persone che poteva considerare amiche, fra il personale rimasto.

« Mi rimandano in Russia » rispose con la voce strozzata.

« Anche noi, perché siamo a fine turno » disse Kirill.

« Ma perderò il Contatto, Kiriusha. »

« Ormai devono fare posto a queste merde trentenni con il computer al posto del cervello. » Uno dei due fratelli accennò al personale seduto ai tavoli attorno a loro.

« Prendi il nuovo cuoco » disse l'altro. « Ancora non ha capito che qui sembra pianura ma siamo a tremila e quattro e l'acqua bolle prima. Come se non bastasse, si ostina a seguire le ricette di San Pietroburgo con le nostre farine, che sono disidratate al 15 per cento. Guarda che schifo. »

« Era tutta la mia vita. Io volevo esserci al momento del Contatto. » Mikhail si sforzò di non sembrare disperato, anche se era così che si sentiva. I compagni lo guardarono. Era chiaro che simpatizzavano per lui, ma non sapevano cosa dire.

« E non sanno neanche impugnare una stecca » disse infine Kirill, rompendo un silenzio che si faceva pesante e alzandosi. « Li fate due tiri? »

Il vecchio tavolo da biliardo in noce era uno dei vanti di Vostok, nessun'altra base antartica ne aveva uno, ed era anche un modo per differenziarsi dai « nuovi », il personale di fiducia della MOST. Loro non sapevano giocare. Mikhail non ne aveva voglia ma la saletta del biliardo era il posto più riservato per conversare. Seguì i due fratelli, prendendo Kirill sottobraccio.

« Mi hanno rinfacciato di avere contaminato i campioni di ghiaccio, Kiriusha » si lamentò Mikhail. « Mentono. Sono i miei precedenti che li spaventano. »

« La condanna per attività antisovietiche? Non è più reato da anni. Pensi che si spaventino per cose del genere? »

« Attività antisovietiche è solo un'etichetta. Ho denunciato burocrati che rubavano. È un reato che non invecchia mai. »

Mikhail impugnò la stecca e mentre ne ruotava la punta su un blocchetto di gesso, preparandola per il tiro, gli occhi erano persi sui fatti di trent'anni prima: aveva denunciato i corrotti, ma loro avevano falsificato le prove e sul banco degli imputati c'era finito lui.

« Cose di questo genere fanno sempre paura a certa gente » concluse.

« Ma qui non c'è niente da rubare, Misha » replicò Kirill.

La breve giornata di aprile era al termine. Oltre i pesanti vetri regnava un buio impenetrabile. Mikhail si chinò sul tavolo e puntò la stecca preparandosi al tiro.

« Però c'è molto da nascondere » disse.

« Questo lago nasconde mille cose, giacimenti di gas, nuove forme di vita batterica, chissà cos'altro, ma non è detto che ci siano affari illegali, no? »

« A proposito, secondo voi come si estrae gas da un lago a quattromila e passa metri senza alterarne l'ecosistema? » disse uno dei due careliani. « Non vi sembra un problema? »

« Non è un problema nostro. Gioca, tocca a noi » lo incitò il fratello.

« Forse hanno trovato Atlantide nel lago » continuò l'altro. « Il fondo è sotto il livello del mare, adesso, ma un tempo, prima che si formasse il ghiacciaio, non lo era. Ho letto su Internet che ha i requisiti ideali per essere Atlantide. »

« Perché, esistono luoghi sulla Terra che non li hanno? » Kirill rise mentre segnava i punti sul pallottoliere fissato alla parete.

Quelli del vecchio personale, prima che la MOST li rimpiazzasse, s'erano divisi in due fazioni: gli esoterici e i razionalisti. I primi sostenevano le congetture più strampalate per spiegare le stranezze del lago Vostok, gli altri giocavano a fare gli scettici. Ma era solo un modo per passare il tempo, nessuno dei ricercatori che lavoravano lì credeva davvero agli alieni o agli atlantidei.

Una voce femminile diffusa dall'altoparlante guadagnò per qualche secondo l'attenzione di tutti.

« Data l'attuale velocità del vento e salvo interventi d'emergenza, le attività continueranno all'interno dell'edificio principale. Buona serata » concluse l'annuncio.

« Cominciano a diventare numerose le sospensioni di attività esterne, non l'avete notato? » disse Mikhail.

« Siamo a tre giorni dal buio totale, e con meno di quattro ore di luce fra alba e tramonto è normale che si riduca l'attività esterna. Con questo tempo, poi. »

« Sì, ma tutta quella gente che lavora di notte? » continuò lui. « Possibile che siano tutti interventi d'emergenza? »

Scosse il capo di fronte alle facce perplesse degli amici.

« No, Kiriusha, nascondono qualcosa, te lo dico io » concluse Mikhail, ma i due fratelli non avevano finito con le loro storie.

« Atlantide forse no, ma dei nazi che mi dite? Quelli ci sono stati davvero qui. »

« Già, e se là sotto ci fosse la loro famosa base di sommergibili? »

« E come lo foravano il ghiaccio? Noi ci abbiamo messo trent'anni, con tecnologie che loro neanche si sognavano. »

La discussione continuò. I careliani ricordarono la Neuschwabenland, la colonia fondata dai nazisti nel 1939 in Antartide, una spedizione imponente, appoggiata persino da due Dornier bimotori. Da allora giravano voci di una base per sommergibili costruita nell'occasione.

Intanto era spuntata una bottiglia di grappa di prugna e, fra un colpo di stecca e l'altro, i toni si accesero ancora di più.

« I nazi sono sbarcati a duemila chilometri da qui e gli americani hanno perlustrato il posto, alla fine della guerra. Non c'era nessuna base di sommergibili. »

« Bravo, Kirill, se la trovavano lo venivano a dire a noi russi, secondo te? E lo Snow Cruiser? Quello esisteva, ci sono i filmati. Chi l'ha fatto sparire, secondo te? »

La spedizione tedesca aveva preoccupato persino Roosevelt, che aveva mandato una missione della US Navy in tutta fretta per contrastare eventuali dichiarazioni di sovranità da parte del Terzo Reich. Era equipaggiata con un colossale mezzo a motore con ruote da tre metri di diametro, lo Snow Cruiser, tanto grande che sul dorso portava un piccolo aereo da ricognizione. Allo scoppio della guerra, l'avevano abbandonato sul posto, coperto di neve e segnalato da una bandierina.

« Nel '58 era ancora tutto là, ma poi è scomparso. Vi sembra normale? Un bestione lungo diciassette metri e alto quattro, più l'aereo. »

« L'avrà inghiottito un crepaccio » disse Kirill. « Otto in buca d'angolo » dichiarò prima di colpire la boccia.

Ma i due fratelli non avevano finito.

« E del cilindro avete sentito? »

Si riferiva al presunto cilindro metallico individuato dagli scanner di profondità, causa principale di un'alterazione magnetica di oltre mille nanotesla. In teoria, era una notizia riservata. In realtà, alla base ne discutevano tutti.

«Le immagini satellitari sono troppo sfocate per poter escludere l'ipotesi di un comune giacimento di ferro» obiettò Kirill. «In natura esistono forme perfette e più complesse di un cilindro, come i cristalli, senza che questo chiami in causa civiltà aliene.»

Era un argomento sensato, ma Mikhail non li ascoltava più. Erano altri e molto più vicini i misteri che lo interessavano.

Mentre aspettava il suo turno alla stecca, teneva il naso quasi incollato al vetro della finestra che si affacciava sui pozzi. Qualche piccola luce bucava il buio dello spiazzo, oltre la torre G-5, dove il cryobot di scavo era ormai a pochi metri dall'ultimo diaframma di ghiaccio prima del lago Vostok. Mikhail aveva visto quelle luci troppe volte per sbagliarsi. Non erano squadre di emergenza per il controllo dei generatori o cose simili, era una colonna di trattori Karkhovchanka e si trovava a due o tre chilometri da loro, ben oltre il perimetro di lavoro normale. In teoria nessuno avrebbe dovuto lavorare così lontano dalle baracche, quindi che ci facevano là?

Prima di farsi cacciare a pedate dalla sua base, Mikhail doveva proprio fare un'ultima perlustrazione.

11

Karkhovchanka

Antartide, 21 aprile

Quando Amanda aprì gli occhi non sapeva da quante ore, o giorni, stesse dormendo. Le mancava l'aria e aprì il sacco a pelo. Inspirò avidamente ma sentì bruciare la pelle per il freddo e richiuse subito, lasciando solo una sottile fessura davanti agli occhi. Si girò su un fianco e, piegando le gambe, riuscì a darsi una spinta, alzandosi quanto bastava per vedere che la tormenta di neve era cessata. Ora ricordava dov'era: con Shannon, entrambe rifugiate in un vecchio trattore abbandonato.

Chiusa nel suo bozzolo e protetta da tre chili di Lamilite, un poliestere multistrato con il migliore isolamento termico offerto dalla tecnologia americana, Amanda non sentiva freddo. Ma aveva voglia di un caffè e per soddisfare quel semplice desiderio avrebbe dovuto recuperare la bottiglietta d'acqua che aveva tenuto in fondo al sacco a pelo, uscire almeno con le braccia e la testa, riempire la caffettiera a pressione, infilarci una capsula di miscela e premere il pistone una ventina di volte, fino a farle sputare una minuscola tazzina di liquido a quasi settanta gradi.

Così però avrebbe svegliato Shannon e sarebbe stata costretta a fare conversazione, l'ultima cosa che desiderava. Non che la compagna non le piacesse, ma nelle rare occasioni in cui potevano parlare del più e del meno e non di quali vele armare o di dove montare la tenda, Shannon faceva un sacco di domande personali e la metteva in imbarazzo. E nei giorni passati insieme, a Darwin, Amanda s'era resa conto di quanto fosse diversa da lei: beveva forte ma non sembrava schiava dell'alcol, diceva un sacco di parolacce, parlava sempre di sesso e aveva cinque o sei tatuaggi.

« E quello che roba è? » le aveva chiesto Amanda una sera, notando una selva di segni puntiformi incisi sull'interno del polso.

« È un QR, un codice a lettura digitale. È il mio testamento, nel caso morissi qui » aveva risposto Shannon e lei non aveva osato chiederle altro.

Fuori, sulla volta nera della notte antartica, s'erano accese milioni di stelle. Brillavano di una luce tanto intensa da creare l'illusione di tremare, una vicina all'altra, come prede rintanate in un luogo sicuro che si tengono spalla a spalla, respirando in silenzio, nella paura dell'irruzione di un predatore. Al centro, la nuvola bianca e rosa della Via Lattea rischiarava appena due strisce di cielo contigue, colorandole di un cobalto intenso. L'inverno antartico era alle porte e presto quel buio sarebbe stato la condizione permanente, ventiquattr'ore su ventiquattro, per mesi.

« Voglio morire qui. » La voce di Shannon era impastata e carica di stanchezza.

« Scusa, non volevo svegliarti. » Amanda la carezzò sulla guancia e sgusciò fuori dal sacco a pelo.

Sfiorò la volta dell'abitacolo e la condensa cristallizzata subito si diffuse nell'aria, una polvere invisibile ma pungente, sul viso e sulle mani ancora scoperte. Si affrettò a completare la vestizione, guanti e casco, prima che il gelo le bloccasse le dita. I byos erano stati l'alleato vincente fino a quel momento. Ma i valori ricavati nel laboratorio della NASA non avevano niente a che fare con quello che Amanda provava adesso.

Un conto è dire che un certo tessuto ha una bassa capacità di dispersione del calore, un altro è sentirselo addosso umido, quasi fradicio, perché tutto è studiato per limitare la traspirazione e ridurre il carico termico, e percepire che oltre quel sottile strato di materia artificiale c'è la natura ostile. E il fatto che fosse una natura silenziosa e immobile la rendeva agli occhi di Amanda ancora più minacciosa. Come certe vespe che depongono le larve nelle loro prede, e queste succhiano la vittima un po' alla volta, a partire dalle parti meno vitali, per farle durare più a lungo. Nelle esercitazioni di entomologia quella cinica efficienza l'aveva sempre impressionata. Nessuna malvagità, solo adattamento evolutivo, diceva la sua mente razionale, ma un'altra parte di lei le sussurrava di tenersi alla larga dai pericoli che agivano nel silenzio.

«Mmm...»

«Dormi, Shannon» sussurrò Amanda.

«Mmm...»

«Io esco, non ne posso più di stare qui dentro. Ti chiamo se il vento molla.»

Aprì il portello del trattore e uscì all'aperto. Dopo tutte quelle ore rinchiusa nell'abitacolo, in attesa che la tempesta scemasse, Amanda sentiva i muscoli rigidi come se fossero di legno. L'anemometro da polso segnava cinque nodi: finalmente era normale. In base ai calcoli erano ormai nella zona delle calme centrocontinentali, ma quelli del Meteo Forecast della NASA di Silver Springs l'avevano avvertita: con i cambiamenti climatici in corso, le serie storiche erano da dimenticare e tutto era possibile. Come per esempio un blizzard a sessanta nodi del tutto fuori stagione.

Anche l'alterazione del campo magnetico era diminuita. L'interferometro segnava dieci nanotesla oltre la banda di normalità, l'effetto di un cellulare o poco più. Le anomalie erano nelle attese e sarebbero state più forti in vicinanza del lago Vostok.

«Ma non è l'intensità che deve spaventarti» le aveva

detto il suo capo nel breve incontro in Canada, dove lei aveva fatto tappa durante la fuga verso l'Australia. L'uomo le aveva mostrato le ultime rilevazioni dei satelliti geologici e Amanda era rimasta a lungo senza parole.

« È un effetto ottico? » aveva chiesto dopo un po', sperando in una conferma.

« No, i radar di profondità non sbagliano. Quello che vedi, a quattromila metri sotto il ghiaccio, al centro del lago Vostok, è un cilindro. »

Era seguita una rapida descrizione della missione e poi l'avevano imbarcata su un bimotore Gulfstream, della NASA ma senza contrassegni, a bordo del quale nessuno aveva fatto domande.

Amanda si allontanò dal trattore di qualche passo. Il terreno era ancora morbido per la neve recente. I tessuti intelligenti del byos valutarono l'equilibrio fra le condizioni del corpo e quelle dell'ambiente esterno e rilasciarono una dose di antagonista, una terapia antietilica che Amanda seguiva da mesi. Shannon aveva due litri di grappa con sé. L'australiana la centellinava, un sorso ogni sera, mentre Amanda, potendo e volendo, avrebbe potuto finirla in dieci minuti.

Ansia e insonnia erano effetti collaterali normali di quel farmaco.

Ma oltre quella massa d'aria catabatica che per poco non le aveva uccise entrambe c'era una minaccia che le macchine non potevano sentire. Le correva appresso da quando era partita in tutta fretta da casa. L'aveva inseguita nella lunga fuga. Amanda aveva percorso centinaia di chilometri alla guida con l'immagine di quei due corpi senza vita scolpiti nella mente. Brevi soste, appisolata sul sedile, per non lasciare tracce nei motel. Auto noleggiate in contanti e strade secondarie, meno battute dalla polizia. Poi la traversata notturna del Lago Superiore fino al confine canadese, dove si era rifugiata per avere aiuto dai suoi capi e da là fino a Darwin.

Quella minaccia si era imbarcata con lei sul quadrimotore Orion dell'Australian RAF che l'aveva portata da Darwin fino a Base Casey, sulla costa orientale dell'Antartide. Amanda ne aveva sentita l'ombra fredda in ogni momento e adesso era là fuori, da qualche parte, mimetizzata nel silenzio. E aspettava lei.

Eppure se fosse tornata indietro, se avesse avuto una seconda possibilità, non si sarebbe comportata in modo diverso. Li avrebbe comunque uccisi. Se aveva commesso errori imperdonabili, era stato prima di quell'ultimo atto.

« Il vento ha mollato! » La voce di Shannon nell'interfono la sorprese. La radio bluetooth funzionava, c'era di nuovo campo.

« Sì » rispose Amanda. « Potremmo alzare le vele leggere e ripartire. »

« Che ne dici di avvertire Base Vostok, prima? »

« Il problema è che la radio a onde corte è nella tua slitta, che hai abbandonato ad almeno cento metri da qui e adesso è coperta dalla neve. Appena si alza il sole la cerchiamo. »

« Guarda! Una luce! » Shannon aveva raggiunto Amanda e indicava ora un punto brillante, immerso nel buio profondo. Impossibile dire a che distanza fosse.

« Un mezzo meccanico. Cazzo, può essere solo Base Vostok. »

« Lo dici come se fosse un problema. »

Poteva esserlo, in effetti, almeno per Amanda. Forse, preoccupati del loro ritardo, i russi avevano inviato una squadra di soccorso. O forse invece avevano ricevuto un avviso dalle autorità americane. Non avevano alcun diritto di arrestarla, ma se l'avessero impacchettata e spedita a Washington, come avrebbe potuto opporsi?

« Sono solo preoccupata che vogliano imbarcarci. Manderebbe a monte tutta l'impresa, Shannon. La NASA e gli altri sponsor pagano perché due donne attraversino l'Antartide a piedi, non su un trattore. »

Il sole spuntò all'orizzonte. Qualche minuto dopo, la sagoma scura di un cingolato fu visibile.

« Io non mi imbarco » disse Shannon. « Abbiamo quattro ore scarse di luce al giorno. Con cinque nodi di vento e le vele leggere possiamo essere a Vostok prima di stasera. Non ci serve un passaggio. »

Il veicolo si fermò a una ventina di metri. Era un vecchio Karkhovchanka, una casa sui cingoli per sei persone almeno. Se l'equipaggio non era al completo, Amanda avrebbe potuto sopraffarlo, magari contando sulla sorpresa. Aveva la Beretta 92 nel marsupio del byos, ma usarla significava mandare a monte tutto. Dove sarebbe scappata, dopo? Con un'autonomia di millecinquecento chilometri, quel mezzo poteva inseguirla dovunque.

Gli sportelli laterali del Karkhovchanka si aprirono e ne scesero tre uomini, autista incluso. I parka e i pantaloni imbottiti li facevano sembrare grossi pinguini mentre avanzavano barcollando. Quando furono vicini, Amanda notò la stella rossa sul colbacco e i distintivi al braccio che li qualificavano come militari. Quello al centro, con i gradi da ufficiale, si rivolse a lei.

« Amanda Martin, devo arrestarla » disse l'uomo in un inglese incerto. « Prego, sul veicolo. »

« Arrestare? Ma questo si è bevuto il cervello? Amanda, che succede? »

« Prego, sul veicolo » ripeté l'uomo.

Amanda si guardò intorno, doveva cercare di prendere tempo.

« Dobbiamo recuperare la seconda slitta. L'abbiamo mollata nella tormenta di neve. Ci sono le mie medicine. »

« Ma quali medicine? Amanda, mi vuoi dire che succede? »

« Prego. Deve salire. » L'ufficiale indicò ancora il cingolato.

« Morirò, senza quelle medicine. Si assume lei la responsabilità? »

I tre uomini si scambiarono qualche frase in russo.

« Dov'è la slitta? » chiese l'ufficiale, il fiato condensato nell'aria fredda e secca, i primi accumuli di ghiaccio sulle sopracciglia e sotto il naso.

Amanda si guardò attorno. Doveva prendere una decisione.

« Eccola! » Indicò l'asta con la bandierina rossa di segnalazione che spuntava da un piccolo cumulo di neve. Era un puntino lontano. O forse vicino, non riuscì ad apprezzarne la distanza. Senza che se ne fosse resa conto, erano piombati in pieno « white-out », la temporanea incapacità di percepire la profondità nello spazio, in assenza completa d'ombre. Quando l'avevano messa in guardia, nel frettoloso corso di formazione a Darwin, le era sembrata soltanto una curiosità.

« Attenzione, sono possibili anche i miraggi, in Antartide » le avevano detto.

La testa le girava e si aspettava davvero un miraggio, perciò non si stupì quando vide emergere dalla nebbia la forma slanciata di un altro veicolo. Fluttuava a un metro dal suolo o poco più, come un gigantesco disco volante, dello stesso colore bianco latte dell'aria attorno. Ma un miraggio dovrebbe essere un fenomeno ottico e nient'altro. Non dovrebbe parlare.

« Fermi. Non vi muovete. »

Una voce sintetizzata, asessuata e priva di inflessioni, si propagò dal veicolo a disco. Amanda la sentì anche nell'auricolare: dunque si erano inseriti nel sistema del byos.

I tre militari si avvicinarono al veicolo e si sfilarono i guanti, forse per mettere mano alle armi. Un fascio di luce rossa li investì prima che potessero farlo. Crollarono al suolo senza un grido.

Dal disco uscirono due figure alte e slanciate. Indossavano tute integrali grigioazzurre simili ai byos ed erano armate. Si chinarono sui corpi dei russi per verificarne le condizioni. Era il momento, forse si poteva approfittare del white-out.

« Scappa, Shannon! »

Amanda corse senza esitare. La slitta abbandonata era a cento metri da lì, seminascosta dalla neve e dal bianco, e lei sapeva dov'era, l'aveva appena individuata. Avrebbe potuto armare il kite-vela e filarsela. Verso dove, non lo sapeva.

Dalle cuffie integrate le arrivava il respiro affannoso di Shannon.

« Che cazzo succede? »

« Corri e basta! »

I byos avevano bande colorate luminescenti attivabili in caso di emergenza, per facilitare il recupero, ma in condizioni normali erano del tutto bianchi. Forse ce l'avrebbero fatta.

« Bastardi! »

La voce di Shannon non era solo un commento alla situazione. L'ansimare era più agitato, il respiro quasi un ringhio: l'avevano presa e stava lottando, ma Amanda non poteva voltarsi.

Era ormai a pochi metri dalla slitta quando si ricordò del crepaccio. Rallentò e sentì sulle spalle una pressione che la fece cadere sulle ginocchia.

Appoggiò una mano a terra per rialzarsi, l'altra già infilata nel marsupio per estrarre la pistola, ma fece appena in tempo a girarsi che gli inseguitori le furono addosso. Mentre uno di loro le bloccava i polsi, l'altro le aprì il casco, puntandole addosso un'arma.

« Chi cazzo siete? »

Dagli auricolari non arrivò alcuna risposta e lo schermo frontale polarizzato non lasciava intravedere nulla del viso dell'aggressore. Impossibile dire se fosse maschio o femmina.

A dire la verità, ad Amanda non sembrò neppure umano.

12

Il processo

Molti anni prima, Mosca, primavera 1983

Ogni respiro che farai, ogni movimento e ogni passo, io ti osserverò.

Mikhail ascoltava sempre le radio occidentali a quell'epoca. Traduceva i testi, sognava di diventare un cantante rock, più famoso di Viktor Coy, il leader dei Kino, la migliore band di Leningrado e di tutta l'URSS.

Quella canzone dei Police gli era piaciuta subito, per il doppio senso del testo.

Io ti osserverò. Non capisci che tu mi appartieni?, diceva.

Parole che esprimevano un amore assoluto, quelle di *Every Breath You Take*, almeno quella era stata l'interpretazione prevalente degli amici d'università di Mikhail. Lui aveva fatto una registrazione di pessima qualità, realizzata con un microfono a diaframma, ma sufficiente a farne l'argomento della serata alla discoteca della Mosgortrans, poco più di uno scantinato di proprietà dell'azienda tranviaria di Mosca.

Le ragazze davano un'altra interpretazione. Secondo loro, il protagonista era in realtà troppo ossessionato dalla donna amata.

« L'osserva come il Grande Fratello, non lo capite? » aveva detto Natalia Ivanovna, promettente allieva della facoltà di biologia, sempre la più critica quando si parlava di cultura occidentale. Scuoteva la testa mentre parlava, facendo ondeggiare la coda di capelli biondo platino. Dai tavoli vicini, molti ragazzi la mangiavano con gli occhi.

« Ma lo fa per amore, no? » aveva provato a ribattere Mikhail, senza molta convinzione. Erano vicino alle casse e per farsi sentire doveva gridare.

L'acustica non era buona, ma sempre meglio trovarsi lì che ballare negli *dvor*, i cortili condominiali, magari al suono di una fisarmonica. I pensionati che gestivano il locale ricordavano spesso le serate estive della loro gioventù, quando si portava un grammofono di fronte al palazzo e i vicini arrivavano per ballare qualche vecchia melodia popolare.

« Mica come adesso, che avete tutte le comodità » concludevano sempre.

Le comodità consistevano in uno spaccio di bevande e un dj che si sforzava di vivacizzare l'ambiente armeggiando ai comandi di un grosso registratore a bobina aperta. Un pessimo sistema, ma nessuno era tanto pazzo da portare dischi in vinile in un posto simile. Quelli occidentali costavano come uno stipendio mensile.

« Ti osservo perché mi appartieni. Non capite? Dice che l'amore assoluto può essere una prigione » insistette Natalia.

« Ogni riferimento al modo in cui viene governato il nostro meraviglioso paese è puramente casuale, immagino » osservò Boyan, fra le risate di tutti. Aveva passato tre mesi in Inghilterra, l'estate prima, e da allora sfoggiava un po' di cinico umorismo british.

« Non intendevo certo fare delle insinuazioni » disse Natalia, il candore del viso da bambola appena arrossato.

« Conoscete qualche nuova discoteca decente? » chiese Yusuf, tanto per spezzare la tensione. Il faccione kazako e gli occhi a mandorla lo facevano sembrare ancora più giovane e ingenuo di quanto fosse. Nel posto da cui veniva, un villaggio senza nome, la gente si dichiarava islamica prima che comunista. Ma lui si era adattato in fretta alle novità della capitale. « Magari senza andare fino a Leningrado o nelle repubbliche baltiche » aggiunse.

« E senza i quindici minuti di informazione politica prima della musica? »

« Ce n'è una di quelle costruite per le olimpiadi » disse Mikhail. « All'interno del Velotrek, lo stadio da ciclismo, in zona Krylatskoye. »

Il dj intanto era passato dalla musica russa a quella italiana.

« Ci sarebbe anche la disco dell'Intourist Hotel » aggiunse Boyan. « Ma per entrarci devi conoscere qualcuno che conti nel Komsomol. »

« Non guardate me. » Natalia alzò le braccia, i palmi delle mani bene in vista. Poi, sbuffando, s'allontanò dal tavolo, fendendo la folla sulla pista da ballo, fino a raggiungere il banco delle bevande.

Ai tempi del liceo, Mikhail aveva avuto una specie di storia con lei, finita senza drammi. Almeno da parte di lui. Era stato proprio come in *Ragazza dell'ottava classe*, la canzone dei Kino. Due adolescenti che camminano insieme senza toccarsi, lei vuole andare al cinema e lui la trascina in birreria. Lei si mette il rossetto rubato alla madre e lui fa finta di non notarlo. Natalia diceva sempre che la odiava, quella canzone. Ma lei odiava tutta la musica rock. Era fedele alla linea della corrente di Chernenko, uno che manovrava per diventare segretario del Partito sostenendo che la musica rock distraeva la gioventù sovietica dai veri obiettivi, dalla realizzazione del socialismo eccetera eccetera.

Natalia ballava solo quando c'era la classica « white dance », un lento in cui le donne per tradizione invitavano gli uomini. E in quei casi puntava sempre Mikhail.

« Deve sempre essere così rigida? » sbottò Mikhail guardandola allontanarsi.

« Lo sai cosa vuole, Misha » disse Boyan, con uno sbuffo d'impazienza. « Perché non glielo dai e non la fai contenta? »

« Naah, adesso non funzionerebbe fra noi due. »

« Non parlavo di quello. Le accuse di appropriazione indebita ai dirigenti dell'università: lei vuole che le ritiri. »

« Sei matto? Hanno usato fondi destinati alla ricerca e alle residenze dei fuori sede per farsi le vacanze in Crimea e chissà cos'altro. Sono rappresentante degli studenti e dovrei tacere? »

« Zitto, sta tornando. »

Avanzando sulle lunghe gambe, con pochi passi decisi, Natalia tornò al tavolo e prese posto proprio davanti a Mikhail.

« Allo stadio Luzhniki faranno un nuovo concerto. Ci saranno anche i DDT » buttò lì Yusuf.

« I DDT? Scordatelo. » sentenziò Boyan. « Alla discoteca del dopolavoro ferroviario ho ascoltato il loro ultimo brano. » Si chinò verso il centro del tavolo, abbassando la voce. « Ci sono frasi come: 'Si impazzisce di noia ma secondo il Centro va tutto bene'. »

« E quindi? Secondo te non li faranno mai più salire su un palco? »

« Con o senza cappio al collo, intendi? » chiese Boyan, ma nessuno rise: aspettavano tutti l'intervento di Natalia.

« Inutile che ci giriamo intorno, Mikhail » disse lei. « Devi ritirare quelle accuse. »

« Dammi una ragione per farlo. Sono vere. Lo sai, no? »

« Vero o falso conta poco in politica. Su cinque dirigenti che finiranno nei guai tre sono riformisti. »

« Riformisti? »

« Sì, insomma, sostengono Chernenko. È l'unico che può impedire ad Andropov di diventare anche presidente del Soviet supremo, oltre che segretario del Partito. »

« Andropov, Chernenko: sai che differenza » sbuffò Mikhail. « È troppo chiedere un po' di trasparenza? »

« L'unica cosa trasparente in questo periodo è la carta igienica » disse Boyan sogghignando. « No, dico, ma li avete visti gli ultimi arrivi ai magazzini GUM? »

« Ti sembra la priorità? » lo redarguì Natalia, costringendolo ad abbassare lo sguardo.

Per un po' rimasero tutti a osservare i boccali di birra sul tavolo di legno unto che li separava. C'era della Pepsi fino al giorno prima, allo spaccio, ma era finita.

« Bene, quello che dovevo dire, l'ho detto. Spiegagli il resto » disse Natalia alzandosi e rivolgendo un gesto d'intesa a Boyan.

« Perché? C'è dell'altro? » chiese Mikhail, mentre osservava la ragazza allontanarsi verso l'uscita.

« Se non ritiri le accuse, sarai il primo a finire nei guai. Anche tu hai usato i fondi universitari. »

« Certo, per riunioni autorizzate dal Partito. Mentre loro li hanno usati in modo improprio. Le ricevute provano entrambe le cose. »

« A quanto sembra le prove materiali sono sparite e sul banco degli imputati rischi di finirci tu » gli spiegò Boyan.

« Ma Natalia c'era, ha sempre controllato tutto, le ha viste, quelle ricevute. Lei può testimoniare, no? » disse con foga Mikhail.

Dagli amplificatori si alzava una melensa musica ballabile, dominata dalle voci acute di una coppia italiana. Mikhail non aveva nessuna voglia di ballare.

« Non farti cacciare, Misha. Mi mancheresti » disse Yusuf alzandosi.

« Sono uno dei membri più qualificati del gruppo universitario, ho ottimi voti, sono il primo della classe di inglese: non possono farmi questo. »

Boyan svuotò il suo boccale con un unico lungo sorso e si alzò a sua volta.

« Occhio, Misha. Conoscere bene l'inglese potrebbe essere un'aggravante » disse, posandogli una mano sulla spalla prima di andarsene.

Rimasto solo, Mikhail provò a immaginarsi il processo. Da un lato ne aveva paura, era ovvio, ma dall'altro si sentiva pronto a lottare. Il socialismo era un'idea grande e lui non avrebbe permesso a politicanti piccoli piccoli di sporcarla. Poi però, quando la musica finì e il dj già cominciava a smontare e impacchettare le sue cose, Mikhail si rese conto che il processo sarebbe stato solo una formalità, perché quello vero, quello che doveva decidere chi assolvere e chi condannare, c'era appena stato e si era svolto lì, in uno scantinato del dopolavoro tranviario adibito a discoteca. Con Natalia come pubblico ministero e Boyan avvocato difensore. Che aveva tentato un patteggiamento, a dirla tutta, ma senza riuscirci.

Qualche giorno dopo, quando il giudice lesse i capi d'accusa ufficiali, Mikhail non fu sorpreso dagli eventi.

Natalia aveva rinunciato alla coda ai capelli, anche se non era più considerata sovversiva da almeno dieci anni. Un tailleur che sarebbe sembrato castigato anche a un pope ortodosso e un sobrio chignon che la faceva sembrare più vecchia non avevano impedito di far girare la testa alle guardie che sorvegliavano l'uscita, con i loro massicci colbacchi di pelo argentato e la stella rossa al centro.

« Confermo la ricostruzione dei fatti del compagno procuratore » si era limitata a dire la ragazza, e per lui era stata la fine.

A metà settembre, in un rinnovato clima da guerra fredda alimentato dall'abbattimento di un aereo coreano con quasi trecento persone a bordo, Mikhail Denisovich Rebko si era imbarcato per le stazioni antartiche.

13

Milano brucia

Milano, 21 aprile

Il razzo disegnò una spirale deforme sul cielo di Milano, fino a perdere propulsione e precipitare con una corta parabola bianca verso un gruppo di carabinieri. I militari, tutti in tenuta antisommossa, aprirono un varco nella formazione per lasciare spazio all'ordigno in caduta, una cartuccia da segnalazione ormai innocua, e tornarono a serrare i ranghi. Fronteggiavano da un'ora i manifestanti, due o tremila per il momento, ma secondo i rapporti delle pattuglie in volo erano solo una piccola parte del fiume di persone in lento movimento lungo i Bastioni di Porta Nuova, a poche centinaia di metri da lì.

Al secondo piano del palazzo che ospitava il Comando legione carabinieri, una radio trasmetteva a pieno volume i comunicati degli elicotteri di sorveglianza. In piedi di fronte alla finestra spalancata, Gabriel Novak ascoltava senza commentare. Non padroneggiava perfettamente l'italiano ma si era informato e aveva capito quanto bastava: Milano era fuori controllo. Il tono delle voci alla radio era tanto drammatico da essere più eloquente del contenuto dei dispacci. Il licenziamento di ventimila impiegati pubblici e l'inevitabile contraccolpo nel settore privato avevano fatto detonare il fragile equilibrio italiano.

Ma a Gabriel non importava delle cause, erano le stesse dovunque, in Europa come in America. Voleva sapere cosa succedeva sul campo, invece. Non era in Italia per vedere monumenti o musei, era lì per l'Hydrobot. La preziosa sonda capace di esplorare il lago Vostok avrebbe dovuto essere all'aeroporto internazionale di Milano da quasi un'ora, ormai, ma qualcosa era andato storto e toccava a lui risolvere il problema.

Nella sala operativa del raggruppamento aeromobili, i carabinieri faticavano ad avere un quadro della situazione. La protesta popolare era partita senza organizzazione, con assalti ai supermercati, auto bruciate nelle strade, la stazione centrale occupata. Movimenti sul territorio casuali, in apparenza, e senza strategia. Nessun comunicato, nessuna richiesta.

Gabriel si avvicinò al tavolo tattico, al centro della stanza. Una grande carta geografica del Nord Italia l'occupava quasi per intero. Piccoli adesivi rossi segnalavano i punti di crisi.

« C'è sempre qualcuno con cui trattare. Non avete contatti con i loro sindacati? » chiese.

All'altro lato del tavolo, un tenente dei carabinieri, l'ufficiale di collegamento che l'ambasciata americana gli aveva assegnato come angelo custode, scosse la testa.

« Le sedi dei sindacati sono la prima cosa che hanno bruciato. »

L'uomo si rimboccò le maniche della camicia. Aveva vistose chiazze di sudore sul petto, dovute alla tensione ma anche alle temperature pazze di un aprile che sembrava agosto.

« Comunque l'aiuteremo a recuperare il suo carico » disse ancora, allungandosi sul tavolo per indicare uno dei tanti punti rossi sulla carta. « È partito dal Politecnico di Torino due ore fa per l'aeroporto locale. Il volo fino a Milano dura meno di un'ora, quindi doveva essere già qui. Qualcosa deve avere ritardato l'imbarco. Come se non bastasse, abbiamo problemi di comunicazione: blocco totale della rete. Attendo un aggiornamento della situazione a minuti.»

Il cellulare di Gabriel vibrò: era un numero di Washington.

«Mi scusi un secondo, tenente» disse, allontanandosi dal tavolo.

Uscì sul balcone monumentale del palazzo e s'appoggiò alla balaustra in pietra, fra le bandiere italiana e dell'Unione europea, immobili sulle lunghe aste metalliche. Sperava che fosse la Voce con qualche novità su Amanda Martin, ma rimase deluso.

«Abbiamo un problema con i russi, Novak.» La voce del Senatore era carica di rabbia. «Stanno per entrare nel lago.»

«Non è possibile, il rootkit è penetrato nel loro sistema informatico, come lei aveva ordinato. Li monitoriamo, il pozzo G-5 non è ancora al Punto di Contatto.»

«Il G-5 può darsi.»

«Non ce ne sono altri.»

«Invece sì.»

«Non così profondi.»

«Mi ascolti, Novak. Nel 1998 le pressioni internazionali fermarono la perforazione del G-5, c'era il rischio d'inquinare il lago. Nel 2006 i lavori ripresero. Ma abbiamo controllato i consumi di energia di Vostok e siamo sicuri: in quegli otto anni i russi hanno continuato a scavare.»

«Non mi stupisce, se ne fregavano dell'inquinamento. Ma le ripeto che non sono ancora al Punto di Contatto. Tengo quel pozzo sotto costante controllo.»

«Sta controllando il pozzo sbagliato. Hanno scavato da un'altra parte senza dirci nulla.»

Nel piazzale di fronte al Comando, in quello che restava di un cantiere edile, la folla dei manifestanti si era ingrossata e ora si avvicinava ai militari. Qualcuno aveva costruito rudimentali barriere con assi di legno e masserizie metalliche. I lanci di pietre arrivavano ormai a lambire le prime file degli uomini in divisa.

«Novak, è ancora lì?»

«Sì, Senatore. A questo punto devo imbarcarmi per l'Antartide, suppongo.»

«Recuperi l'Hydrobot, prima. Senza quello, come scendiamo nel lago?»

«Sissignore. Farò così.»

«Verifichi al più presto se i nostri sospetti sono fondati. Nel caso, blocchi tutta Base Vostok, ma non permetta a Mosca di far scendere neanche uno spillo in quel lago senza di noi, mi sono spiegato?»

Il Senatore chiuse la comunicazione senza aspettare risposta. Non ce n'era bisogno.

Di fronte al palazzo le cose andavano sempre peggio. I lanci di sassi erano più fitti e non sembravano solo uno sfogo rabbioso, come all'inizio. C'era del metodo nell'azione dei dimostranti, sembrava puntassero a un solo lato dello schieramento dei carabinieri, come se agissero in base a un piano. Gabriel aveva fronteggiato tumulti anche più feroci quando era nei ranger e sapeva riconoscere certi schemi. Si era arruolato dopo l'11 settembre per farsi mandare in Afghanistan, dove aveva dei conti da regolare, e c'era arrivato proprio quando la simpatia verso i liberatori americani stava svanendo. Perciò non erano mancate le occasioni di misurarsi con folle ostili, gente che lanciava sassi verso uomini armati e in divisa alla ricerca della scintilla capace di incendiare tutto.

«Signor Novak?» Un carabiniere si affacciò sul balcone per richiamarlo. «Abbiamo notizie del suo trasporto.»

Gabriel si avvicinò al tavolo tattico. Il numero di adesivi rossi sulla carta geografica era molto aumentato. L'ufficiale di collegamento indicò un punto.

« Il carico è sulla Torino-Milano, viaggia via terra perché c'è uno sciopero di assistenti radar e personale di volo. È fermo tra due blocchi stradali e i dimostranti stanno bruciando uno dopo l'altro tutti i veicoli. »

« Devo raggiungerlo subito e con una forza adeguata a difenderlo. Il governo italiano mi ha dato garanzie precise. »

« Quattro unità dello squadrone eliportato Cacciatori di Sardegna sono già decollate da Abbasanta. Saranno lì entro... » L'ufficiale diede uno sguardo all'orologio. « Entro trentacinque minuti al massimo. »

« Io devo arrivare molto prima. »

« L'equipaggio del camion difenderà il carico nel frattempo. »

« Spareranno sulla folla, secondo lei? Andiamo, tenente, non sia ridicolo. »

L'uomo sostenne il suo sguardo per un istante, pensieroso.

« Mi dia un minuto, signor Novak » disse poi. L'ufficiale compose un numero di telefono. La conversazione che seguì era troppo veloce perché Gabriel potesse comprenderla, forse con qualche parola dialettale o qualche tecnicismo gergale. Ma la conclusione fu chiara, i militari si somigliano tutti quando dicono « signorsì ».

Quattro minuti più tardi Gabriel decollava a bordo di un Agusta Westland 109 Nexus, diretto al km 52 dell'autostrada Torino-Milano.

14

Il pozzo

Antartide, Base Vostok, 21 aprile

Una partita a scacchi non si vince occupando il territorio: quello che conta è controllarlo, questo Mikhail l'aveva sempre saputo. La MOST Korporatsiya sembrava conoscere altrettanto bene quella regola. Ai loro dirigenti non importava dei simboli americani, retaggio del periodo di collaborazione internazionale, e nemmeno delle icone del vecchio regime russo dipinte un po' ovunque nella base. Quella era solo facciata, non sostanza. Mosca aveva allontanato un po' per volta gli occidentali, da quando i loro soldi non erano più indispensabili, poi aveva cominciato a collocare persone fidate nei posti chiave, in competizione con la Korporatsiya stessa. Il Cremlino aveva segnato molti punti a suo vantaggio, ma non sarebbe stata l'occupazione a decidere il vincitore. Il controllo era decisivo. Per questo era arrivato il software della MOST.

L'accensione delle luci, il riscaldamento, le pompe del pozzo di scavo nel ghiacciaio e la generazione di energia per le apparecchiature della base, la connessione Internet: tutto adesso faceva capo a un unico programma, installato dalla MOST, che aveva sostituito le regolazioni manuali e, un po' alla volta, anche i vecchi codici dell'epoca sovietica. Un agglomerato di linguaggi diversi, dal Rapira all'Analitik di quando Mikhail era ancora studente, fino al Sako polacco o al Poliz, roba che risaliva a volte agli anni Cinquanta e basata su logiche ternarie o sulla notazione inversa. Mikhail aveva avuto lunghi inverni a disposizione per impararli e gli sforzi dei tecnici per domare quella giungla informatica l'avevano più che altro divertito, fino a quel momento.

Ora era tempo di sfruttare le sue conoscenze.

Mikhail si era accorto di un conflitto fra il nuovo programma e un vecchio codice che regolava l'accensione automatica della caldaia e insieme dell'illuminazione. Fino a quando le giornate erano state più lunghe, l'interruzione capitava di giorno e veniva risolta con un intervento manuale, ma ormai la fine di aprile era prossima e l'arco di luce arrivava a stento a quattro ore. Il problema si verificava nel turno notte e causava un blackout temporaneo di sessanta minuti. Un inconveniente da nulla, dato che tutti dormivano e la temperatura interna ai locali si manteneva a livelli accettabili. Ma poteva essere un alleato cruciale per il piano di Mikhail.

Saltò l'abituale ritrovo al biliardo per rifugiarsi in branda. Accampò problemi intestinali, cosa che avrebbe evitato sospetti se qualcuno l'avesse visto alzarsi nel turno di riposo. Si svegliò qualche ora più tardi, gli occhi puntati sulla spia di carico del pc portatile. Quando la vide spegnersi, Mikhail capì che il blackout era cominciato e sgusciò in silenzio fuori dalle coperte.

La temperatura era a meno cinquanta, ma il vento, per fortuna, quasi assente. Mikhail avvertì subito la formazione di minuscoli granelli di ghiaccio nel naso e in gola, come se respirasse polvere. Si sforzò di non tossire, nessuno doveva sentirlo.

S'inoltrò nella zona a ridosso dei laboratori esterni, un ottimo nascondiglio, ingombra com'era di veicoli fuori uso e altre apparecchiature abbandonate negli anni. Cimeli industriali che testimoniavano la lunga occupazione russa di quel territorio. Immobile dietro la carcassa di un Belarus

Traktor dei primi anni Sessanta, gli occhi puntati sulle luci in movimento nel buio profondo del plateau, Mikhail attendeva il momento propizio per mettersi in caccia.

L'umidità sulle ciglia stava congelando e lo costrinse a muovere più volte le palpebre. Anche il parka si era irrigidito ed emetteva un debole scricchiolio a ogni movimento. Nei gulag vigeva una norma: a meno cinquantacinque non si lavorava. A quella temperatura lo sputo si gela in volo, così i reclusi al mattino si mettevano a sputare per essere certi che i guardiani non li imbrogliassero. Questo almeno era quanto gli avevano raccontato: lui in Siberia non c'era finito. Non ancora, perlomeno.

Quando l'ultima luce dei trattori si spense, Mikhail si mise in cammino. Non poteva usare la torcia che aveva con sé, ma il riflesso delle stelle sul ghiaccio e la straordinaria limpidezza dell'aria garantivano una visibilità sufficiente a seguire le tracce dei Karkhovchanka. Quei trattori erano così pesanti che il percorso Vostok-Mirny, dopo decenni di transito dei convogli, si vedeva perfino nelle immagini satellitari. I gradini enormi e i solchi profondi impressi dai cingoli si erano spesso rivelati una trappola per le piccole motoslitte usate dai contingenti degli altri paesi, ma per Mikhail erano perfetti per orientarsi.

La traccia portava alla G-4, la vecchia torre di trivellazione di fine anni Cinquanta, eretta quando ancora non si sapeva dell'esistenza del lago Vostok. La nuova torre, la G-5, era stata costruita molto più vicina alla base, abbandonando l'altra, perciò Mikhail non avrebbe incontrato shelter riscaldati nei due chilometri di cammino che l'attendevano.

Avventurarsi da soli sul plateau era contrario a ogni protocollo di sicurezza. Si era vestito in modo adeguato, con molti strati di pile, *valenki* in feltro da quindici millimetri ai piedi, alti fino al ginocchio, muffole a due dita con sottoguanti, passamontagna imbottito, occhiali a maschera, crema viscosa sulle labbra e alla base del naso. Ma la paura cresceva, man mano che si allontanava dall'insediamento principale.

Non avvertiva freddo al corpo ma sapeva di non potersi fidare di quella sensazione. Il freddo morde solo dopo qualche minuto e a quel punto è già tardi, bisogna ripararsi in un locale riscaldato e rimanerci a lungo. Non poteva neppure accelerare troppo, però. Il terreno pianeggiante ingannava spesso i nuovi arrivati, in Antartide, ma Base Vostok era a oltre tremila metri di quota e la bassa pressione dell'aria si faceva sentire, sotto sforzo. Anche se era ben acclimatato, Mikhail doveva essere cauto. Oltretutto la sciarpa davanti al viso, indispensabile per creare una sacca d'aria calda ed evitare il rischio di congelamento dei capillari, lo costringeva a respirare una parte dell'anidride carbonica emessa, il che aumentava la fatica del cammino.

La sagoma scura della torre era in vista e lo spronava a non mollare. Sembrava priva di sorveglianza, ma quando fu abbastanza vicino Mikhail si accorse delle telecamere sistemate su un traliccio a sbalzo e si fermò a rifiatare. Potevano battere un'area di almeno cento metri di raggio, ed erano tutte puntate verso l'esterno. Chi le aveva installate non voleva garantire la sicurezza dei tragitti fra la torre e Base Vostok. Sembrava piuttosto che temesse intrusi da fuori.

Dall'inizio del blackout erano passati quaranta minuti circa. Mikhail si mosse: altri venti o poco più e gli strumenti l'avrebbero rilevato.

Si avvicinò alla porta della baracca di servizio. Nessuna serratura, come si aspettava. All'interno avvertì subito la differenza di temperatura, il riscaldamento era stato in funzione fino a poco prima. Qualcuno aveva lavorato, lì dentro.

Accese la torcia portatile. Il locale era molto cambiato dall'ultima volta che Mikhail c'era stato: una campana che aveva tutta l'aria di una camera di decompressione copriva l'imbocco del pozzo centrale, un buco nero di quasi due metri di diametro.

Un grande schermo digitale occupava buona parte di una parete, e una strumentazione complessa, con tastiere wireless e monitor individuali affiancati su un lungo bancone, dava l'idea di attività recenti e di un gruppo di lavoro numeroso. Uno dei computer era collegato a un Agat: Mikhail si stupì di vedere quel vecchio clone sovietico dell'Apple II. Funzionava ancora con i floppy, dischi flessibili in disuso da quasi un quarto di secolo. Il blackout aveva interrotto un'operazione di trasferimento dati fra le due macchine, a quel che sembrava, e il personale se n'era andato lasciando tutto in una posizione molto vulnerabile: pile di dischi magnetici in bella evidenza, ma soprattutto l'Agat disponibile all'uso. Se non aveva protezioni, bastava un po' di energia per farlo ripartire.

La condensa ghiacciata sulla sciarpa si era ormai sciolta, trasformandola da una maschera rigida come cartone a un panno umido. Mikhail si guardò intorno. Era la MOST che nascondeva qualcosa al Cremlino, o viceversa? Moriva dalla voglia di scoprire perché i dati di quei vecchi floppy fossero tanto interessanti da far muovere una squadra di tecnici in piena notte.

Senza energia non poteva accendere nulla, ma del resto, se ci fosse stata, le telecamere esterne e forse altri sistemi di allarme l'avrebbero individuato. Si sfilò le muffole e controllò l'ora: aveva ancora dieci minuti, poi il blackout sarebbe terminato.

Tornò a esplorare il locale e, quando vide ciò che cercava, benedisse la previdenza dei fondatori di Base Vostok.

Quasi sempre nelle strutture periferiche si tenevano dinamo manuali per ricaricare i piccoli strumenti, dato che il freddo li faceva scaricare in fretta. La massiccia scatola in bachelite che Mikhail vedeva sotto la luce della torcia era proprio un caricabatterie a effetto leva. Collegò l'apparecchio all'Agat e cominciò a girare la manovella. Dopo un minuto circa lo schermo del vecchio computer s'illuminò di una anacronistica luce verdina.

I dati in corso di trasferimento riguardavano le dimensioni del pozzo G-4: sezione, profondità raggiunta e così via. Difficile capire che interesse avessero. Il vecchio scavo, cinquecento metri scarsi di profondità, insisteva sui margini del lago Vostok e, a quanto Mikhail ne sapeva, era soltanto un pozzo esplorativo usato per testare macchine e materiali. Come il liquido antigelo con cui avevano riempito la cavità per impedire che il ghiacciaio la richiudesse, o come il cryobot, la prima rudimentale termosonda elettrica. Non era altro che un cilindro che, calato con un cavo, penetrava nel ghiaccio grazie al calore di una resistenza elettrica, risucchiava l'acqua di scioglimento e la portava in superficie. Stesso principio della sonda attuale, ma trenta litri alla volta. Le prime unità di foratura erano andate avanti così per anni.

Mikhail contò ancora sette minuti utili. Non aveva capito granché di quei dati.

Forse la MOST intendeva sperimentare in quel pozzo anche il nuovissimo Hydrobot, assemblato da un pool di ditte europee e in arrivo dall'Italia. Era il più avanzato drone sottomarino mai esistito, a quanto si diceva, telecomandato e affidabile anche a quattromila metri di distanza nonostante lo spessore del ghiaccio e le alterazioni del campo magnetico. Era indispensabile per esplorare il lago Vostok senza contaminarlo.

Tuttavia il profilo apparso sul monitor monocromatico a fosfori verdi dell'Agat non assomigliava alle immagini dell'Hydrobot trapelate su Internet e che tutti alla base avevano visto e commentato.

Mancavano cinque minuti al riavvio dei sistemi d'allarme, ma qualcosa Mikhail cominciava a capire.

Il disegno era solo un abbozzo, nella semplice modalità grafica dello schermo da 280 pixel, ma definito abbastanza per capire che non era un'asta di perforazione. Sembrava uno *skafandr*, piuttosto. Uno dei modelli rigidi articolati che usavano anche i palombari della marina russa per lavorare sui fondali oceanici.

Tre minuti, Mikhail non poteva mollare proprio adesso.

Aggiornò lo schermo. Le linee seghettate a effetto prospettico mostrarono un ingrandimento del disegno. Due tozzi arti meccanici con giunti rotanti, un cavo ombelicale per le comunicazioni, propulsori di movimento e bombole di ossigenazione: un piccolo sottomarino antropomorfo.

Due minuti scarsi.

Un nuovo lentissimo aggiornamento dello schermo tornò a mostrare il pozzo. La tabella a fianco dello schema riprendeva i numeri che Mikhail aveva già visto nelle prime schermate: dimensioni del foro all'ingresso, sezioni ai punti di snodo, pressioni del fluido di trivellazione.

Quaranta secondi.

Mikhail vide un dato che lo fece barcollare. Si costrinse a leggerlo e rileggerlo, incredulo, fino a quando non ci fu più tempo e fu costretto a spegnere tutto.

Con la testa che gli girava, per l'enormità di quanto aveva appena scoperto, rimise il caricabatteria dove l'aveva trovato, indossò muffole e occhiali a maschera e uscì.

Quasi non avvertì l'impatto con la rigida temperatura esterna, perché c'era altro a preoccuparlo: a non più di quattrocento metri vide i fari di un mezzo a motore in avvicinamento.

Eppure Mikhail era certo di essere uscito prima della fine del blackout. Forse era solo la squadra che tornava per riprendere il lavoro interrotto. Fra la sua posizione e il veicolo in arrivo non c'era nulla di più grande di un bidone di carburante dietro il quale appostarsi. Valutò se andare oltre la torre di scavo, per attendere che il personale in arrivo entrasse e poi rimettersi in cammino verso la base, ma non era una buona idea: sarebbe entrato nel raggio d'azione delle telecamere. C'era un solo modo di nascondersi.

I fari del veicolo puntavano in basso e illuminavano un'area molto ristretta, a non più di una quindicina di metri dal guidatore, una pratica consueta su quel tipo di terreno, dove non ci sono punti di riferimento lontani e il sistema migliore per non perdersi è seguire le tracce dei cingoli di chi ti ha preceduto.

Mikhail corse verso il veicolo. Gli indumenti pesanti lo rallentavano, ma si sentiva carico di energia, mentre il distacco fra lui e i nuovi arrivati si riduceva. Trecento metri, forse meno.

A che distanza l'avrebbero visto? Quaranta metri, forse. Poteva avvicinarsi ancora. Ciò che aveva in mente doveva accadere il più lontano possibile dalla torre, altrimenti con la luce del giorno si sarebbero accorti del suo passaggio.

Duecento metri, no, molto meno: avevano accelerato. Mikhail corse ancora, in realtà trascinava i piedi ormai. Sentiva l'aria entrargli dentro come fosse liquido incandescente, dal naso, dalla bocca, e poi faringe, trachea, fino a bruciargli i polmoni. Il veicolo – un trattore Karkhovchanka, ora lo vedeva bene – era a sessanta o settanta metri e si manteneva al centro della traccia battuta. L'unico nascondiglio era la neve fresca ai lati della pista, un rischio, perché gli oggetti pesanti potevano affondare per diversi metri prima di compattare la neve abbastanza da fermarsi. Se fosse accaduto, Mikhail non ne sarebbe uscito da solo e di notte nessuno l'avrebbe trovato. Doveva spostarsi di lato, abbastanza da non farsi vedere dal personale in arrivo, ma non tanto da sprofondare nella neve fresca.

Si avvicinò al ciglio della pista, dove le tracce dei cingoli erano meno fitte, segno di passaggi più sporadici. Il trattore era a meno di quaranta metri. Mikhail si sentì sprofondare e d'improvviso si ritrovò con la neve alla cintola. D'istinto allargò le braccia.

Il Karkhovchanka rallentò fino a fermarsi. Mikhail trattenne il respiro, mentre dall'interno del veicolo qualcuno stava orientando il faro posto sul tettuccio in modo da scandagliare attorno a lui. Rannicchiato nel buco che si era scavato col proprio peso, Mikhail cominciava ad avvertire freddo. Contò i secondi, ripromettendosi di non resistere più di un minuto, ma non era ancora arrivato fino a venti che sentì il trattore ripartire. Nessuno era uscito e non avevano accostato neanche per avvicinarsi, quindi non erano certi di avere visto qualcosa.

Mikhail si trascinò a fatica fuori dalla neve fresca. Arrivò barcollando fino alla pista. Il trattore era arrivato a destinazione, intanto, e i fari della torre G-4 illuminavano un'ampia porzione di terreno. Se si fosse nascosto più vicino l'avrebbero visto: questa certezza compensò Mikhail della fatica e del dolore causati da quella corsa folle.

Si mise in cammino per rientrare. Il cuore martellava ancora, ma i due chilometri scarsi che lo separavano dalla base non lo spaventavano più. Negli occhi aveva ancora l'immagine degli ultimi numeri visti sullo schermo del computer. Dimostravano una verità semplice e sconvolgente: il vecchio pozzo G-4 non era lo scavo pilota che tutti credevano. Era largo abbastanza per il passaggio di uno scafandro articolato pressoresistente.

Non solo: lo scavo raggiungeva meno 3766 metri.

In poche parole: era un ascensore per un essere umano, era segreto e arrivava a meno di due metri dal Punto di Contatto.

15

L'Hydrobot

Piemonte nord-orientale, 21 aprile

Dall'elicottero, le risaie allagate apparivano allo sguardo di Gabriel come uno specchio infranto, segnato dalle linee segmentate degli argini. Sembravano estendersi senza fine, cielo e nuvole riflessi come un doppio perfetto. Piccoli fuochi ardevano in vari punti sul nastro scuro dell'autostrada.

«Autocarro tattico logistico Astra. Quello è il suo trasporto, signore.» Il navigatore indicò uno dei veicoli imbottigliati. Si distingueva fra i camion incolonnati per i colori mimetici e il profilo massiccio. Il cassone posteriore era occupato da un container grigioverde.

«Sei ruote motrici» aggiunse il navigatore. «Se le risaie non fossero allagate avrebbe potuto sfondare il guardrail e uscire.»

«Mi porti il più vicino possibile» disse Gabriel.

«Posso farla scendere sul container, ma è chiuso e gli autieri non hanno i codici di apertura.»

«Li ho io, non si preoccupi. Mi porti là.»

I dimostranti avanzavano lungo l'autostrada. I passamontagna neri e le torce accese che brandivano lasciavano presagire intenzioni ostili. Gli autisti dei mezzi bloccati infatti avevano scavalcato le recinzioni e adesso, fermi uno di fianco all'altro lungo un argine, osservavano la scena, impotenti.

L'elicottero si fermò in volo statico un paio di metri sopra il dorso del container.

« Controllo se c'è quello che mi aspetto. Evitiamo sparatorie inutili » disse Gabriel appena prima di saltare giù.

Atterrò sul container molleggiando sulle gambe, attutendo poi la caduta con una corta capriola.

Scese dalla scaletta metallica laterale. I dimostranti erano a meno di duecento metri e l'arrivo dell'elicottero sembrava averli esagitati ancora di più. Gridarono, levando i bastoni in aria, e accelerarono il passo.

Un soldato della scorta aprì lo sportello della cabina di guida.

« Stia al coperto, signore! » gridò all'indirizzo di Gabriel. « Hanno anche armi da fuoco! »

Quello che sembrava il capomacchina, un maresciallo dell'aeronautica italiana, scese dal camion e gli tese la mano. « L'aspettavamo, signore. »

« Salite sull'elicottero » disse lui sbrigativo, spingendolo verso la scaletta. « Io controllo il carico. »

Mentre l'altro si allontanava, Gabriel compose il codice di apertura del container. Prima di entrare, lanciò un ultimo sguardo ai dimostranti. Erano vicini, aveva meno di un minuto.

Alla luce azzurrina dell'impianto autonomo, adagiato al centro del container in un invaso foderato di cuscini in poliuretano antiurto, uno scafo a forma di siluro luccicava ammaliante: l'Hydrobot, centoventi chili di tecnologia avanzatissima, un esemplare unico e irripetibile, costato quasi come la sonda marziana Curiosity.

« Novak, i dimostranti si stanno avvicinando! » Gabriel riconobbe l'ufficiale di collegamento nella voce della radio portatile.

« Trenta secondi » rispose.

Estrasse dalla tasca un piccolo blocco biancastro. Era

tutto l'esplosivo C4 che era riuscito a portare con sé. L'avrebbe fatto bastare. Lo sistemò in una cavità laterale dell'Hydrobot. Le urla dei manifestanti si facevano sempre più vicine. Non li avrebbe certo fermati con la Glock 22, una pistola leggera e maneggevole, adatta a scontri ravvicinati, non a bloccare una folla.

Modellò il materiale plastico per farlo aderire, infilò un microdetonatore, regolò il conto alla rovescia su tre minuti e corse all'uscita. L'ambiente chiuso del container avrebbe amplificato l'effetto devastante della carica da demolizione: dell'Hydrobot non sarebbe rimasto un solo frammento più grande di una tazzina. Chiuse la portiera e si arrampicò fino al dorso del container. I primi manifestanti erano a poche decine di metri ormai e Gabriel sentì piccoli oggetti, forse biglie d'acciaio, fischiare veloci attorno a lui.

L'elicotterista sapeva il fatto suo e portò il velivolo quasi a toccare il container. Gabriel piegò le ginocchia per resistere alla spinta delle pale, agguantò la mano tesa dell'ufficiale di collegamento e salì a bordo.

« Abbiamo una compagnia intervento operativo in zona e i Cacciatori di Sardegna a due minuti di volo. Devo ordinare l'attacco? » chiese l'uomo.

« Non serve. Deve esserci stato un disguido. Là dentro ci sono scartoffie e qualche pezzo di ricambio fallato. Nulla per cui valga la pena uccidere. Uccidere è il peccato più grande. »

Certo, a volte lo aveva fatto anche lui, ma sempre per garantire il diritto alla vita, per evitare altre morti in futuro. Non era sempre stato facile distinguere.

Quando ti sarà troppo difficile distinguere fra assassinio e assassinio, fra diritto e diritto, salirai al luogo che il Signore Dio tuo avrà scelto. Agirai in base alla legge che Egli ti indicherà.

Questo diceva il Deuteronomio e questo lui aveva sempre fatto: agire in base alla legge.

L'elicottero prese quota. In pochi secondi si portò a distanza di sicurezza, ma fu solo quando vide il camion esplodere in una vampata accecante che Gabriel si abbandonò sollevato sul sedile. Il piano procedeva. Ora poteva occuparsi di Amanda Martin. Nessun diritto era più importante del diritto alla vita e quella donna l'aveva trasgredito nel modo più imperdonabile.

Dall'ampia finestra laterale dell'elicottero, Gabriel vide le fiamme alzarsi al cielo, forti come quelle che bruciarono i templi degli dei d'Egitto. Gli sembrò quasi di avvertirne il calore sulla pelle, come un fuoco rigenerante.

Da Washington potevano dirgli quello che volevano, dargli istruzioni strategiche, ricordargli le priorità e i regolamenti: lui avrebbe seguito la Legge. Non quella butterata da indulti e sconti di pena, addomesticata da magistrati prostituiti al richiamo dei media o avvocati ricchi come superstar. La Legge che Gabriel serviva era forte come un terremoto. Molto più grande delle tristi miserie degli uomini. Non ammetteva cavilli, usava parole chiare come la luce del giorno e parlava con una voce sola.

E quella voce diceva che Amanda Martin doveva morire.

16

Il colonnello

Londra, 23 aprile

Il Tamigi si allargava placido oltre l'ansa di Grosvenor Road. Le banchine erano gremite di londinesi, ma non era più il mondo colorato e chiassoso che il colonnello aveva conosciuto nei viaggi precedenti. La folla alzava manifesti e striscioni. Lui non poteva leggerli da quella distanza, al centro del fiume, dove l'imbarcazione che lo trasportava si manteneva per ragioni di sicurezza, anche se ne immaginava il tenore. L'economia andava a rotoli e l'illusione di salvarsi solo perché la Gran Bretagna non faceva parte di Eurolandia era durata solo qualche giorno. Il downgrade della Germania da parte delle maggiori agenzie di rating stava travolgendo tutti. Per l'inglese medio, il gruppo di crisi al quale il colonnello stava per partecipare non era altro che un club di plutocrati, colpevoli di avere permesso a banchieri ancora più ricchi di mandare in malora l'Europa.

L'imbarcazione superò ciò che rimaneva del Victoria Bridge. Le strutture metalliche verdastre di un ponte Bailey ricucivano la ferita provocata sulla campata centrale dall'attentato della settimana precedente. L'esplosione era capitata troppo a ridosso della data dell'incontro per cambiare il percorso degli ospiti. O forse il governo di Londra non voleva dare al mondo un segnale di debolezza modificando gli itinerari di accesso alla conferenza. Così aveva chiesto l'intervento del genio militare e quella sutura fatta di traversine metalliche imbullonate era stata l'unica contromisura concreta dopo l'evento.

In piedi sull'ala di plancia della *Stavropol*, le mani in tasca e le braccia strette sui fianchi, il colonnello pensava a come sfruttare la situazione a vantaggio della Russia, ma soprattutto sua.

« Signore, è sicuro di non volere la giacca? » chiese il suo attendente.

« Non ancora, Pavel, non ho freddo. »

Il vento mordeva ma lui non avrebbe rinunciato a sfoggiare la *telnyaska* a righe bianche e nere della fanteria navale, almeno fino allo sbarco. Sapeva che lo stavano fotografando con teleobiettivi da trecento millimetri e oltre. Mostrarsi con quella leggera maglia di cotone avrebbe rafforzato la sua immagine di uomo forte. Certo, i media occidentali l'avrebbero preso in giro come al solito, ma non era il loro consenso che lo manteneva al potere da più di quindici anni. In patria avrebbero apprezzato il comportamento da macho.

« Una sfortuna non poter usare l'elicottero. Il Mi-8 presidenziale era già pronto sulla *Admiral Nachimov.* »

« Lo so, Pavel. »

« Ma hanno abbattuto due elicotteri della polizia questa mattina, con lanciarazzi fatti in casa. Arrivare via Tamigi mi è sembrato più sicuro. »

« Anche questo me l'hai già detto. »

La folla assiepata sulle banchine si faceva sentire, ora che la piccola corvetta classe Bujan accostava per avvicinarsi a terra. Molta di quella gente era disoccupata, o senza casa, dopo l'alluvione catastrofica di marzo. Ma la maggior parte degli inglesi protestava sotto la pressione di una prospettiva molto più terribile: la paura di diventare poveri. Il colonello l'aveva provata, la povertà, ricordava ancora molto bene la vita nella *kommunalka* di due stanzette a Leningrado. Cucina e persino bagni condivisi con altre famiglie, il massimo che il regime poteva offrire a una coppia come i suoi genitori, lei operaia e lui un ex militare, tanto fedele al Partito da rifiutare persino le raccomandazioni per trovare una casa decente.

Con un'elegante e silenziosa manovra d'accosto, resa possibile dal motore a idrogetto, la corvetta si affiancò al Chelsea Embankment, fermandosi nel punto convenuto, dove le transenne presidiate da un massiccio cordone di agenti della Royal Military Police tenevano lontana la folla.

In pochi secondi i marinai russi lanciarono a terra le cime d'ormeggio e ammainarono una passerella.

«Il pontile sembra libero da elementi ostili, signore» disse l'attendente mentre offriva al colonnello la sua pesante giacca militare.

«La polizia di Londra ha fatto un buon lavoro» rispose lui compiaciuto.

Oltre la fila di pioppi e la spianata dei Gardens, s'intravedeva il massiccio palazzo in vetro e cemento che avrebbe ospitato la riunione.

«È la nuova sede dell'MI6, signore. Là saremo al sicuro.»

«Vorrei vedere. Metà di loro sono sui nostri libri paga.»

Il colonnello rise forte, mentre sbarcava, ma sapeva che stava per giocare una partita decisiva e che dentro quel palazzo non avrebbe avuto alleati.

Dopo le rituali strette di mano con i funzionari dell'ambasciata, gli ospiti russi s'incamminarono verso la destinazione, scortati da una decina di uomini in abito grigio e occhiali scuri, stretti attorno a loro per proteggerli da eventuali cecchini.

Nella sede dell'MI6, il tavolo dell'incontro riservato alle autorità politiche era rotondo, come sempre, per evitare imbarazzanti assegnazioni dei posti. Solo apparenze: il colonnello aveva imparato da tempo che ogni consesso ha un capotavola, anche quando non si vede, e una delle qualità di un vero leader è scoprirlo prima degli altri.

« Diamo il benvenuto alla delegazione russa » disse il premier britannico, facendo gli onori di casa. « Possiamo cominciare. »

La cancelliera parlò per prima: tutti avevano urgenza di sapere se davvero la Fortezza Germania stava per capitolare. Il resoconto della donna fu semplice e brutale, come lo erano state in passato le lezioni di rigore finanziario impartite ai partner. Stessa assenza di empatia, come se parlasse di un esperimento di laboratorio.

La crisi delle banche europee aveva travolto tutti come in un domino. Quelle tedesche si erano scoperte ricche di titoli che la Germania stessa aveva contribuito a trasformare in spazzatura. Appelli TV, promesse dei ministri, niente aveva fermato il panico fra i risparmiatori. In poche ore si era passati dalle code alle banche alla chiusura degli sportelli per mancanza di contante. Tutto come nelle attese, ma in meno di un decimo dei tempi previsti dai modelli di crisi.

« Abbiamo dovuto sospendere il pagamento degli stipendi: polizia, esercito e anche servizi di utilità collettiva » disse la cancelliera.

« Da noi il blocco dei servizi idrici ha provocato esodi di massa dalle città. » Il presidente francese, teso in volto, teneva le mani sul tavolo, ferme come se le unghie fossero piantate nel vetro. Qualsiasi cosa dicesse era come se, mentre guardava la collega tedesca, gli lampeggiasse sulla fronte un messaggio: io te l'avevo detto.

« Riteniamo che possa accadere qualcosa di simile da noi, in Germania, ma non prima di un mese. Abbiamo tempo per rimediare. »

La donna sembrava calma. Forse avevano ragione i suoi

detrattori, era semplicemente inconsapevole della gravità delle cose. Lo era sempre stata.

« Attenzione » disse il primo ministro spagnolo. « La crisi finora non ci ha sorpreso per i fatti, ma per i tempi molto, molto più rapidi di quanto gli esperti avessero previsto. »

La discussione si accese sul problema dei rifugiati. A quelli dovuti alle calamità naturali ora si aggiungevano quelli sfollati dalle città prive di acqua potabile e stracolme di rifiuti. Ma il colonnello non li ascoltava più. Mentre ognuno dei capi di governo sgomitava per mettersi in mostra o per scaricare su qualcun altro la colpa del disastro imminente, la sua attenzione era tutta per un uomo seduto nelle seconde file, nel gruppo dei civili, estranei alle delegazioni ufficiali ma abbastanza importanti da presenziare al gruppo di crisi.

Abito grigio di taglio italiano, l'uomo non sembrava interessato alle tendopoli allestite dagli eserciti europei o all'ordine pubblico ormai al collasso nelle principali città.

Nemmeno il colonnello lo era, perché aveva appena capito dove si trovava il capotavola.

17

L'inquisitore

Antartide, 23 aprile

Un proiettore a luce azzurra si mosse sulla rotaia che correva lungo il soffitto, ammesso che ci fosse un soffitto. Amanda non era certa di distinguerlo, nel bianco lattiginoso che pareva il colore stesso del cielo. Chiuse gli occhi, d'istinto, quando la luce fu sopra di lei, come se potesse fare molto più che accecarla, come se potesse leggerle dentro. Si sentiva nuda, e forse lo era. Qualcosa le stringeva i fianchi, impedendole di muovere braccia e gambe, una stretta energica ma morbida, per nulla fastidiosa. Anzi, Amanda si sentiva rilassata, pervasa da un torpore piacevole che l'invitava a dormire. L'avevano drogata, ne era certa.

Riaprì gli occhi e alzò la testa, l'unico movimento che la morsa spugnosa attorno al corpo le permetteva. Le pareti attorno a lei erano tanto bianche da confondersi con il pavimento. O forse era lei che non metteva più a fuoco. Era stesa su una branda, affogata per una ventina di centimetri in un materasso di resina espansa. Le avevano sfilato il byos e solo la sottotuta in microfibra la copriva ancora. Eppure non sentiva alcun freddo.

Un ago cannula era fissato all'avambraccio sinistro e un lungo deflussore trasparente lo collegava a una colonnina di controllo clinico, ai piedi della branda. Un automa infermiere. Amanda non ricordava di avere subito traumi, ma le stavano somministrando qualcosa.

Un rumore di tacchi si diffuse nell'ambiente, difficile

indovinarne la direzione. Secco e cadenzato, tipico dei militari. L'automa disinserì il deflussore e lo riavvolse all'avvicinarsi dei passi, ritirò le braccia meccaniche all'interno del corpo telescopico a colonna e con un sibilo sprofondò fino a rinchiudersi in un vano a scomparsa del pavimento. Amanda aveva visto macchinari del genere solo nei reparti d'eccellenza dell'ospedale di El Camino, a Mountain View. Ma nonostante la memoria vacillante, era certa di non trovarsi in California.

L'avevano catturata. Era rimasta in cella per giorni – neanche si ricordava quanti, due, forse – e Shannon chissà dov'era finita. Ora qualcuno l'avrebbe interrogata.

« Non si agiti, non può liberarsi dalla schiuma. »

La voce metallica e asessuata, la stessa degli esseri che avevano catturato lei e Shannon, doveva arrivare da un altoparlante. La figura che si era appena affiancata alla branda era invece un essere umano, nessun dubbio. Era da solo, vide Amanda. Forse i passi degli altri se li era sognati.

« Dobbiamo parlare, Amanda. »

Non voleva rispondere, ma le avevano di certo rifilato del Roipnol o roba del genere. BZD, benzodiazepine. Si concentrò sui dettagli farmacologici, nel tentativo di non perdere il controllo. Effetto ipnotico, ansiolitico, sedativo, si sforzò di ricordare. Rilassamento muscolo-articolare, riduzione delle risposte emotive e della vigilanza, anche perdita totale della coscienza. Quell'uomo poteva chiederle di dire o fare qualsiasi cosa. Oltretutto le BZD causavano amnesia anterograda, anche a bassi dosaggi. In parole povere: Amanda non avrebbe ricordato nulla.

« Sei certa di non avere un segreto da confessare? » La voce dell'uomo era suadente, ipnotica. « Ti sentirai meglio, dopo. »

Amanda strinse i denti. Assumeva da oltre un mese un

antagonista delle BZD, come terapia antietilica. La rendeva meno sensibile agli effetti di quella classe di farmaci, ma sarebbe bastato?

« So che hai un peso sulla coscienza » insisteva la voce.

Amanda provò a concentrarsi sulla chimica della sostanza: struttura composta dalla fusione di un anello benzenico e un anello diazepinico. No, nemmeno quello serviva e quell'uomo continuava a martellarla.

« Tu hai un peso dentro, Amanda, un peso di cui ti vuoi liberare. »

Per quanto lei cercasse di essere altrove, la voce dell'inquisitore era penetrante, le toccava la pelle come una carezza elettrica. Era come se le parole le sfiorassero il viso e scorressero sul collo e poi ancora più giù, scivolando lente fino ai capezzoli. Come gocce inarrestabili strisciavano piano verso il ventre, lo superavano, si insinuavano morbide fra le cosce. Lasciavano tracce di bava calda sulla carne. Stava perdendo il controllo, la farmacodinamica era quella attesa, Amanda la conosceva fin troppo bene. Ancora poco e avrebbe parlato, avrebbe riso o pianto o fatto qualsiasi cosa quell'uomo le avesse chiesto.

« Amanda. »

« Tu non parli come un alieno. » Fu tutto quello che riuscì a dire, chiamando a raccolta ogni energia cosciente.

« Sono americano come te. Non mi serve il traduttore digitale. »

« Americano? »

« Sì, siamo americani, io e te, ma di agenzie diverse. » La voce dell'uomo era un sussurro, ormai. Aveva un tono intimo, pervasivo. « Tu per che agenzia lavori? »

Amanda impiegò qualche secondo a metabolizzare la domanda, non era certa di avere sentito bene. Nonostante l'effetto rilassante delle droghe, gli incubi peggiori tornarono ad affiorare. Non era la morte dei suoi genitori, dunque, a muovere l'interesse dell'inquisitore. Le aveva proprio chiesto per quale agenzia lavorasse. Quell'uomo sapeva, o almeno sospettava, il vero motivo della sua presenza in Antartide.

Fu solo in quel momento che Amanda capì di essere davvero in pericolo.

18

Il contagio

Londra, 23 aprile

La riunione del gruppo di crisi assumeva toni sempre più drammatici. Il colonnello lasciò all'ambasciatore russo il compito di seguire i lavori e si alzò. Appena fu fuori della sala, due uomini in borghese si mossero con discrezione per seguirlo. Si mantennero a una decina di metri, bisbigliando qualcosa nei microfoni appuntati al bavero della giacca e si fermarono solo quando lui uscì sul terrazzo, un ampio spazio protetto da un parapetto in cristallo. Dalla corta panca in legno massiccio al centro si vedeva tutta Londra. Il colonnello sedette e accese una sigaretta. I posacenere incastonati nei braccioli erano vuoti e lucidi, come se non li avessero mai usati. Forse l'abitudine al fumo non era più molto diffusa fra i diplomatici e i politici occidentali, ma per lui era un'ottima scusa per trovarsi lì.

L'uomo con l'abito italiano che aveva notato poco prima non tardò a raggiungerlo e a sedersi al suo fianco.

« È magnifico qui, non trova, Senatore? » gli disse il colonnello. « Lo sguardo spazia fino all'infinito. »

« Purtroppo non accade lo stesso in quella stanza » rispose l'altro, estraendo da una tasca interna della giacca una scatoletta argentata tanto sottile da far dubitare che potesse davvero contenere qualcosa.

« L'incapacità di voi occidentali di vedere oltre l'oggi non mi stupisce. La futurologia ha raggiunto l'apice con la guerra fredda, quando sul pianeta si fronteggiavano il capitalismo e il blocco socialista. È paradossale, ma proprio quando il mondo è diventato più complicato si è perso l'interesse per le previsioni.»

«Ma lei avrà fatto le sue, colonnello.»

Il Senatore aprì la scatoletta. Conteneva le sigarette più sottili che il colonnello avesse mai visto. L'uomo ne portò alla bocca una, senza accenderla.

«Sì, ma forse dovremo entrambi riconsiderarle. Mi hanno riferito che l'Hydrobot è andato distrutto.»

«Un contrattempo. Una manifestazione di protesta più violenta del previsto. Dovremo ritardare il momento del Contatto.» Il Senatore accartocciò la sigaretta e la lasciò cadere nel posacenere.

«L'inverno antartico è alle porte. Lavoriamo a Vostok da trent'anni e mi creda se le dico che ritardare di una settimana significa ritardare di tre mesi. Di più, se il ghiacciaio si mangerà una parte della trivellazione. E di solito lo fa.»

«Il Progetto Vostok è l'evento più importante di questo secolo, colonnello. Un ritardo di qualche mese non è un dramma.»

Il tono di voce era tranquillo, ma il modo in cui aveva appena distrutto quella sigaretta autorizzava a pensare tutto il contrario. Il riferimento alla perdita dell'Hydrobot lo aveva innervosito. Quelli del GRU, il servizio informazioni delle forze armate di Mosca, dubitavano che fosse stato solo un incidente. Il colonnello era d'accordo con loro, certe cose non succedono per caso e lui doveva cercare di capirne di più.

Si alzò per avvicinarsi al parapetto. Verso est, oltre le anse lente del Tamigi, il Millennium Dome e Victoria Park apparivano normali, anche se erano ormai un rifugio per senzatetto. A nord la zona ricca e collinare sembrava ancora tranquilla.

« Inoltre consideri la crisi in corso » continuò il Senatore. « Arrivare adesso ai giacimenti di gas farebbe crollare il prezzo dell'energia. Sarebbe una boccata d'ossigeno per Europa e America. La Russia desidera aiutarle proprio ora? »

« Lei è americano o sbaglio? »

« Non sono patriottico come lei. »

« Sì, invece. Solo che la sua patria si chiama MOST, non USA. E alla MOST non conviene far scendere il prezzo del barile, dico bene, Senatore? »

L'uomo lo affiancò, le mani sprofondate nei pantaloni sartoriali. Doppie pince e orlo a risvolto erano tanto perfetti da sembrare scolpiti, notò il colonnello. I rapporti del GRU avevano avanzato un sospetto: con tutto quello che aveva investito sulle energie alternative, forse la MOST era interessata allo studio delle forme di vita del lago Vostok per le sue industrie biotecnologiche più che allo sfruttamento dei giacimenti. Quel silenzio era una conferma.

« Avete pompato cospicui finanziamenti nel progetto » concesse il colonnello. « Ma Vostok è casa nostra. Non rinunceremo a duecento milioni di chilometri cubi di metano di prima qualità per scoprire qualche nuova specie di insetto. »

« Una cosa non esclude l'altra. Possiamo studiare la biologia del lago per qualche mese e poi iniziare l'estrazione dei gas. »

« No, invece. Fra tre o quattro mesi il mondo occidentale si sarà ripreso, oppure sarà collassato del tutto: in entrambi i casi, quel gas avrà un ruolo molto meno strategico, se non irrilevante. »

A un paio di chilometri, fra le architetture disordinate dei grigi sobborghi popolari dell'East End, si alzavano colonne di fumo nero. Difficile dire se a causa dei disordini.

« La perdita dell'Hydrobot non ci lascia molte alternative, in ogni caso» disse il Senatore. «A meno che voi russi non abbiate un altro modo per esplorare il lago Vostok. I normali droni subacquei non rispondono a distanze così elevate, con le anomalie magnetiche che lei conosce benissimo. Vuole mandare un uomo a quella profondità? Ammesso che abbiate uno scafandro in grado di reggere le pressioni, come lo fate passare da un pozzo che nella parte finale si restringe a quattordici centimetri di sezione?»

Il Senatore sembrava ben informato sulle problematiche del Contatto. Possibile che sapessero qualcosa del pozzo G-4? Sotto quei panni da dandy raffinato, quell'uomo era un leader, come lui. Se voleva spuntarla, il colonnello doveva fingere: abbassare le arie e comportarsi come un animale in trappola.

«Non potete tradirci adesso. La Russia ha bisogno di quel gas.»

«Lo avrete, come nei patti, ma i tempi li decidiamo noi, non il Cremlino.»

La voce del Senatore aveva assunto un tono più duro. Ormai era ovvio: la MOST era interessata alle ricerche sulle forme di vita del lago Vostok e per seguire quell'obiettivo avrebbe sacrificato l'estrazione del gas.

Traduzione in termini politici: da quel momento non erano più alleati della Russia. E se non erano alleati, erano potenziali nemici.

Uno stormo di elicotteri d'attacco attraversò il cielo sopra il Tamigi, a meno di un chilometro. Sul ponte della *Stavropol*, stretto e corto come in tutte le unità Stealth della marina russa, c'era agitazione. Un eliografo lampeggiava sulla torre di comando. Il messaggio diceva che a Vostok era tutto pronto. Era tempo di mollare gli ormeggi.

Il colonnello buttò la sigaretta con un calcolato gesto di stizza e senza salutare il Senatore rientrò per informare il personale diplomatico che avrebbe lasciato il summit in anticipo.

Nella sala, lo schermo a parete mostrava il primo ministro italiano. Trattenuto a Roma da una situazione preinsurrezionale, aveva preferito un collegamento video. La comunicazione era disturbata dai virus informatici ormai dilaganti, ma nell'altalena del segnale audio l'italiano fu sintetico e si fece capire benissimo.

« Il contagio sta arrivando » disse soltanto.

19

La missione

Antartide, 23 aprile

Amanda Martin si contorceva sul lettino. Contraeva e rilasciava i muscoli, dimenava spalle e gambe per quel che poteva, ma la morsa del materasso contenitivo in poliuretano non le lasciava scampo. La resina espansa le permetteva limitati spostamenti e poi la ritirava a sé, come un elastico. La fibra della sottotuta si stirava a ogni nuovo tentativo, mettendo in mostra un corpo atletico e ben proporzionato. Ma non era un'atleta quella che stava osservando Gabriel Novak, fermo in piedi di fianco al letto, in attesa che il farmaco sviluppasse tutto il suo effetto.

« Allora, per chi lavori? » le chiese, scandendo bene ogni parola e quasi sussurrando.

« Chi siete? Perché mi avete portata qui? » rispose lei, la voce ancora controllata.

Forse un po' troppo, in rapporto al Roipnol che aveva già assunto. Probabilmente era addestrata a subire interrogatori oppure c'era qualcosa che non andava nel dosaggio dei farmaci. Gabriel verificò i parametri sul monitor del robot infermiere che teneva sotto controllo la ragazza.

« Chi siete? » disse ancora lei. Si sforzava di sollevarsi dal lettino senza riuscire a liberarsi dalla morsa del poliuretano, e dimostrava un'energia insolita.

Gabriel rilasciò un'altra dose di farmaco e la ragazza smise di agitarsi.

« Per chi lavori? » le chiese ancora.

« Lavoro... lavoro per la NASA. »

Ora la voce rauca della ragazza indicava che i farmaci stavano avendo effetto. Anche i movimenti erano sempre più deboli, presto sarebbe stata pronta a rispondere a ogni domanda. Ma ormai Gabriel sapeva di non avere molto tempo. L'insolita resistenza di Amanda Martin l'aveva costretto a un sovradosaggio di Roipnol, un'arma a doppio taglio perché restringeva la finestra utile per agire. Lei avrebbe parlato più facilmente ma per meno tempo, prima di diventare inattendibile o di avere contrazioni della laringe tali da renderla non più comprensibile.

« Quale agenzia, Amanda? La NSA? È per la NSA che lavori? »

« La NASA. »

« Quelli sono gli sponsor, per via delle tute byos. Ma tu eri qui per un'altra missione. »

« La NASA, lavoro... Per la NASA. »

La risposta lo sorprese. La ragazza mentiva. Gabriel avvertì la rabbia bruciarlo come un'onda di calore.

Tu detesti chi fa il male e fai perire i bugiardi, ricordò dal Libro dei Salmi.

Gabriel richiamò il robot infermiere.

Recida il Signore le labbra bugiarde.

La colonnina emerse dal pavimento e agganciò l'ago cannula al braccio di Amanda con una sonda telescopica.

Labbra che parlano con cuore doppio.

Lo scanner sul soffitto analizzò le dinamiche facciali e i movimenti oculari. I display della macchina mostrarono la sinossi clinica e con sua sorpresa Gabriel constatò che no, la ragazza non mentiva.

« Perché la NASA ti ha mandato al Polo Sud? »

« Il cilindro... »

« Il cilindro? »

« In mezzo al lago Vostok. Io l'ho visto... »

« Cosa hai visto? »

« Il radar sounder da sessanta megahertz... l'ha fotografato. Enorme, geometria perfetta, non può essere casuale. »

« E cos'è secondo te, questo cilindro, Amanda? »

« Non può essere un giacimento di ferro, come credono i russi... I nostri scanner sono più avanzati. »

L'enorme cilindro metallico sul fondo del lago Vostok non era una novità per Gabriel. I suoi uomini avevano captato commenti fra i membri del Vostok Komanda. All'inizio erano sembrate congetture fatte tanto per passare il tempo, un po' come gli avvistamenti dei dischi volanti. Poi i rilievi dei radar russi avevano fatto sorgere qualche dubbio. E ora la NASA, che aveva le tecnologie più avanzate in quel campo, se ne interessava. Le cose cambiavano.

« Non è un giacimento di ferro... »

Difficile capire se quelle parole avessero un senso. Secondo il dossier che il Senatore gli aveva dato a Parigi, Amanda Martin si era laureata in scienze naturali alla San Diego University, California. Nessun indizio sugli studi successivi. Le ricerche su Internet che Gabriel aveva condotto di persona non avevano prodotto granché. Solo una foto della ragazza risalente a nove anni prima, sulla versione online di *Sport Express*, il principale media sportivo russo. E solo perché parlava di una regata alla quale aveva partecipato anche un equipaggio universitario di San Pietroburgo. Eppure chiunque, specie se giovane e ancor più se americano, aveva almeno una pagina in qualche social network, un account da qualche parte, uno straccio di riferimento sul web. In genere, un simile vuoto di informazioni era sintomo che qualcuno aveva fatto pulizia attorno a una persona. Magari qualche agenzia dei servizi segreti.

Gabriel doveva accontentarsi di quello che aveva davanti, una ragazza imbottita di Roipnol alla quale poteva fare qualsiasi domanda. Ma doveva fare quelle giuste, l'interrogatorio non poteva durare a lungo, lei non avrebbe retto. Era sembrata preoccupata per via dei giacimenti di ferro. Poteva essere una geologa?

« I virus... »

« Hai detto virus? »

« Il contagio... Il contagio sta arrivando. »

La ragazza era quasi afona ormai, un effetto secondario del Roipnol. Forse si riferiva alle presunte forme di vita del lago.

« La NASA ha paura dei virus del lago Vostok, dunque. E tu? Tu ne hai paura? »

« Io no, il virus ci renderà migliori. »

« Perché, Amanda? Perché dovrebbe renderci migliori? »

« Il contagio... sarà la salvezza. »

« La malattia è un male, dovremmo curarla e scegliere la vita, non sei d'accordo? »

« La vita... non è quello che pensiamo. »

Curioso che lo dicesse un'assassina. Come pretendeva di dare lezioni sulla vita? Gabriel ebbe la percezione di una perdita di coerenza nelle risposte della ragazza. Anche di una resistenza nuova. Secondo il display, la concentrazione di farmaco nel sangue era già oltre la soglia di sicurezza. Non aveva mai incontrato un soggetto tanto refrattario al Roipnol. Doveva inventarsi qualcos'altro per farla parlare o l'avrebbe persa. Forse il senso di colpa poteva funzionare.

« Dicono che hai ucciso i tuoi genitori, Amanda. È vero? »

« Sì, è vero. »

Il fratello darà la morte al fratello e i figli insorgeranno contro i genitori e li metteranno a morte.

« E perché l'hai fatto? »

La ragazza si agitò ancora nel materassino di contenimento.

« È un peccato orribile. Perché l'hai fatto, Amanda? »

Chi teme il Signore rispetta il padre e serve come padroni i genitori.

Gabriel si chinò sulla branda, la guancia quasi a contatto con quella di Amanda Martin. Lei aveva il fiato affannoso e tendeva i muscoli delle braccia nel tentativo di muoversi, forse per portare le mani sugli occhi ormai pieni di lacrime.

« Perché, devi dirmi perché. »

« Perché... io li amavo. »

Il suono del cicalino non diede a Gabriel il tempo di riflettere su quella risposta. Il videotelefono integrato nello schermo a parete si accese. Era il Senatore.

« Novak, vedo che ha catturato l'oggetto del suo desiderio. Ne valeva la pena? »

« Sì e no. Confermo che si tratta di un'agente americana, come lei sospettava. Una geologa o forse una biologa. Niente NSA o simili, però: lavora per la NASA. Non sanno niente della MOST. »

« Le sembra prudente nominare quella sigla di fronte alla ragazza? Ha intenzione di ucciderla dopo? »

« È sotto Roipnol, non ricorderà nulla. »

« L'altra ragazza? Ha drogato anche lei? »

« No. »

« Non lo faccia. E non le faccia del male. Si concentri su Amanda Martin. Cosa sa del Progetto Vostok? »

« Nulla. Sa del cilindro, ma non ha ipotesi migliori delle nostre sulla sua natura. Ora mi procurerò le scansioni russe più recenti tramite gli spyware che abbiamo infiltrato nei loro sistemi. »

« Bene. Vedrò di farle avere quelle dalla NASA. »

« Un'altra cosa, Senatore. Pare che la donna abbia un certo timore delle forme di vita presenti nel lago. »

«Ha paura che noi infettiamo il lago o viceversa?»

Gabriel si voltò verso Amanda, diede un'occhiata al display clinico e scosse la testa.

«Questo non l'ho ancora capito. Ora sono al limite di resistenza del soggetto.»

«Ha verificato le nostre ipotesi su un secondo pozzo dei russi?»

«Nessuna novità. L'avrei avvertita subito.»

«Mi faccia sapere con urgenza, nel caso. Il momento è critico. A proposito, il nostro sistema informatico è sempre sotto controllo? Qualche anomalia?»

«Zero, Senatore. Il Placeraider che abbiamo infiltrato nel sistema operativo dei russi è in funzione. È un software che ci permette di vedere quello che vedono loro, dalle telecamere di sorveglianza e dagli obiettivi incorporati negli smartphone del personale. Perché me lo chiede, ci sono problemi?»

«Niente di rilevante.» Il Senatore scosse la testa e chiuse la comunicazione, ma a Gabriel non serviva uno scanner facciale per capire che non era stato sincero.

Commutò lo schermo sui sensori ottici dei russi per verificare lo stato del Placeraider: sembrava tutto sotto controllo. A Base Vostok, gli anemometri al suolo misuravano già sessanta nodi, e il vento stava accelerando ancora. Le immagini delle telecamere esterne segnalavano una tempesta in arrivo e quelle all'interno del pozzo G-4 rivelavano gli ultimi preparativi per il Contatto tramite scafandro di profondità. Un piano che Mosca aveva nascosto alla Korporatsiya e che Gabriel si era guardato bene dal rivelare al Senatore. Presto il suo software di sabotaggio latente avrebbe rovinato i piani di entrambe le parti.

Un gorgogliare di parole prive di senso compiuto richiamò l'attenzione di Gabriel. Abbandonò lo schermo e tornò a occuparsi della ragazza. Era pallida, il viso scosso da spasmi involontari e smorfie ripetute. Era al limite di sopportazione, ormai.

« Perché sei venuta in Antartide, Amanda? Qual è il tuo incarico? » le chiese lui con il solito tono suadente.

« Sono un'esobiologa... della NASA... un'esperta in forme di vita aliene. »

Gabriel riesaminò rapidamente i parametri sullo schermo del robot infermiere. Non aveva molti margini. Doveva decidere: domande a oltranza e quasi di sicuro la ragazza sarebbe morta, oppure pazientare e forse il giorno seguente avrebbe avuto le risposte che cercava.

Chi è paziente ha grande prudenza, chi è iracondo mostra stoltezza.

Il Libro dei Proverbi non poteva sbagliare.

« Le dirò... le dirò quello che vuole... » continuò lei, ma Gabriel aveva già deciso di rimandare.

« Sì, me lo dirai. È il motivo per cui ti ho lasciata vivere. »

Regolò il dosaggio dei farmaci per stabilizzare la ragazza. Sì, doveva rimandare di almeno un giorno o due la fine dell'interrogatorio di Amanda Martin, altrimenti l'avrebbe persa, ed era ancora troppo presto.

« E ho ucciso... i miei genitori... io li ho uccisi. »

« Sì, Amanda. » Gabriel spense lo scanner facciale e ordinò al drone di rilasciare un antagonista blando. « E questo è il motivo per cui io ucciderò te. »

20

Gavriusha

Molti anni prima, Leningrado, inverno 1988

A cinque anni Gabriel aveva smesso di stare con gli altri.

Era ancora nell'*oblast* di Leningrado, sua madre e lui come due alieni, « gli estoni » li chiamavano, in un villaggio di soli russi. Ma la gente li rispettava, anche se controvoglia, perché il padre era un ufficiale e a quei tempi con l'Armata non si scherzava.

Poi un giorno tutto era cambiato. Successe mentre giocavano a guardie e ladri. Lui era un ladro, come sempre, all'epoca. Le guardie erano tutti gli altri, chiunque non fosse estone.

C'era stata un'imboscata dei partigiani afghani in qualche sputo di paese nella valle del Panjshir, i notiziari avevano trasmesso le immagini della rappresaglia, la sera prima. Mentre i colossali elicotteri Mi-24 distruggevano presunti obiettivi nemici al suolo, Gabriel aveva sentito l'invidia degli altri ragazzi e anche se suo padre non volava – era in fanteria – lui si era comunque goduto quel momento di gloria riflessa. Per questo la notizia, dura come un calcio nello stomaco, l'aveva colto impreparato.

« Gavriusha, tuo padre è morto! »

Era un ciccione di due anni più grande a gridare, uno che aveva l'abitudine di imbrattarsi la faccia con il nerofumo quando giocava, come un guerriero tribale. Sembrava quasi contento nel fare quell'annuncio. Poteva essere un trucco per farlo uscire allo scoperto, ma qualcosa convinse

Gabriel che non era così, qualcosa di inspiegabile ma che in quel momento apparve chiaro anche a un bambino di cinque anni. Quella che sembrava una studiata cattiveria era quasi di sicuro la verità.

Uscì dal nascondiglio, nel buio del fienile, e poco mancò che alzasse le mani per arrendersi, tanto si sentiva perduto. Perché a scovarlo non era stata solo la guardia di uno stupido gioco da bambini. Era come se un orco fosse stato sulle sue tracce da quando il padre era partito per la guerra. Ne aveva sentito il respiro ogni volta che s'era addormentato temendo di risvegliarsi orfano, per colpa di qualche fanatico senza Dio, dopo una scaramuccia in una valle dal nome impronunciabile. Aveva scacciato il pensiero ogni volta, come si fa con un cane molesto, ma quello era sempre lì, a minacciarlo alla vigilia di ogni sonno. E ogni volta Gabriel aveva sperato di sfuggire, ma non c'era nascondiglio abbastanza sicuro da quella paura.

Uscì e se lo trovò davanti, quell'altro, la faccia dipinta come un demone e in mano una torcia elettrica che fendeva l'aria densa di polvere del capanno, come la spada di un arcangelo vendicatore. Gabriel sapeva che qualcosa di importante stava per finire e non avrebbe potuto farci niente. Rimase imbambolato, senza reagire alla spinta che lo fece cadere giù dalle scale. Tutto diventò buio, perse i sensi e al risveglio il mondo che aveva conosciuto non c'era più.

21

Blackout

Antartide, Base Vostok, 23 aprile

Il trattore che doveva condurre Mikhail a Base Mirny era una bestia di nove metri per quattro, trentacinque tonnellate di peso. Una specie di corazzata dei ghiacciai. Ma a differenza delle navi, il Karkhovchanka non aveva niente di paragonabile a una torre di comando o anche solo a un ponte, niente aria che scompiglia i capelli e falde del cappotto che fileggiano nel vento. L'unico spazio vivibile era all'interno, oltre le pareti imbottite da otto strati di lana di nylon, l'equivalente di una stiva e di una sala macchine insieme. Un container sigillato in cui dominava l'odore di cherosene, inconveniente inevitabile per un veicolo con il motore all'interno dell'abitacolo. In compenso, grazie a quel particolare si potevano fare riparazioni meccaniche senza uscire all'aperto, cosa che poteva salvarti la vita, perciò nessuno si lamentava mai dell'aria viziata.

Mikhail prese posto nel grande vano centrale, di fronte ai letti a castello dell'equipaggio, ma non riuscì a resistere a lungo. La sensazione di chiuso lo soffocava. Si spostò a poppa, nella piccola *elektrokambuz*, dove almeno la puzza di cipolle impregnava l'aria e copriva quella del combustibile.

Fuori dagli oblò, il turbinare della neve polverizzata non dava punti di riferimento e la notte era vicina. Non era l'immersione in quella palude biancastra a fargli girare la testa, però, ma la decisione che aveva preso la dirigenza della base: lo avevano espulso dal Vostok Komanda, non avrebbe preso parte al Contatto. Il direttore glielo aveva preannunciato e alla prima debole tregua della tempesta l'aveva imbarcato su un trattore, dato che nessun Ilyushin se l'era sentita di decollare dalle basi costiere, né da Mirny né da Novalazarevskaya.

Mikhail era rimasto a lungo indeciso se rivelare al direttore quello che aveva scoperto al pozzo G-4. L'ultima volta che aveva denunciato le operazioni sottobanco di qualcuno, ed erano passati più di trent'anni ormai, l'avevano incastrato ed era stato l'unico a pagare. Vero che il regime era cambiato, ma ancora non era chiaro se in meglio o in peggio, perciò Mikhail aveva deciso di tacere.

Aveva anche considerato la possibilità di ricattare la MOST minacciando di dire a tutti del secondo pozzo, ma non era nemmeno sicuro che fossero loro i registi di quello scavo occulto. Alla fine non aveva fatto niente e si era lasciato cacciare.

Il trattore si fermò con uno scossone. Forse avevano incontrato un crepaccio. Mikhail si decise a trascinarsi in testa al veicolo per scambiare qualche parola con l'equipaggio. In fondo avrebbero dovuto convivere per parecchi giorni.

«Problemi con la strada?» chiese.

«Abbiamo perso il segnale satellitare e la bussola non funziona, come al solito.»

«Se siamo sulla traccia dovremmo incontrare i bidoni di carburante ogni tre chilometri.»

«È questo il problema, dovremmo già averli incontrati.»

Mikhail controllò la temperatura. Si avvicinava a meno cinquanta.

«Conviene ripartire comunque. Se stai fermo i liquidi del motore non girano e si congelano. È per questo che voi piloti siete in tre: mai fermarsi.»

« E se siamo fuori rotta? »

« Possiamo fare il punto con il sestante più tardi. »

« Con il sestante? » Il navigatore spuntò alle spalle di Mikhail. Era giovanissimo e aveva l'aria di uno bravo più che altro a navigare su Internet.

« Compagno, l'ha fatto anche Lovell sull'*Apollo 13* ed era in una situazione più critica della nostra » gli disse Mikhail. « Faccio questo tragitto due volte l'anno, so quello che dico. »

Il pilota diede gas e il veicolo si rimise in moto. Il tachimetro segnava dodici chilometri orari, ma Mikhail sapeva che non avrebbero potuto tenere una media così alta. Quel trattore monumentale poteva raggiungere i trenta chilometri orari su pendenze di trenta gradi e trainare un rimorchio da settanta tonnellate. Poteva perfino galleggiare, grazie all'enorme abitacolo stagno. Ma ciò non riusciva a eliminare la durezza dei viaggi nell'ambiente antartico. Ogni volta che uno dei due cingoli perdeva aderenza a causa dei sastrugi, l'altro accelerava, facendo accostare il veicolo, a destra o a sinistra. In questo modo si avanzava serpeggiando, rollando e beccheggiando come una nave sulle onde. Non a caso all'interno tutto era sistemato per non volare via, proprio come sulle navi. Otto chilometri orari erano considerati una buona media sulle lunghe distanze, ma potevano scendere a sei in condizioni di tempo avverso.

« Duecento chilometri al giorno. Meno di una settimana e saremo a Base Mirny. » Il navigatore aveva l'aria di un turista in gita. Doveva essere alla sua prima traversata, se faceva ancora calcoli così ottimistici.

« Tempo permettendo » disse Mikhail, cupo.

Le variazioni climatiche degli ultimi due mesi non avevano flagellato solo Europa e America. Anche l'Antartide ne aveva risentito, e Mikhail era in grado di capirlo più di ogni altro, fra il personale del Vostok Komanda. I nuovi arrivati erano convinti che la traccia aperta dai cingolati fosse ormai una specie di autostrada nel ghiaccio, scavata da oltre mezzo secolo di viaggi. Crepacci e fenditure invece si chiudono e si aprono e sono sempre in agguato, per questo in Antartide nessun viaggio su mezzi terrestri è sicuro senza ricognizione aerea. E il maltempo recente aveva impedito ogni rilievo dall'alto, proprio nel periodo di presumibile maggiore instabilità del plateau.

« Secondo voi è normale una spedizione con un trattore solo? » chiese il navigatore. « Di solito non sono sempre almeno due o tre? Che succede se si rompe qualcosa? »

« Abbiamo un'officina a bordo proprio per casi del genere » lo tranquillizzò Mikhail, ma non era del tutto sincero.

Prima di essere coinvolto in un discorso sui rischi della traversata che gli avrebbe solo peggiorato l'umore, tornò in cambusa. Si preparò l'acqua per un tè. La polvere solubile non era ancora del tutto sciolta quando si rese conto che il veicolo stava invertendo la direzione di marcia.

Non ebbe tempo di raggiungere la cabina per chiedere spiegazioni. Il capomacchina entrò e gli puntò l'indice contro con l'aria severa, come se Mikhail avesse commesso qualcosa di grave.

« Si torna indietro, il direttore deve parlarti, Mikhail Rebko. E ho l'ordine di non farti scendere prima della base, per nessun motivo. »

« Ma ti sei rincoglionito? » Mikhail indicò la penombra agghiacciante che li circondava, oltre gli oblò. « Ti sembra che possa venirmi voglia di scendere prima della base? »

L'avevano visto mentre tornava dal pozzo G-4? Allora perché non fermarlo subito e lasciar passare due giorni? Mikhail non riusciva a spiegarsi i motivi di quel rientro imprevisto. Le telecamere non l'avevano ripreso, di questo era pressoché certo. Non sapeva se a scoprirlo fosse stato il direttore, ancora fedele a Mosca, o qualcuno del nuovo personale, uno di quei giovani arroganti usciti dai corsi di formazione della MOST.

Ma che qualcuno avesse saputo della sua intrusione era quasi certo. All'arrivo a Base Vostok, Mikhail ne ebbe la conferma quando fu invitato a raggiungere subito la direzione. Il resto dell'equipaggio del Karkhovchanka sembrava euforico per il rientro: erano bastate un paio d'ore in quell'inferno per capire cosa significa una traversata.

Per lui invece cominciò l'interrogatorio. Il direttore lo fece accomodare.

« Cosa credevi di fare? » gli chiese subito. Non c'erano altre persone nell'ufficio, e questo era insolito. Le violazioni dei regolamenti erano molto rare alla base, ma, nei pochi casi, a discuterne venivano chiamati due o tre membri del personale, di solito quelli con più anzianità di servizio.

« Ero solo curioso, tutto qui. »

« Con chi ne hai parlato? »

« Di cosa? »

« Sai benissimo di cosa! L'hai detto a qualcuno degli informatici? Gli hai parlato del pozzo? »

Quindi il pozzo segreto era un progetto di Mosca, se temevano che la MOST lo venisse a sapere. Mikhail registrò l'informazione.

« Io non parlo con quelli, lo sa, no? La MOST vuole solo farsi i soldi, con il Vostok. »

« Non c'è nulla di male nello sfruttamento economico delle risorse naturali » obiettò il direttore. Il tono conciliante conferiva al colloquio qualcosa di insolito rispetto a un normale interrogatorio. « La MOST è un'alleata, grazie a loro non dipendiamo più dai finanziamenti occidentali. Ma non sempre gli interessi di Mosca coincidono con quelli degli alleati. »

Mentre il direttore proseguiva con un'analisi noiosa e

pedante, Mikhail non riusciva a spiegarsi cosa ci facesse lui lì. Volevano punirlo o fargli un corso di indottrinamento politico?

Il manifesto dell'incrociatore *Aurora* dominava sempre la parete, alle spalle del direttore. La testa quadrata dell'uomo era proprio in linea con la torre prodiera della nave. Se il disegno si fosse animato e per magia il cannone avesse fatto fuoco, lo avrebbe centrato proprio alla tempia. Mikhail calcolò che il pezzo da 152 mm a quella scala poteva equivalere a poco più di una sparachiodi amatoriale. Abbastanza da fare male, comunque.

« Mikhail Rebko, ti sto parlando. Mi ascolti? »

« Sì, direttore. Mi ha detto che sapete della mia visita al pozzo G-4, e allora? È la ragione per cui mi ha fatto tornare? Per punirmi? »

« È la ragione per cui ti ho fatto tornare, ma non per punirti. »

Il direttore si alzò in piedi. Le mani allacciate dietro la schiena, fece due passi fino a fermarsi accanto alla finestra. Era la postura riservata ai discorsi importanti per ospiti importanti. Con gli altri parlava seduto alla scrivania, spesso senza neanche alzare gli occhi dalle carte davanti a sé. Sempre glaciale, l'unico modo di scaldare l'ambiente in quell'ufficio sarebbe stato dargli fuoco.

« Ti sei reso conto di quello che succede laggiù? »

« Avete scavato un pozzo segreto, largo abbastanza per il passaggio di uno scafandro di profondità. Vi state preparando a far scendere un uomo nel lago. »

S'era aspettato una finta reazione di sorpresa, o almeno un tentativo di negare. Invece il direttore assentì piano con la testa.

« E come l'hai capito? »

Nella penombra delle luci di emergenza, lo sguardo perso sul plateau sconvolto da raffiche a sessanta nodi, il direttore sembrava quasi una figura nobile, ma Mikhail non doveva farsi ingannare. Non c'era nulla di nobile in quell'uomo e doveva stare attento a fare ammissioni pericolose. Quel colloquio aveva tutta l'aria di un altro processo, e Mikhail non voleva rivivere quell'incubo.

« Te lo dico io, come ci sei riuscito. Ti sei interfacciato con un vecchio Agat e hai letto i database, senza usare l'emulatore. »

Mikhail si chiese quanto fosse grave un'intrusione in archivi riservati. Persino in America si poteva prendere l'ergastolo se i dati violati erano abbastanza importanti. Si chiese anche come l'avessero scoperto, forse qualcuno aveva notato il suo rientro? Era certo di non avere lasciato tracce nella baracca.

« Hai manomesso il codice di trasferimento dati, per farlo » disse ancora il direttore, chiarendo i dubbi di Mikhail. « Ce ne siamo accorti perché dopo il programma era molto più veloce. Hai una notevole padronanza della programmazione di trent'anni fa, nessuno me l'aveva detto. »

Mikhail si ricordò di quel piccolo intervento. La cancellazione di una routine inutile, fatta quasi senza pensarci, per guadagnare secondi preziosi. Si era dimenticato di ripristinarla, tanto era solo l'errore di un programmatore inesperto.

« Misha. »

Quel passaggio al tono confidenziale mise in allarme Mikhail.

« Tu sai perché il nostro paese spende soldi e fatica da trent'anni per arrivare al lago Vostok? » disse il direttore tornando a sedersi.

« Per ampliare i confini della conoscenza a beneficio di tutta l'umanità. »

Il direttore rise.

«Non mi stupisce che ti abbiano mandato qui per punizione. Hai la lingua tagliente.»

«È scritto nel decreto del Partito che ordinava la costruzione della base, direttore. Dice anche...»

«Ora basta!» Abbattendosi sulla scrivania, il palmo della mano del direttore fece volare qualche foglio per terra. «I giacimenti di gas sotto il lago Vostok possono ridisegnare la geografia politica del pianeta. Tre quarti di secolo di sforzi degli americani per tenere sotto controllo il Medio Oriente diventerebbero tempo perso, la loro strategia numero uno obsoleta in un giorno.»

«Perché mi racconta queste cose?»

«La Russia diventerebbe il primo fornitore mondiale di energia.»

«Direttore...»

«Perché il gas che c'è là sotto, Mikhail, può eliminare la povertà in Russia in tre mesi.»

«Allora tiriamolo fuori, no? Io non chiedo di meglio. Sono pronto a fare la mia parte, non mi rimandi a casa.»

I neon d'emergenza scintillarono per un paio di secondi e si spensero.

«Ti sei chiesto perché siamo in emergenza?»

La voce del direttore, nel buio, aveva una nota di preoccupazione nuova. Nel debole chiarore dell'esterno, Mikhail lo vide seduto alla scrivania, giungere le mani come se volesse pregare.

«Abbiamo subito un attacco informatico grave da parte di forze sconosciute» continuò l'uomo prima che Mikhail potesse rispondere. «E per evitare che i nostri database cadessero in mani ostili abbiamo dovuto mandare tutto in blackout temporaneo.»

«Posso assicurarle che io non c'entro.»

«Per colpa del blackout, abbiamo perso il controllo di due sonde, che hanno bloccato il passaggio nel pozzo G-4, a meno cinquecento e a meno milledue. Possiamo recuperarle solo agendo sui codici numerici di bordo.»

«Lo giuro, capo. Ho solo aperto e chiuso qualche file di dati geologici.»

«Lo so benissimo, ho già chiarito il problema con Mosca, prima che le linee cadessero.»

«Con Mosca?»

«Ho parlato con lui. Lui in persona. Gli ho detto che cosa hai fatto.»

Nel buio, Mikhail deglutì con fatica. Se il direttore aveva parlato con il colonnello della sua intrusione nei computer del G-4, era davvero nei guai.

«Gli ho detto che hai modificato codici scritti in Rapira e in Analitik, ottimizzandoli in meno di due minuti. Non sapeva nemmeno cosa fossero, naturalmente. Ma c'erano i suoi esperti e ho ascoltato i loro commenti. Non ci volevano credere, Mikhail.»

«Posso rimettere tutto come prima, direttore. Davvero, ci metto cinque minuti.» C'erano diciassette gradi nella stanza, ma Mikhail si sentiva sudare quasi fosse stato in una sauna.

«Neanche per sogno. Gli ordini del Cremlino sono stati chiari: rimuovere gli ostacoli che bloccano il pozzo G-4, scendere e connettere i giacimenti di gas con la superficie, prima che qualcuno ce lo impedisca. I geologi hanno elaborato un piano, possiamo farlo.»

«Facciamolo, allora. Io cosa c'entro?»

«Chi ci ha attaccati sa il fatto suo» disse il direttore, ignorando la domanda di Mikhail. «Raider informatici di ultima generazione, virus polimorfi, programmi parassiti automotivanti: software sofisticati, gente che vive nel futuro. Hanno paralizzato tutti i nostri sistemi, e a tratti ne hanno preso il controllo.»

Il direttore si alzò in piedi. Mikhail sentì la sedia scivolare sul pavimento, la voce dell'uomo farsi più vicina a lui.

«Ma il problema di chi si proietta troppo nel futuro è quello di dimenticarsi il passato.»

Una raffica più violenta delle altre fece tremare i vetri della finestra.

«Noi abbiamo ancora un circuito alternativo, oltre a quello messo fuori uso dall'attacco informatico. Un circuito in grado di funzionare senza interfacciarsi ad alcuna rete. Può fare a meno dei satelliti e non gli serve il web, perché è stato inventato quando Internet non esisteva. Può gestire la discesa di uno scafandro di profondità e mandarlo a quattromila metri sotto il ghiaccio, a catturare il più gigantesco giacimento di energia mai scoperto dall'uomo.»

La voce del direttore era salita di volume e aveva preso un'intonazione quasi profetica. A Mikhail sembrò di vederlo: le mani sulla scrivania, proteso verso di lui come nei manifesti di arruolamento dei corpi speciali dell'Armata Rossa.

«Ma il sistema può fare tutto questo se dentro quello scafandro c'è una persona autonoma, capace di dominare i vecchi macchinari analogici e di azionare tutte le connessioni intermedie nel pozzo di discesa, una persona coraggiosa, che conosca questa base come le sue tasche, che abbia dimestichezza con codici che non si insegnano più all'università da vent'anni e che ami la Santa Madre Russia più di se stesso.»

Le luci d'emergenza si riaccesero. Il direttore era nella postura che Mikhail si era immaginato, proteso come se la scrivania fosse un palco da comizio, una figura a metà strada fra un Lenin da cartolina e un ufficiale di arruolamento degli *spetsnaz*. Puntò l'indice verso di lui e disse: «Compagno Mikhail Denisovich Rebko: quella persona sei tu».

22

Il collasso

Air Force One, 23 aprile

I bordi delle coltivazioni di mais e di soia disegnavano linee nitide come tratti di penna nella pianura fra Illinois e Nebraska. Una scacchiera senza fine, un cantico al regno dell'ordine. Ma da quindicimila piedi di altezza tutto sembra in ordine, sempre.

Il Boeing 747 Advanced della Casa Bianca terminò la salita e accostò per seguire il corridoio previsto dai protocolli di sicurezza.

« Era davvero necessario imbarcarmi? » chiese la presidente.

Spostò di qualche millimetro il massiccio sottomano in pelle per allinearlo al bordo della scrivania. Un gesto consueto, fatto migliaia di volte nello Studio Ovale nelle normali riunioni di lavoro. Ripeterlo ora non serviva, era sull'Air Force One e non c'era molto di normale attorno a lei. Il segretario di stato, seduto quasi sul bordo del divano semicircolare, le mani infilate nelle tasche della giacca e i pollici in fuori, aveva insistito perché lei abbandonasse la Casa Bianca e alla svelta.

« La situazione a terra è critica, era meglio non correre rischi » le ricordò. « L'ondata di rifugiati per eventi climatici è in espansione. A livello nazionale, parliamo di tre milioni di persone. »

« Più del triplo dell'uragano Katrina. »

« Sì. Se consideriamo anche l'Europa, abbiamo oltre dieci milioni di sfollati. Molte aree urbane sono invivibili. »

« Ma non dovrei essere vicina alla gente, adesso? »

« Sarai più utile al paese da quassù. »

La presidente unì le mani di fronte al viso, sapeva che c'era dell'altro. Il segretario sembrava in attesa di un invito per darle notizie ancora peggiori.

« E in Oriente? » chiese lei.

« L'India cerca di sedare le insurrezioni interne. Maoisti lungo i confini orientali e islamici lungo quelli occidentali. Il flusso di rifugiati dal Bangladesh è in crescita dopo il monsone estivo. »

« Il monsone estivo a fine aprile? Impossibile. »

« Era quello che pensava il governo indiano, per questo il cataclisma li ha colti impreparati. »

« L'area del petrolio? »

« Nuove ostilità tra gruppi rivali hanno azzerato la produzione nigeriana. La guerra civile nello Yemen e una ribellione sciita in Arabia Saudita minacciano i campi petroliferi. In Iraq tra curdi e governo centrale è lotta aperta per il controllo dei campi di Kirkuk. Per i nostri esperti il prezzo del petrolio potrebbe raddoppiare entro fine mese. »

« Mi sembra che abbiamo lasciato andare la situazione fuori controllo. » Il tono di rimprovero della presidente era esplicito, ma il segretario non ebbe il tempo di replicare.

Tre colpi secchi alla porta annunciarono il capo del National Security Council. Solo il generale aveva quella delicatezza nel bussare, più un avvertimento del suo arrivo che una richiesta di permesso.

« Generale, si sieda, prego. »

« Avete risolto l'emergenza software? » chiese il segretario, lieto in apparenza di cambiare discorso.

« Di quale emergenza state parlando, voi due? Sono la presidente, perché non ne sono informata? »

« Stavo per dirtelo, ma è meglio che te lo spieghi lui. Generale? »

« Grazie, signor segretario. Il problema non è nella difesa, ma nelle reti civili. Tutti i principali server americani manifestano anomalie. Succede lo stesso in Europa, a quanto ne sappiamo: centrali energetiche, linee ferroviarie e aeree, distribuzione di acqua e gas. »

« Siamo vulnerabili? Il sistema strategico è in crisi? »

Il generale scosse la testa. « Dipende da cosa intende per strategico, signora. »

« Un tempo erano i buoni vecchi missili con una grossa atomica avvitata in punta. È cambiato qualcosa senza che lo sapessi? »

« Il generale intende dire che non condivide la strategia della Casa Bianca. Sbaglio, generale? »

« È vero quello che dice il segretario? »

« Signora, lei sa benissimo come la penso. Da quando abbiamo delegato la politica estera alle grandi corporation, noi non abbiamo una strategia, perciò di cosa stiamo parlando? »

« Mi faccia il piacere. Io sono il capo del dipartimento di stato degli Stati Uniti d'America » disse il segretario alzandosi di scatto e scandendo le parole. « Cosa crede che faccia dalla mattina alla sera? »

« Vuole la verità o una pietosa bugia, signor segretario? »

« Risponda con la massima franchezza, generale. E tu torna a sedere, per favore, la riunione non è finita » intervenne la presidente.

« Con la massima franchezza, devo dirle, signora, che finché avevamo un nemico chiaro, unico e bello grosso era tutto semplice. »

« Ma pensa, devo anche sorbirmi una lezione di storia. E che novità, poi » replicò il segretario.

« Per favore, vuoi lasciarlo parlare? Generale, prego. »

« Eravamo più forti dei russi e nove volte su dieci gliele suonavamo. Una volta ogni tanto li lasciavamo vincere e andava tutto bene. Da quando l'Orso cattivo ha smesso di fare paura, la politica estera non si decide più al Pentagono. »

« Sai che perdita. Ha finito con la lezioncina? »

« Continui, invece. »

« Secondo lei, presidente, se al Pentagono avessimo potuto decidere in autonomia, avremmo autorizzato la guerra in Iraq? »

« La maggior parte del nostro partito ha votato contro, se non ricordo male. »

« Con il dovuto rispetto, signora, lo ha fatto per sensibilità verso l'elettorato più radicale. Io avrei votato contro come militare. Patton diceva: inizia solo le battaglie che sei sicuro di vincere. »

« Ma che bravo! In una democrazia le guerre non le decidono i generali, non gliel'hanno detto? » Il segretario si alzò per avvicinarsi a un finestrino, le braccia conserte e le spalle alla presidente.

« Abbiamo lasciato l'Afghanistan a bagnomaria per dieci anni dopo che i russi avevano mollato » continuò il generale. « Lo sa perché? In attesa che un paio di grandi imprese, che forse non erano nemmeno americane, vai a capire, decidessero se valeva la pena di farci un oleodotto. Alla fine non s'è fatto e c'è toccato intervenire quando tutto era andato in malora. »

« La politica ha fatto molti errori, generale. La democrazia esiste appunto per cambiare quando si sbaglia. »

« No, signora. Non è stata la politica a fare quegli errori, questo è il punto. Sono state le corporation, ma quelle decidono sulla base di un orizzonte temporale di due o tre anni al massimo e la chiamano strategia, quando in termini militari è improvvisazione. Ed è anche fatta male. Noi soldati cosa dovremmo fare? Controllare il territorio, come dei guardiani, secondo loro. Peccato che servano uomini per controllare il territorio. Noi ne abbiamo, ma la Cina anche di più, e se noi ci ritiriamo arrivano loro, l'hanno già fatto in Africa centrale e dai tempi della Primavera araba anche in quella settentrionale. Hanno aperto una base navale nell'oceano Indiano, non certo per pescare il marlin. Se molliamo il Medio Oriente, si faranno avanti loro. Chissà, forse meglio i cinesi dei jihadisti. Metà dei nostri nemici nel mondo ci spara contro con armi che gli abbiamo fornito noi e mi chiedete cosa penso della nostra politica estera?»

«Ha finito con il suo sfogo privato? Possiamo tornare alla domanda della presidente?» sbottò il segretario di stato.

Il generale scosse la testa e serrò il nodo della cravatta. «E gliele abbiamo fornite gratis, per giunta» disse ancora.

«Ora basta, generale, ho apprezzato la sua sincerità. Ma il segretario ha ragione, torniamo al punto. Il sistema strategico?»

«Il sistema strategico è ok, signora, ma non serve avere i missili in perfetta efficienza se il paese va a rotoli perché i servizi sono al collasso e la gente abbandona le città.»

«Avremo un protocollo d'emergenza per casi simili, mi auguro.»

Generale e segretario si scambiarono un'occhiata veloce. Quella del militare era una richiesta urgente di aiuto, la risposta dell'altro era un segnale del tipo: arrangiati, sei tu quello con divisa e galloni.

«Più o meno lo stesso che usa lei con il suo iPad quando

è davvero nei guai.» Il generale si schiarì la voce e continuò. «Abbiamo mandato tutto in blackout e poi riavviato. Questo accadeva dieci minuti fa.»

«E adesso?»

«Stiamo cercando di riconfigurare tutti i sistemi in onion routing.»

«Onion routing?»

«È un protocollo che fa rimbalzare le comunicazioni attraverso un gran numero di server prima di arrivare a destinazione. Ognuna crittografata in modo diverso. Il lato negativo è che ci costringe a operare in bassa latenza.»

«In bassa latenza?»

«Sì, con intervalli di risposta più alti.»

«Riassuma in parole povere.»

Il generale si guardò intorno alla ricerca delle parole giuste. La divisa scura e ben stirata contrastava con i colori morbidi delle pareti e con il rivestimento in pelle bianca del divano.

«Siamo passati a una modalità di trasmissione più lenta, ma più difficile da attaccare» disse infine.

«Almeno fino a quando loro non se ne accorgono, giusto?» aggiunse il segretario.

«E chi sarebbero, loro? Di quale sigla terroristica parliamo, si può sapere? C'è qualcosa che mi state nascondendo?»

«Chiedo scusa» si intromise il generale. «Il nemico che sta attaccando le reti nostre e dei nostri alleati non è un governo o un gruppo terroristico. Sono software automotivanti, una volta lanciati possono trasformarsi e andare avanti da soli.»

«Qualcuno li avrà creati e lanciati una prima volta, però. Siamo in grado di risalire a nome e cognome del bastardo?»

« Oh, certo. È molto semplice. » Il generale mostrò un largo sorriso, il tono di voce era quello dello studente che si sente rivolgere l'unica domanda di cui conosce la risposta.

La presidente giunse le mani davanti al viso e si abbandonò sulla poltrona, come per prepararsi a una rivelazione decisiva.

« Siamo stati noi, signora. »

23

Prendete Vostok!

Antartide, 24 aprile

Una matita funziona anche in orbita, in assenza di gravità. È sempre stata in dotazione agli equipaggi spaziali, fin dai tempi della prima navicella Vostok. Ma non era per questo che a Gabriel Novak piaceva disegnare a matita su un foglio bianco. C'era qualcosa di puro nel trasferire le idee su quella superficie ruvida e fibrosa. La traccia di polvere nera attraversava le impercettibili venature della carta e trasmetteva alla mano una microscopica vibrazione, come una creatura viva che rispondesse a ciò che veniva scritto e fosse in grado di apprezzarne il valore.

Era il momento di riordinare le idee, partendo dai fatti certi.

Gabriel disegnò due sottili linee verticali parallele. « Pozzo G-5 », scrisse accanto. L'aveva scavato il Vostok Komanda, aiutato finanziariamente dalla MOST, anche se con fini diversi. Scrisse: « MOST: biotecnologie » accanto allo schema del pozzo, e sotto: « Cremlino: gas ». L'arrivo dell'Hydrobot poteva mettere fine alle ambizioni di Mosca, dato che solo la MOST lo controllava. Ma ora, grazie a lui, l'Hydrobot era saltato in aria su un'autostrada italiana e il pericolo era sventato. Doveva pensare alla minaccia russa, piuttosto.

Dall'Oriente l'uccello da preda, da una terra lontana l'uomo dei miei progetti.

Cerchiò la parola « biotecnologie ». Poteva significare

molte cose, la MOST non era mai stata chiara in proposito. Avrebbero migliorato la vita, dicevano i portavoce della Korporatsiya, ma per Gabriel l'idea che fosse l'uomo a giudicare se e come si potesse migliorare la vita rappresentava appieno la straordinaria presunzione dell'umanità.

Gli ultimi campioni di ghiaccio, quello di accrezione – formato non dalla neve ghiacciata accumulata nei millenni ma dall'acqua del lago, quindi molto più antico – avevano mobilitato l'attenzione dei piani alti della MOST. Il motivo però non era chiaro: Gabriel aveva cercato di saperne di più, ma sembrava il segreto dei segreti. Aveva potuto carpire soltanto che aveva a che fare con le capacità rigenerative delle cellule. Forse avevano scoperto un nuovo tipo di organismo staminale. Amanda Martin, che era a conoscenza dei rapporti informativi dei servizi americani, l'aveva indirettamente confermato. La ragazza alludeva a quello quando aveva parlato di un virus, Gabriel ne era convinto.

Ma lui era deciso a contrastare i piani di medicina rigenerativa della Korporatsiya, in caso di conflitto con la sacralità della vita. E la ricerca sulle staminali ricadeva nella categoria. Potevano gridare ai quattro venti che le nuove cellule non richiedevano più il sacrificio degli embrioni, persino la Chiesa di Roma si era venduta e parlava di alleanza fra scienza ed etica della vita. No, per quelli come lui la sostanza non cambiava. L'uomo è persona e riceve l'esistenza come dono divino, ogni parte del suo corpo ha uno stretto, inviolabile finalismo.

Nabucodònosor re di Babilonia ha preparato un piano contro di voi.

Che sintetizzassero cellule per nuovi organi nelle macchine asettiche di un laboratorio o le scovassero quattromila metri sotto il ghiaccio, era comunque un'alterazione del disegno divino.

Gabriel Novak non l'avrebbe permesso.

Tracciò sul foglio lo schema di un altro pozzo e scrisse accanto « Pozzo G-4 ». Era uno scavo concepito per uno scafandro di profondità, quindi per mandare nel lago un equipaggio umano, fin lì era ovvio. Gabriel aveva visto i preparativi attraverso le immagini rubate dagli spyware. Il motivo di quell'esplorazione era meno chiaro. Per il gas, diceva Mosca, ma questo avrebbe escluso la possibilità di sfruttare il lago dal punto di vista biologico, perché avrebbero inquinato tutto.

Ma era davvero a quello che puntava, il Cremlino? Un solo uomo non poteva fare granché, là sotto. Non con la notte antartica ormai calata, il tempo di lavoro utile ridotto a un paio d'ore al giorno e temperature sempre più rigide che spingevano il ghiacciaio a rimangiarsi parte dello scavo. E gli sconvolgimenti climatici in corso, con venti fuori norma per intensità e durata, non avrebbero aiutato le squadre di assistenza in superficie.

Forse i russi volevano la stessa cosa che voleva la MOST, e vedevano nel lago una sconfinata prateria brulicante di nuove forme batteriche per i folli esperimenti della loro scienza nemica di Dio. O forse volevano entrambe le cose: sfruttare i giacimenti di gas e studiare le opportunità biologiche del Vostok. In ogni caso, continuare a nascondere l'esistenza del pozzo G-4 era un rischio che Gabriel doveva valutare con attenzione.

Si alzò per osservare l'evoluzione della tempesta. Oltre la falsa finestra, un grande pannello al plasma riportava le immagini trasmesse dalle telecamere esterne. Il plateau ribolliva della neve polverizzata da un vento a sessanta nodi. La temperatura era prossima a meno cinquantacinque. Forse era davvero un segno dell'ira divina di fronte all'audacia degli uomini. La breve finestra di luce si era chiusa il giorno prima, erano nel regno del buio, ormai.

Gabriel tornò a sedersi. Scrisse: « Mosca: uomo nel lago » di fianco al disegno del pozzo G-4. Sotto scrisse: « MOST: ??? » dato che non sapeva come avrebbero reagito alla notizia di quella seconda via. Non poteva tenerla nascosta in eterno. Oltretutto, se l'avessero appreso da un'altra fonte avrebbero dubitato di lui. E se l'avessero allontanato, addio missione. Per fermare i russi gli serviva la MOST e sapeva di non avere amici fra gli uomini della Korporatsiya. I miliziani ai suoi ordini erano mercenari e in caso di conflitto con il Senatore li avrebbe avuti tutti contro.

Gabriel sospirò.

Al momento opportuno, avrebbe affrontato anche quel problema, non gli facevano certo paura.

Il cicalino alla porta suonò e lui aprì.

« Comunicazione dalla MOST, signor Novak. Su onde corte, in criptofonia. » L'uomo appoggiò sulla scrivania una ricetrasmittente delle dimensioni di una scatola da scarpe. « È l'unica cosa che funziona, al momento » si giustificò prima di uscire.

Gabriel impugnò il microfono.

« Senatore » esordì. « Aveva ragione sul secondo pozzo. »

Dopo qualche secondo d'attesa e una serie di scariche statiche e di fruscii arrivò la voce decrittata del Senatore.

« Ne ero certo. »

« Cosa pensa che vogliano fare, i russi? Collegare i giacimenti alle pompe di estrazione è un lavoro fattibile nei pochi giorni che rimangono? »

« No, secondo i nostri ingegneri minerari. Ma la discesa di un palombaro rischia di inquinare il lago e credo che vogliano metterci di fronte al fatto compiuto. Sarebbe un disastro. Può anche darsi che Mosca voglia prelevare campioni organici prima di noi. Il Vostok è una miniera d'oro per l'industria biotecnologica. »

Dunque era come i suoi capi avevano sempre sospettato. Gabriel trasse un profondo respiro prima di rispondere.

« Stiamo cercando di ripristinare i sistemi. C'è parecchia turbolenza sulla rete. »

« Dovete essere operativi nel più breve tempo possibile, è chiaro? »

« Quali sono gli ordini? »

« Uno solo: fermare i russi. A ogni costo. »

« Ricevuto. »

« Ottimo. Intanto, parlerò con il Cremlino e con la NASA. Gli americani hanno un altro Hydrobot e siamo nelle condizioni di negoziare un accordo. Il drone potrebbe operare senza assistenza dalla superficie anche nei mesi invernali. E con una trivellazione laterale nell'ultimo tratto del pozzo, si potrebbe arrivare ai giacimenti senza passare dal lago. Questo accontenterebbe sia noi sia la fame di gas del colonnello, anche se avrebbe un costo non irrilevante. Gli proporrò un accordo. »

Inaffidabilità dei russi, momento storico irripetibile, situazione internazionale fuori controllo: il Senatore sembrava ancor più loquace del solito, ma Gabriel ascoltava distratto. La notizia vera, quella che gli aveva tolto il fiato, era che esisteva un secondo Hydrobot e potevano utilizzarlo. Doveva aspettarselo, la Korporatsiya non aveva limiti finanziari, soprattutto dopo che negli ultimi tre mesi di caos dei mercati aveva decuplicato il suo già considerevole patrimonio.

« La richiamo a minuti, Novak. » Il Senatore chiuse la comunicazione.

Gabriel colpì il tavolo con la mano aperta, tanto forte da sentire il palmo bruciare. Fece sobbalzare matite, squadra da disegno, sestante da rilevamento, bussola. Respirò a fondo. Doveva rimanere lucido. Tornò a concentrarsi sugli appunti.

Scrisse le parole «gas» e «batteri» alla base del foglio, sotto lo schema dei due pozzi. Erano gli obiettivi dichiarati dei due principali attori, Cremlino e MOST. Lui non aveva obiezioni sul primo. Non che gradisse un potenziamento dei russi, ma era convinto soprattutto della necessità di sabotare i piani di medicina ricostruttiva della MOST. Gabriel la sentiva come una personale missione.

Ecco ciò che vi dico: se questa attività è di origine umana, verrà distrutta.

Tuttavia non poteva fidarsi dei russi. Secondo il Senatore erano interessati solo al metano, ma avrebbero potuto fare due o tre immersioni a scopo scientifico, prelevare dei campioni biologici e poi far saltare il diaframma fra lago e giacimenti e iniziare l'estrazione del gas. Anche se il colonnello si faceva fotografare con i patriarchi ortodossi, era sempre un ex comunista, un ateo senza alcun senso della sacralità della vita. Gabriel non doveva dimenticarselo.

Aggiunse la parola «cilindro» alla base dello schema. Era la parte più misteriosa della faccenda. Nella restituzione degli scanner russi si riconosceva un contorno geometrico dai bordi sfumati. Le stratigrafie dei Ground Penetrating Radar americani, inviate il giorno prima dal Senatore, erano molto più avanzate e mostravano invece un profilo nitido, straordinariamente regolare. Sempre più netto, ogni giorno che passava. Poteva essere un segno. Nessuno l'aveva interpretato così, ma non c'era da stupirsi, in un'epoca senza spiritualità. Grandi discussioni sull'ipotesi che fosse un giacimento di ferro o sulla probabilità che la natura crei forme geometriche particolari. Nessuno sapeva guardare oltre il diaframma delle cose materiali.

Sorgerà in mezzo a voi un profeta e vi mostrerà un segno e vi esorterà a servire dèi stranieri.

Un segno. Adescante e falso come le parole che invitano

a inoltrarsi nel peccato per studiare il Male, invece di metterlo al rogo.

Tu non dovrai ascoltare le parole di quel profeta, perché il Signore vostro Dio vi mette alla prova per sapere se lo amate.

Era chiaro quello che Gabriel doveva fare, come non averci pensato prima? Era tutto lì, di fronte a lui, il disegno di Dio. Impugnò la matita e tracciò un grosso cerchio, inglobando i due pozzi e le parole « gas », « batteri » e « cilindro ».

Ascoltate il progetto che il Signore ha fatto contro Babilonia.

Il brusio della strumentazione sulla consolle a fianco lo avvertì che erano di nuovo in rete.

« Problemi risolti, signor Novak. Tutti i sistemi attivi » confermò una voce dall'altoparlante.

Anche il video a parete si riaccese. Il Senatore, tornato in linea, aveva il volto teso.

« I russi fanno i furbi. Stanno già calando un uomo. Evidentemente il suo malware non li ha fermati, signor Novak. Nessun accordo con loro. Fermateli con qualsiasi mezzo. Adesso! » Chiuse la comunicazione senza aspettare risposta.

Gabriel afferrò il microfono collegato agli altoparlanti interni della base. « Tutti operativi in tre minuti! » ordinò.

Non riusciva a spiegarsi come i russi potessero calare un palombaro da quel pozzo. Era sicuro di aver mandato in panne almeno due macchine e di averlo bloccato. Ma non era un problema: la soluzione che il Signore gli aveva appena suggerito mentre stava disegnando avrebbe risolto tutto.

Gabriel corse alla sala d'armi, dove gli uomini stavano terminando la vestizione per la missione esterna. Era preparato a quel momento, non aspettava altro da giorni. Un uomo nella divisa bianca della MOST gli venne incontro, casco integrale sottobraccio e fucile d'assalto a tracolla.

«Mezzi pronti a muovere, signore!»

«Fai imbarcare tutti gli uomini.»

«Tutti? E la base?»

«Cariche di demolizione attive. Spolette a tre ore. Non deve restare pietra su pietra.»

«Le prigioniere, signore?»

Gabriel chiuse la lunga cerniera a pressione sul davanti della tuta da missione esterna mentre rifletteva sul destino delle due donne. Su quello di Amanda Martin non aveva dubbi, aveva fatto ventimila chilometri per catturarla, non avrebbe cambiato idea adesso. Tanto più che il piano appena concepito rendeva inutile interrogarla ancora. L'australiana invece non aveva fatto nulla di male, ma era pur sempre la compagna dell'assassina.

Non credete all'amica, non fidatevi della compagna: il giorno del castigo è giunto.

«Rimangono qui» disse mentre infilava i sottili sottoguanti in microfibra. «È uno dei motivi per cui non dobbiamo lasciare tracce. Spegni i sistemi vitali, arma le spolette e tutti a bordo.»

Gabriel attese che tutti gli uomini terminassero la preparazione, impugnò l'ultimo fucile rimasto nella rastrelliera, soppesò il caricatore e corse fuori.

Il primo hovercraft aveva appena acceso i rotori di sollevamento. Il veicolo s'alzò da terra di qualche decina di centimetri, subito scosso da un vento ormai a forza nove. Accese le eliche di propulsione e sbandò da un lato, sollevando su quello opposto un enorme sbuffo di neve fine e densa come vapore, si stabilizzò e infine partì. Gabriel saltò sul secondo hovercraft. Dietro di lui, turbini di ghiaccio nebulizzato si alzavano come un'onda frangente contro il lato sopravvento della base. Prima ancora che il portellone poppiero fosse chiuso, la perse di vista.

Nel ventre caldo del veicolo, si alzò in piedi, entrambe

le mani strette ai tientibene. Il vento obbligava l'hover a tenere una rotta molto angolata per compensare lo scarroccio, facendolo sobbalzare con violenza a ogni raffica. Dieci uomini guardavano Gabriel, in attesa di ordini. Tutti ex combattenti delle guerre balcaniche. Obbedivano a chi pagava, ossia alla Korporatsiya, e non l'avrebbero certo seguito se avesse rivelato cos'aveva in mente, ma di lui si fidavano e avrebbero fatto quanto necessario per fermare i russi. Al colpo finale Gabriel avrebbe provveduto da solo.

« Il colonnello non è certo uno stupido! »

Parlava bene il loro dialetto e questo gli dava ancora più carisma. Gridò per farsi sentire nel baccano dei motori. Avrebbe potuto usare il sistema audio integrato nei caschi, ma non è così che parla un capo. Un capo ti guarda negli occhi.

« Vostok potrebbe attendersi un attacco. Ci stanno aspettando. »

Uno dei soldati in prima fila alzò una mano. Gabriel gli diede il permesso di parlare.

« Signore, oltre ai tre che abbiamo eliminato, risultano solo cinque militari nel Vostok Komanda. Reparti speciali della marina. Cinque ostili non sono... »

« Conosco i russi » lo interruppe Gabriel. « Combatteranno tutti, dal cuoco al magazziniere. Non sottovalutateli. Nei climi estremi conta più l'adattamento all'ambiente della tecnica bellica, e molti di loro sono qui da anni. Niente storditori a infrasuoni, questa volta. Useremo pallottole. Abbiamo una finestra di due giorni, forse tre. Appena il tempo si sarà ristabilito, Mosca farà arrivare un paio di plotoni di *spetsnaz*, come minimo. Per quel momento dobbiamo avere concluso. »

Una violenta imbardata costrinse Gabriel a interrompere il discorso. Per qualche secondo i rotori di sostentamento salirono di giri, con un rombo che fece tremare tutto l'abitacolo. Poi il veicolo si stabilizzò.

« Siamo in modalità stalking. I russi possono contare solo su vista e udito per individuarci e la notte antartica e la tormenta sono dalla nostra parte. Il piano è semplice: neutralizzare i centri di fuoco nemico, quindi occupare gli obiettivi. »

Tutti gli uomini assentirono. Era il momento di ripassare i compiti.

« Pozzo G-4? » gridò Gabriel.

Tre uomini alzarono la mano.

« G-5? »

Altri tre uomini si sbracciarono, gridando: « Presente! » Poi toccò alla squadra logistica, trasmissioni, generatori, residenze. Il piano era un'arma ben affilata. Non c'era nessuna possibilità di evasione e fuga se qualcosa fosse andato storto, ma Gabriel preferì non accennare nemmeno a quell'eventualità. La sconfitta non era in preventivo.

« Signore, c'è un problema con il software di disturbo nei sistemi russi. » Dal pannello contromisure l'operatore indicò lo schermo acceso.

Gabriel si avvicinò. La pianta digitale di Base Vostok mostrava la linea di difesa russa: un lanciatore controcarro, una mitragliatrice pesante e vari apparati d'arma, dai telemetri laser ai puntatori elettronici. Piccole sagome colorate di verde. I router virus apparivano come puntini rossi e si moltiplicavano a vista d'occhio. Stavano alterandc le prestazioni dei sistemi di Vostok nel modo atteso. Entro poco tempo nessuna arma a distanza avrebbe potuto contare su servoassistenza radar per ingaggio elettronico o regolazione del fuoco. I russi avrebbero dovuto sparare a vista.

« Quale problema? Mi sembra che stiano facendo un bel danno. »

« Sì, signore, eccome. » L'operatore si sfilò le cuffie audio per girarsi e guardarlo in faccia. « Ma quei virus non sono i nostri. »

24

Thunder Bay

Antartide, 24 aprile

La NASA, nel corso della sua attività, era riuscita a produrre il rumore più assordante e il più profondo silenzio. Amanda li aveva provati entrambi, ma solo il secondo le aveva fatto davvero paura. Anche se il rombo dell'endoreattore F-1, quello dei razzi Saturno, spaventava gli animali a centinaia di chilometri di distanza, era solo un fastidio fisico, una mescola di ossigeno liquido e cherosene iper raffinato, incendiata e liberata in atmosfera, e non l'aveva impressionata. Invece, quando l'avevano accompagnata a visitare la camera anecoica dei laboratori Johnson, a Houston, il tempio del silenzio assoluto, si era sentita come violata. Un'enorme stanza, le pareti tappezzate di lunghe piramidi di materiale spugnoso in grado di assorbire e quindi di eliminare ogni rumore. L'udito si abitua presto e inizia a percepire ogni suono prodotto dal corpo, dal battito cardiaco all'aria nei polmoni. Quando avevano spento anche le luci, le era parso di morire. Per un istante aveva intravisto una parte di se stessa che l'aveva spaventata, come l'avessero obbligata a guardarsi una ferita profonda e ulcerata senza il pietoso diaframma di una benda.

« Deprivazione sensoriale » le avevano spiegato. « Altera l'equilibrio fisico e psicologico e favorisce stati di coscienza profondi, una specie di terapia Zen. »

Ma a lei sembrava di ricordare che l'avesse inventata l'esercito nel dopoguerra come forma di tortura, altro che

Zen. Sulla base di quello che stava provando, poteva essere vero.

Ora però non era più ai laboratori Johnson, era prigioniera nella base di una milizia sconosciuta. Era al buio, tanto da non riuscire a vedersi i piedi, e immersa nel silenzio più completo, non sapeva da quanto. Amanda ricordava che l'avevano interrogata inoculandole le BZD. Poteva ringraziare la terapia antialcolismo che seguiva da oltre un mese, che l'aveva in parte protetta dall'effetto della droga.

« Shannon! » gridò. « Shannon, mi senti? »

Nessuna risposta. La sua compagna di viaggio sembrava scomparsa, potevano benissimo averla uccisa.

Le sembrò di udire un ronzio accompagnato da lampi di luce, ma doveva essere un effetto della deprivazione sensoriale. Oltretutto, il freddo crescente le aveva fatto perdere sensibilità alle dita. Non sapeva neppure in che posizione si trovasse. Aveva anche la sensazione che il corpo si trasformasse, che le braccia si allungassero e subito dopo si accorciassero fino a scomparire del tutto. Presto sarebbero arrivate le allucinazioni, ne riconosceva i sintomi. Non era nemmeno certa di avere chiamato Shannon, forse l'aveva solo immaginato.

Doveva fare qualcosa.

Lo sguardo migliora la definizione se ripercorre più volte il contorno della stessa immagine, e qualcuno le aveva detto che il cervello fa una cosa simile. Doveva ripensare a un evento o a una breve serie di eventi e ripercorrerli, migliorandone ogni volta la memoria, fino a riprendere il controllo.

Poteva partire dalla sua fuga dalla casa dei genitori, nel Michigan: la ricordava ancora bene. Quello che era successo prima era più doloroso da focalizzare. Avrebbe preferito non ripensarci mai più.

Amanda ricordava il viaggio in auto nel vicino Wisconsin e poi di nuovo nel Michigan, Upper Peninsula, per far perdere le tracce. Aveva attraversato il Lago Superiore con la barca dei Trudeau, di notte, la bussola come unico aiuto e il GPS spento, casomai qualche detective più sveglio della media avesse intuito le sue intenzioni. Quasi novanta miglia, con un sonno che le piegava le ginocchia e il cuore impazzito a ogni banco di ghiaccio. Ne aveva incontrati pochi, proprio come il meteo aveva previsto. Bianchi come spettri di anime dannate, a ricordarle che quella notte non stava solo attraversando un confine nazionale, ma le acque dello Stige. Si stava lasciando alle spalle ogni possibile perdono e di fronte non aveva il Canada ma l'inferno, nessuna salvezza ma l'occasione, forse, di espiare la colpa commessa. E la colpa che schiacciava Amanda non era solo l'aver messo fine alla vita delle due persone che avevano contato di più nella sua esistenza. Era il modo in cui c'era arrivata che la faceva star male.

Non avrebbe dovuto lasciare San Diego dopo quel litigio telefonico. C'erano tutte le premesse per la tragedia, le avrebbe viste anche un cieco.

«Non potete chiedermi una cosa del genere» aveva gridato, quasi piangendo.

«Sei nostra figlia, a chi dovremmo chiederlo?»

«Non tirare in ballo la responsabilità, mamma.»

L'avevano messa alle strette, l'avevano fatta infuriare, fino a convincerla ad abbandonare il laboratorio NASA dove stava lavorando e a partire per il Michigan. Del resto non era la prima volta che aveva perso le staffe, negli ultimi tempi. All'arrivo a Thunder Bay, dopo la traversata che l'aveva portata in Canada, anche il suo capo glielo aveva ricordato.

S'erano incontrati come due agenti segreti, in un bar a due passi dal porto turistico, di primo mattino. Sweet

Escape, si chiamava, la dolce fuga. Amanda s'era chiesta se fosse stato un caso o l'avessero scelto apposta per lei.

Aveva aspettato per mezz'ora, godendosi almeno il caldo, dato che non aveva un soldo. Oltre le vetrine, dove grandi scritte promettevano « torte all'europea » e uso esclusivo di cioccolato belga, il ronzio sordo degli pneumatici invernali si alzava come un lamento a ogni passaggio di auto.

Quando l'uomo che le aveva promesso di salvarla dall'arresto era arrivato, la cameriera s'era avvicinata al loro tavolo con il sorriso dei giorni di festa e lui aveva chiesto un whisky, rimangiandosi subito dopo l'ordinazione a favore di un caffè, di certo per non mettere Amanda in imbarazzo. Quella cortesia l'aveva ferita.

« È per me che fai astinenza? Dovrei ringraziarti? »

« L'ultima volta che hai alzato il gomito hai fatto a botte con un collega, te lo ricordi? »

« Sono tremila chilometri da San Diego a qui, se non sbaglio. È per parlare di un litigio sul lavoro che hai fatto tanta strada? »

« Quella volta ti ho coperta, Amanda. Ma adesso non si tratta di un naso rotto. Ci sono due morti. »

« Quel tizio potevo denunciarlo per molestie, lo sai benissimo. Veniamo a noi. »

« Fosse per me, del tuo caso me ne laverei le mani. » L'uomo scosse la testa. « Ma con i tagli in bilancio e la concorrenza dei privati non possiamo perdere talenti come te. Sei troppo brava. »

Certo, lei era brava. Nessuno le diceva mai che fosse bella. E lei era la prima a vergognarsene. Già a tredici anni, se si guardava allo specchio senza abiti le sembrava di essere una donna. Ma le bastava vestirsi per cancellare tutto e diventare il brutto anatroccolo. Aveva un talento per sembrare brutta, quasi non si sentisse all'altezza di quel corpo. Appassionata solo di sport e di studio, era stata per anni lo zimbello delle compagne, in ogni scuola frequentata.

« Vedi, Martin, le ragazze sono come fiori » le aveva detto un giorno una tipetta di Grand Rapids che si atteggiava a leader della classe. « Noi siamo orchidee, tu sei un fiore selvatico. »

« Sì, tipo una felce » aveva aggiunto un'altra.

« La felce non è un fiore » si era limitata a rispondere Amanda, prima di battere in ritirata fra le risate del gruppo.

Di fronte allo Sweet Escape, oltre i mucchi di neve annerita accumulati sul bordo del marciapiede, un'enorme jeep stava scaricando un gruppo di ragazzini. Dall'eccitazione sembravano diretti alle torte all'europea, qualsiasi cosa fossero.

« Al telefono mi hai detto che potevi aiutarmi » incalzò Amanda. « Dimmi cosa puoi fare per me e cosa vuoi in cambio. »

« Niente conversazioni inutili, eh, Amanda? Come sempre. D'accordo. Al Thunder Bay International Airport, settore privato, troverai un piccolo aereo in attesa. Ti porterà a Toronto. Seguiranno istruzioni fino alla destinazione finale. »

« Che sarebbe? »

« Base Vostok, Antartide. »

« È uno scherzo? »

Non lo era.

L'uomo espose il piano, che prevedeva di raggiungere la base russa e indagare sulle attività di ricerca riguardanti il lago. Forme virali nuove in grado di alterare la riproduzione cellulare, giacimenti ferrosi dalle geometrie troppo perfette per essere naturali, gruppi paramilitari estranei tanto all'Armata Rossa quanto ad altri eserciti conosciuti. Erano tante le notizie inquietanti trapelate dall'Antartide.

« Sospettiamo che abbiano scoperto qualcosa di rivoluzionario o che stiano per farlo. »

« Non è roba da agenti segreti? »

« E chi credi che siano gli agenti segreti? Gente laureata in spionaggio? Sono ingegneri, tecnici informatici, cantanti, archeologi, dipende dalla natura della missione. Qui serve esperienza in biologia. Qui servi tu, Amanda. »

« A piedi per duemila chilometri? Mi stai sopravalutando. »

« Andiamo. Hai praticato vela e sci d'acqua a livello agonistico, sai quanto basta per quella traversata. L'hanno già fatta due donne, e avevano cinquant'anni ciascuna. Voi li avete a malapena sommando i tuoi a quelli della tua partner. »

« C'è una partner? »

« Una da sport estremi, brava, potrebbe arrivarci da sola a Base Vostok, e portandoti in braccio. Non saprà nulla della missione, ovvio. Ufficialmente dovrete testare le tute byos, quelle per Marte. Alla base russa vi ospiteranno, è una tradizione. Tu accuserai un malore e prolungherai la sosta per qualche giorno. Non potranno negartelo. Prendi contatti, fai amicizia con qualche ricercatore russo, seducilo se serve, fai quello che vuoi, ma scopri cosa bolle in pentola. Non abbiamo altro modo di avvicinarci a quel posto. »

« E a fine missione, io che fine faccio? »

« Intanto saranno passati un paio di mesi. Troveremo una soluzione, a costo di crearti una nuova identità. Nel frattempo, manterremo un basso profilo, stiamo eliminando ogni informazione non essenziale su di te. »

La comitiva di ragazzini era intanto entrata nel locale, urlando e trascinando come un ostaggio un'insegnante prossima a una crisi di nervi.

«È un'opportunità, Amanda. Prendila al volo. La vita, in genere, non offre seconde chance.»

Alzandosi, l'uomo aveva lasciato sul tavolo una copia del *Chronicle*. Dentro, mille dollari locali, un passaporto canadese intestato a un nome fittizio e un cellulare usa e getta. Una serie di sms aveva poi fatto da guida fino a destinazione, come previsto.

Amanda trasse un profondo respiro. L'esercizio mentale aveva funzionato, e ora si sentiva più lucida. Era chiaro cosa stava succedendo. Nessuna tortura: la deprivazione sensoriale era solo una conseguenza della sospensione dei sistemi vitali della base. Avevano deciso di ucciderla così, lasciandola a pensare nel freddo. Come poteva l'inquisitore che l'aveva interrogata avere capito la sua paura più profonda? Forse l'aveva rivelato lei sotto l'effetto delle BZD. Non c'era altra spiegazione.

In quelle condizioni, Amanda non aveva modo di capire quanto fosse prossima all'ipotermia. Non era in grado di verificare l'insorgere di segni clinici come eloquio lento, andatura atassica o attenuazione dei riflessi tendinei profondi e tutto quanto appreso nel corso di formazione seguito a Darwin. Non riusciva nemmeno ad alzarsi e, quanto a parlare, ci mancava solo che lo facesse da sola, nel buio, proprio come una pazza. La sonnolenza invece la percepiva in modo consapevole. Cos'altro c'era fra i sintomi? Ah sì, confusione mentale. Aveva già provato a chiamare Shannon? Forse, qualche minuto prima, ma non ne era certa.

Amanda capì che la fine era inevitabile. Dicono che in punto di morte si veda scorrere tutta la propria vita, ma lei pensò invece a tutto quello che avrebbe potuto fare e non aveva fatto. Alle parole non dette, agli atti mancati, ai suoi genitori. Quando le compagne di scuola le avevano detto quella storia delle orchidee, l'aveva riferita alla madre.

«Le felci sono le mie piante preferite, tesoro» le aveva risposto lei, cancellando in un attimo tutto il dolore.

Amanda non era mai riuscita a dire parole così, né a sua madre né ad altri, e ormai era tardi. Diede ancora un inutile sguardo nel vuoto nero che l'avvolgeva. Se anche avessero ripristinato i servizi vitali, non avrebbe visto granché di quello che c'era attorno. Gli occhi erano pieni di lacrime e non le serviva la luce di una lampadina per capirlo.

25

Patton Barracks

Heidelberg, 24 aprile

Una coltre di nubi grigie copriva il cielo delle Patton Barracks. Sopra le palazzine ben imbiancate della gigantesca base NATO, l'aria gravida di umidità prometteva pioggia imminente.

Dopo avere ospitato per mezzo secolo il comando delle forze USA in Europa, il complesso era in via d'abbandono. Per favorire il « consolidamento delle strutture di comando », diceva il comunicato ufficiale dell'esercito. Riduzione dei budget militari, tradotto in termini politici, e perdita di qualche centinaio di posti di lavoro per gli abitanti di Heidelberg, tradotto per la gente comune. Ma per il momento, l'intero complesso – quindici ettari di superficie con edifici residenziali e uffici, un ex casinò riconvertito in teatro, una chiesa e un palazzetto dello sport – era ancora sorvegliato e sigillato come ai tempi della guerra fredda.

Nella stanza al secondo piano che ospitava la riunione del gabinetto di crisi del governo tedesco, con gli impianti di condizionamento spenti, l'aria era irrespirabile. Lontano, oltre le falde rosse e ripide dei tetti sul lato opposto del cortile, esplodevano i primi lampi. Forse la pioggia cadeva già sui sobborghi della cittadina. Affacciata alla finestra, la cancelliera sbuffò.

« Scioperi alle centrali energetiche in tutto il Land, signora » si giustificò l'ufficiale al suo fianco. « Se piove, l'aria sarà meno pesante, vedrà. »

La donna lo gratificò di un mezzo sorriso. Come ispettore generale della Bundeswehr quell'uomo poteva diventare da un momento all'altro il suo vice nella catena di comando; molto dipendeva dalla discussione in corso al Bundestag, il parlamento federale.

« Non accettano di essere pagati in euro » continuò l'ufficiale a capo delle forze armate. « L'economia sembra dominata più dalla superstizione che dai fatti reali, ormai. »

« La superstizione è ricca, la verità deve chiedere l'elemosina » rispose lei.

All'ingresso principale, sulla Kirchheimer Weg, la sbarra a strisce bianche e rosse era abbassata. Tre uomini in tuta mimetica chiacchieravano, appoggiati a una barriera in cemento. Il mondo sembrava tranquillo, ma forse era sempre così, osservandolo dall'interno di una base NATO.

« Lamentandoci non risolveremo niente » concluse la cancelliera. « Cominciamo la riunione. »

Rivolse un cenno all'ispettore generale e si fece precedere nella sala a fianco, al centro della quale alcuni banchi della mensa truppa accostati fra loro formavano un lungo tavolo. I principali ministri del governo sembravano aspettare solo lei e si alzarono in piedi al suo ingresso. La nuova assistente della cancelliera, una trentenne con l'aria da suora laica e un elenco di titoli accademici simile a una formula chimica, le accostò la sedia con un sorriso. Le mise sotto gli occhi un promemoria, con spesse righe rosse a sottolineare i punti chiave.

A quanto sembrava, i rapporti sui focolai di crisi nel mondo erano più che allarmanti. Anche se gli scioperi nelle centrali fossero cessati all'istante, sarebbe rimasto il problema delle forniture di materie prime.

« Partiamo dal ministero dell'Economia » disse la cancelliera. « Qual è la situazione in Medio Oriente? »

« Critica e in via di peggioramento, signora. »

Il titolare del Wirtschaftsministerium inforcò un paio di occhiali a mezze lenti. Si chinò sul fascicolo di fronte a sé. Erano schede sintetiche sui punti di crisi e da come l'uomo le guardava sembravano promettere guai.

« Le dispute per l'utilizzo dell'acqua fra Israele e Giordania stanno destabilizzando l'area, con ripercussioni gravi sulle vie del petrolio. La siccità cronica è aggravata dai recenti mutamenti climatici, perciò i negoziati tra i due governi sono in stallo. »

Il ministro scartò la prima scheda, si schiarì la voce e passò a quella successiva.

« L'Egitto ha sospeso le sovvenzioni alimentari. Si segnalano tumulti nella capitale. Inoltre, Il Cairo accusa il Sudan e l'Etiopia di violare gli accordi multilaterali in materia di acqua. »

Nel silenzio pesante della stanza si udirono grida provenienti dal cortile. L'assistente della cancelliera si alzò per chiudere la finestra.

« Non trova che le nostre condizioni climatiche siano già critiche, dottoressa? » obiettò il ministro.

La ragazza attese un cenno di permesso della cancelliera, riaprì la finestra e tornò a sedere.

« Signori, continuo. L'intera fascia che va dalla Nigeria al Kurdistan iracheno, passando per la penisola araba, è instabile. Dopo il rimpatrio di europei e americani, la maggior parte dei pozzi è inattiva o gestita da personale cinese. »

« Avevamo un piano per fornitori alternativi, o sbaglio? »

« Sì, signora, ma l'opzione indonesiana è da scartare, almeno per il momento. Il Vietnam ha annullato i contratti per la fornitura di riso agli stati dell'arcipelago. Tumulti sono in corso a Kuala Lumpur e gli insorti, sostenuti da gruppi jihadisti, detengono il potere in ampie regioni.

Lo stretto di Malacca è chiuso al traffico. Per finire, le piattaforme d'altura norvegesi sono state evacuate a causa del maltempo. »

Il ministro posò l'ultima scheda sul tavolo e si tolse gli occhiali.

« Da lì non arriverà un solo barile » concluse.

Nel silenzio tutti gli sguardi cercarono la cancelliera.

« Signora, posso chiederle cosa è emerso dai colloqui con il presidente americano? »

« Hanno i loro problemi, ecco cosa è emerso. Le inondazioni e le piogge torrenziali di marzo hanno colpito la produzione di mais nel Midwest e causato la sospensione delle forniture alimentari. Era un'arma cruciale per la loro strategia in Asia orientale. Aggiungiamo che la crisi dell'euro ha mandato in fallimento i principali fondi pensione e potrete immaginare quanto i contribuenti americani ci amino. In più, sono gravati da deficit, tasse elevate, grave disoccupazione e inflazione in aumento. Sono sempre più isolazionisti e non vogliono farsi coinvolgere nelle crisi europee. A volte dubito che abbiano una strategia, ma, se ce l'hanno, noi non ne facciamo più parte. »

« Sembra che la Cina sia quasi immune dalle varie emergenze in corso » osservò l'ispettore generale. « Dobbiamo aspettarci un'ulteriore crescita del loro ruolo politico, dopo la crisi. »

« Dio si compiace a innalzare l'umile e abbassare ciò che è in alto » disse la cancelliera. « A rompere ciò che è costruito e costruire ciò che è frantumato. »

« Temo che Lutero non ci basterà. » Il responsabile degli Interni sventolò una cartelletta, il simbolo dell'Innenministerium ben in vista sulla copertina, come a garanzia di quanto stava per dire. « Abbiamo disordini ovunque e meno del venti per cento degli effettivi di polizia ha aderito all'appello per il lavoro volontario e gratuito. A Berlino e

Francoforte saremmo all'anarchia, non fosse stato per l'aiuto della sicurezza privata delle grandi compagnie.»

«Sta dicendo che manteniamo l'ordine con volontari e polizie private pagate da qualche grande impresa?» chiese il ministro dell'Economia.

«Facciamo il possibile, caro collega. Senza stipendio i tedeschi hanno la stessa voglia di lavorare di un greco il giorno di Ferragosto.»

«Signori, restiamo all'essenziale.» La cancelliera batté le mani due volte per chiedere il silenzio. Mantenere l'armonia in un esecutivo di larghe intese diventava ogni giorno più impegnativo e i responsabili di Economia e Interni, uno conservatore e l'altro socialista, non facevano nulla per facilitarle il compito.

Un militare entrò nella stanza e si avvicinò all'ispettore generale.

«Altre sciagure?» chiese la cancelliera.

«Al contrario. Una buona notizia. Il procedimento di arresto delle centrali nucleari ha avuto successo.»

«Sarebbe una buona notizia? E l'avete fatto senza informarmi?»

«Era un'emergenza, signora. La Francia sta facendo altrettanto. Un virus informatico.»

«Non mi importa cosa fa la Francia. Da quando in qua si chiudono le centrali per un virus informatico? Generale, se nelle prossime ore il Bundestag voterà lo stato di guerra, la guida delle forze armate passerà dal ministero della Difesa a me. Esigo che lei ci aggiorni.»

L'ispettore generale si schiarì la voce.

«Tutto è cominciato con il virus Stuxnet, un worm progettato per attaccare i PLC, i computer di controllo dei processi industriali. Diffuso dagli americani, a quanto ne sappiamo, ma loro danno la colpa all'Unità 8200 del Mossad che l'avrebbe elaborato e reso più aggressivo. Era disegnato per selezionare solo PLC Siemens di una sottoserie particolare, in sostanza quelli usati dall'Iran per le centrifughe nucleari. Ha raggiunto l'obiettivo ma si è diffuso oltre le aspettative. »

« Mi sta dicendo che attacca anche noi? »

« Purtroppo è così, signora. »

« Avremo degli antivirus o li avranno gli americani o gli israeliani o qualche altro paese. »

« Non è così semplice. I virus autoreplicanti si comportano come forme di vita autonoma, si adattano, si riproducono e muoiono di vecchiaia, in modo da non lasciare tracce e non fornire indizi per creare antidoti. »

Un'operatrice radio si avvicinò al generale e gli passò una cartellina. Sul frontespizio, la scritta rossa STRENG GEHEIM indicava il massimo livello di segretezza.

Il generale esaminò il contenuto e informò i presenti che arrivava dal Cyber Command americano. Anche le centrali nucleari di USA e Canada erano in via di arresto d'emergenza e il documento diramava consigli urgenti agli alleati.

« Sembra che un virus attacchi i PLC delle barre di controllo, quelle che servono per lo spegnimento dei reattori » spiegò. « Perciò o agiscono ora o rischiano di non riuscirci più. Gli americani dicono che il virus si chiama Madhi e che vivrà ancora una settimana o poco più. L'Unità 8200 si dichiara impotente a fermarlo. Negano ogni responsabilità nella vicenda. Ecco, guardi il comunicato di Tel Aviv. » Avvicinò un foglio alla cancelliera.

Lei lo accartocciò e lo fece rotolare verso il centro del tavolo.

« Cosa vuole che me ne freghi? Decidiamo cosa fare, piuttosto. Qualche idea? »

« Crisi economica, politica, ambientale. È la tempesta perfetta » disse il ministro dell'Economia.

« Non vedo elementi di perfezione in questo caos. »

La cancelliera non ebbe il tempo di approfondire la reprimenda. La segretaria le passò il cellulare. Con le labbra mimò la parola « Buba », il direttore della Bundesbank.

« Signora cancelliera, non so se devo congratularmi o compiangerla » disse l'uomo al telefono. « Da dieci minuti lei è a capo delle nostre forze di difesa. Vedo anche che ha cambiato assistente. »

« Quello precedente era un pessimo consigliere. Il suo invece aveva ragione, quel Miller o Moeller o come si chiamava. Mi piacerebbe sentire se ha qualche idea sull'evoluzione della crisi. »

« Müller, certo. Di sicuro ha un sacco di buone idee, ma non le dirà a noi. Si è licenziato. Lavora per un fondo d'investimenti cinese, adesso. »

26

La discesa

Antartide, Base Vostok, 24 aprile

Sulla Luna c'erano andati con computer meno potenti dei telefonini di fine anni Novanta. Mikhail se lo ripeteva come un mantra. Il direttore di Base Vostok non aveva faticato molto per convincerlo a scendere nel pozzo G-4. Mikhail era consapevole dei rischi, ma il Contatto era ciò per cui aveva lavorato negli ultimi trent'anni. Che toccasse proprio a lui in qualche modo lo ripagava di tutte le ingiustizie e i soprusi subiti in passato.

« Sei l'unico che può farcela, Misha » gli aveva detto il direttore.

C'erano due macchinari bloccati in quel pozzo, fuori uso a causa del blackout. Erano troppo pesanti per essere spostati a mano, e regolati da computer ormai inservibili dopo l'ultimo attacco hacker: uno sbarramento che rischiava di mandare a rotoli tutto il programma di esplorazione del Vostok. Si potevano muovere usando il circuito di emergenza, ma era roba vecchia di trent'anni e inattiva da venti. Era necessario modificare le istruzioni software.

« Tu hai dimostrato di padroneggiare i vecchi codici e puoi benissimo rifarlo. »

Erano le ultime parole che aveva sentito dal suo capo, ma Mikhail era sicuro solo della prima affermazione.

L'addestramento per l'uso dello scafandro rigido articolato era durato meno di un'ora. Il palombaro, uno degli uomini del reparto subacqueo della Flot presenti nel Vostok Komanda e che tutti avevano creduto tecnici minerari, aveva elencato i possibili pericoli dell'impresa. Era poco più di un ragazzo, ma sembrava sicuro del fatto suo e aveva descritto a Mikhail le conseguenze degli inconvenienti più comuni e come evitarli. Per quel tipo di persone, esperte in tecniche da alto fondale, abituate a correre rischi mortali sul lavoro, doveva essere normale routine e l'intento era forse di tranquillizzarlo.

« Cosa devo fare se si verifica uno di questi inconvenienti? » gli chiese Mikhail.

« Fare? Non c'è niente da fare. C'è solo da sperare di morire in fretta. Io posso spiegarti come prevenire i problemi, non come risolverli » rispose l'uomo. Poi sorrise e aggiunse: « Un marinaio non è bravo perché sa uscire dalle situazioni di merda. È bravo perché non ci entra ».

Lo disse con una certa enfasi. Doveva essere una delle frasi chiave del corso di formazione della Flot.

« Io sono un paleoclimatologo » fu tutto quello che riuscì a replicare Mikhail.

« Tranquillo, saremo sempre in contatto. » L'ufficiale a capo del reparto indicò il cavo ombelicale collegato allo scafandro.

Quel lungo tubolare flessibile era la sua fonte di energia, oltre che l'unico canale di comunicazione. Era la sola cosa che rendeva lo scafandro diverso da un sommergibile in miniatura. Per la respirazione c'era un impianto a bombole separato, il che eliminava i problemi di pressurizzazione e relativi rischi, come barotraumi, narcosi e altri fastidi.

« Ricorda, compagno: l'energia te la diamo noi, le batterie imbarcate sono per l'emergenza. La durata è limitata, ma se si esaurissero, lo sgancio zavorra per la risalita autonoma è manuale. Sul fondo non ci rimani comunque. »

Mikhail si chiese cosa sarebbe successo se qualcosa fosse andato storto e lui avesse mollato la zavorra senza poi trovare il pozzo di uscita. S'immaginò intrappolato fra la superficie del lago e la volta ghiacciata superiore, come un inutile tappo di sughero condannato a galleggiare in eterno tra l'acqua e il cielo.

Per nulla rinfrancato, entrò nello scafandro dallo sportello posteriore. La sensazione era quella che si aspettava: una pesante, angusta bara d'acciaio e lega ceramica. I quattro arti erano corti e tozzi e facevano molta resistenza al movimento.

« È normale che siano così duri? » La sua voce aveva un tono spaventato che non provò nemmeno a mascherare.

« Tranquillo, in immersione sarà tutto neutro. Comunque, mi pare che i muscoli non ti manchino. Saranno loro a muoverli, niente servomeccanismi. L'energia serve solo per il resto. »

Il « resto » era composto da quattro eliche di movimento a passo variabile, due orizzontali e due verticali, più fari di illuminazione, sonar, telecamera, sistemi di comunicazione e ossigenazione. E le termosonde, soprattutto. Una negli scarponi e una sull'elmo, indispensabili per sciogliere l'ultimo diaframma di ghiaccio. Si sarebbe solidificato qualche metro sopra di lui, richiudendo il pozzo e impedendo all'acqua sotto pressione del lago di risalire. Il contrario al ritorno. Questo almeno era il piano, ma le temperature erano di poco sotto lo zero laggiù e la solidità del tappo non era garantita. Se avesse ceduto anzitempo, mettendo in collegamento diretto lago e pozzo, il Vostok gli avrebbe rifilato una pedata nel sedere da trecentocinquanta atmosfere e Mikhail sarebbe schizzato verso l'alto come un proiettile, per un numero di metri che nessuno si era sentito di quantificare.

« Comunque non più di cento oltre la superficie » aveva detto il glaciologo capo, come se fosse stata una rassicurazione.

Mentre i marinai serravano gli ultimi blocchi del portello, Mikhail verificò il funzionamento delle pedaliere per il governo motori e della ventola interna per il riciclo aria. Controllò i display: manometro delle bombole, analizzatori ossigeno e CO_2, profondimetro. Verificò il rocchetto del cavo esplosivi, quattromila metri di filo elettrico che avrebbe permesso agli ingegneri di far brillare le cariche al momento giusto. Regolò i potenziometri dei manipolatori. Fra i tanti disponibili, ne avevano montati uno di precisione e uno da fatica, con tanto di fiamma ossidrica. Le sue nuove mani per lavorare a trecentocinquanta atmosfere di pressione.

A passi lenti e pesanti Mikhail entrò nella campana che chiudeva il pozzo. L'accesso al lago Vostok era davanti a lui, un camino di circa tremilasettecento metri, pieno di freon e combustibile avio, l'unica mistura abbastanza viscosa da contrastare la pressione del ghiacciaio e mantenere aperto lo scavo senza congelare.

« Posso usare la fiamma ossidrica lì dentro? » si stupì Mikhail.

« Meglio di no. Scalderesti il liquido di trivellazione fino al punto d'ignizione, e anche se non c'è abbastanza comburente per un incendio è meglio evitare. Stessa cosa nella calotta d'atmosfera, se davvero esiste. È satura di ossigeno, e se ci fosse materiale combustibile, e questo non lo sappiamo, potresti anche esplodere. Ma tanto non ti servirà. »

« Insomma, è una specie di lanciafiamme. Mi sembra pericolosa: se non devo usarla, smontiamola, no? »

« Fa parte del manipolatore da fatica, non c'è tempo. »

Mikhail si affacciò sull'orlo del pozzo. Era nero, come da piccolo s'immaginava che fosse la porta per l'inferno. Si agganciò al binario di discesa, chiuse gli occhi e si calò nella voragine.

« Prova trasmissione, rispondete » disse uno dei marinai.

«Qui tutto ok» fu la prima cosa che a Mikhail venne in mente di dire mentre l'oscurità del liquido di trivellazione lo sommergeva, e non aveva mai dato una risposta tanto falsa.

A meno cinquecento, alla prima ostruzione del condotto, si sentì come se avesse sudato più che nell'intera vita precedente. Aveva un metro scarso di visibilità, ma fin lì era andato tutto bene.

«Secondo i nostri calcoli, dovresti essere alla prima ostruzione.»

Attraverso l'ombelicale arrivava la voce del marinaio istruttore. Non aveva nulla di decisivo da dirgli, dato che non era mai stato in quel pozzo, ma dava sicurezza.

«Affermativo. La vedo.»

Mikhail si sganciò dal binario di discesa e accese i riflettori dello scafandro. Il motivo per cui l'avevano mandato lì sotto era davanti a lui. Una delle sonde posabinari era di traverso e chiudeva il passaggio. Troppo pesante perché un palombaro la potesse spostare, bisognava metterla in funzione. Il codice era andato in crisi e l'aveva bloccata. Inutile ripristinarlo: se era stato un virus a metterlo fuori uso, l'avrebbe rifatto immediatamente. Ma Mikhail sapeva come bypassarlo.

Azionò il manipolatore di precisione agganciato alla mano destra e compose una sequenza sulla tastiera di servizio della macchina in avaria. La precisione del meccanismo lo sorprese. Era più facile che digitare un messaggio sullo smartphone, bastava avere pazienza. Controllò manometro e orologio. Aveva aria per tre ore circa, era sceso a trenta metri al minuto, tutto nei tempi.

Mikhail digitò il codice di emergenza e passò al circuito informatico secondario. Riconobbe subito il linguaggio, una banale routine scritta in Analogik, roba da macchine operaie. Rimosse il blocco causato al momento del blackout e rilanciò il programma. La sonda reagì e Mikhail la riallineò e la spedì in superficie. Si infilò nello spazio ormai libero e superò l'ostacolo. I piccoli passi goffi gli ricordarono quelli di Armstrong nella prima passeggiata lunare.

« Primo ostacolo superato » comunicò alla superficie.

« Bravo, Misha. A meno milleduecento troverai un cryobot. È precipitato al momento del blackout. Sai cosa fare. »

Sì, lo sapeva e l'avrebbe fatto. Stava respirando aria comune, non miscela d'azoto, ma si sentiva egualmente euforico.

Si agganciò al binario e continuò la discesa.

Ripassò il piano concordato: superare il secondo ostacolo, aprirsi una via nel ghiaccio residuo con la termosonda incorporata, immergersi nel lago portandosi nel punto stabilito, piazzare la prima carica, risalire, piazzare la seconda carica, riaprirsi un varco per sbucare al di sopra del diaframma, mollare la zavorra e via. La prima esplosione avrebbe abbattuto lo strato di ghiaccio superiore. La seconda, sul fondo del lago, avrebbe aperto la via al gas. La pressione dell'ossigeno disciolto, cinquanta volte superiore alla norma, avrebbe spinto tutto verso l'alto. Non sarebbe congelato perché il metano congela a meno duecentottanta gradi. Poi ci avrebbero pensato le pompe. Nessun pericolo per la biologia acquatica del lago, almeno a sentire i glaciologi. Il pozzo G-4 conduceva a un bacino separato del Vostok. Il grosso dell'ecosistema sarebbe rimasto intatto.

Mikhail aveva espresso i suoi timori sui rischi di due esplosioni in vicinanza di un giacimento di metano, ma era stato zittito.

« La prima aprirà il diaframma superiore fra lago e pozzo » gli avevano detto. « La seconda agirà due secondi e mezzo più tardi in presenza di una miscela non detonante di acqua e gas. Il foro superiore non farà in tempo a congelare e, se aspiriamo il liquido di perforazione, il metano risalirà. In superficie la campana di contenimento impedirà la dispersione, in attesa del futuro gasdotto. Ovviamente le tempistiche sono cruciali. Un errore di un secondo o due e sarebbe la catastrofe ambientale.»

Ovviamente. Forse per questo le spolette le controllavano loro.

«Tutto questo accadrà dopo che sarò risalito, vero?» aveva chiesto lui.

«Ci mancherebbe, compagno Rebko.»

A meno milleduecento metri, come previsto, Mikhail trovò il cryobot collassato. La sonda termica era uscita dalla sede e con gli ultimi lampi di energia si era scavata una via nel ghiaccio, ma in diagonale, bloccando del tutto il pozzo. Usando la stessa procedura di poco prima, Mikhail rimise in funzione la sonda e la rimandò in superficie.

«Secondo ostacolo rimosso» comunicò con una nota di entusiasmo.

«Eccellente. Ora ti rimane da superare il diaframma, ma sai come fare.»

Rimaneva un'altra cosa, a dirla tutta, ed era quella più delicata: piazzare le due cariche esplosive. Anche se non sarebbe stato lui a premere il pulsante per farle detonare, Mikhail si rendeva conto che non sarebbe stato facile come digitare qualche riga di codice macchina su una tastiera. Ma quando i pesanti calzari dello scafandro urtarono il diaframma ghiacciato, avvertì un brivido elettrico e tutte le sue paure svanirono.

Era arrivato.

Nessun essere umano era mai stato tanto vicino a un mondo alieno.

«Punto di Contatto!» annunciò trionfante.

«Aziona la termosonda.»

Mikhail percepì il tono teso delle voci che arrivavano

dalla superficie. Gli indicatori dicevano che la resistenza elettrica incorporata nei calzari stava facendo il suo lavoro: sciogliere il ghiaccio e far penetrare lo scafandro attraverso il diaframma.

« Ehi, di sopra, mi sentite? Tutto ok con l'ombelicale? »

L'ombelicale era l'unica cosa che gli dava energia, un tubo flessibile di un centimetro di sezione, e doveva srotolarsi per più di quattromila metri. Fino al Punto di Contatto il cavo l'avevano filato dalla superficie. Da lì in poi, avrebbe usato quello incorporato nello scafandro, dato che non poteva scorrere attraverso la morsa del diaframma. Forse i marinai percepirono la sua inquietudine perché lo rassicurarono subito.

« Siamo abituati a usare i cavi degli Shturm, che sono operativi fino a cinque chilometri, compagno. Quindi non preoccuparti. »

« Sì, ma quelli sono missili anticarro, alla fine della corsa scoppiano » protestò Mikhail. « Io alla fine della corsa vorrei andare in pensione. »

Sentì le risate dall'altra parte del cavo. Ma non era stata solo una battuta, la sua. Mikhail era a tutti gli effetti un vettore carico di esplosivo e controllato da un operatore remoto.

In un certo senso lo avevano trasformato proprio in un missile filoguidato, e pronto a esplodere.

27

L'assalto

Antartide, 24 aprile

Gli incursori della MOST sedevano sulle panche dell'hovercraft, spalla a spalla, le schiene appoggiate alle paratie del veicolo. Qualcuno mascherava il nervosismo controllando le armi, altri avevano lo sguardo perso sui compagni del lato opposto.

Da quando il pilota aveva messo in funzione il sistema di compensazione automatica dell'appruamento, il vano truppa basculava di qualche grado a ogni raffica. Era come se l'intero veicolo tremasse di paura. Ma non era paura ciò che Gabriel provava. Un'equilibrata preoccupazione, piuttosto. Osservava i suoi uomini per essere certo che fossero tutti in buona forma e pronti all'azione, che quel rollio continuo non li stesse fiaccando. A ottanta nodi di velocità teorica, che si riducevano a quaranta in quelle condizioni, sarebbero stati a Vostok in un'ora scarsa, il che poteva essere un'eternità in caso di mal di mare. Della tenuta del veicolo era ancor meno certo. Non erano mai usciti con condizioni di vento e temperatura così impegnative. Un rischio enorme, ma non c'erano alternative. Mosca aveva cercato di fregare la MOST, la MOST ora voleva precedere Mosca e Gabriel voleva fermare entrambi i contendenti.

« Signore, l'hover capofila comunica che sono a tre chilometri dall'obiettivo. Ci prepariamo allo sbarco? »

« Le condizioni sono cambiate. » Gabriel fece un cenno

del capo verso l'oblò. « Dobbiamo arrivare a meno di trecento metri. »

Il piano originale, preparato da giorni, prevedeva di avvicinarsi con i mezzi a motore fino a un paio di chilometri dai russi, sbarcare nel buio, avvicinarsi a piedi in modalità furtiva e, sfruttando i soppressori di suono dei fucili d'assalto, uccidere i difensori uno alla volta con il tiro di precisione. In quel caso sarebbe stato vitale essere silenziosi. Perciò Gabriel aveva ordinato di usare munizioni a bassa velocità.

« Inutile usare i silenziatori se poi i proiettili infrangono il muro del suono, giusto? » aveva detto ai suoi.

Ma più si avvicinavano all'obiettivo e più era ovvio che quel piano non era attuabile. Forse un atleta allenato avrebbe potuto fare qualche chilometro con quelle condizioni meteo, ma non una squadra di oltre venti uomini. Metà di loro si sarebbe persa e lui avrebbe sprecato tempo prezioso. Strinse fra le mani l'Avtomat Special'nyi VAL a silenziatore integrato, un'arma precisa e silenziosa ma con una portata utile di trecento metri o poco più, e si pentì di avere scelto le munizioni subsoniche. Pazienza, avrebbe improvvisato. Perdere qualche uomo in più non sarebbe stato un problema, anzi.

« Capofila a due chilometri dall'obiettivo, signore. »

Con il vento a coprire il rumore delle eliche, potevano arrivare a qualche centinaio di metri dai russi. Forse anche meno di duecento, dato che un conto era sentire il brontolio di un motore e un altro decifrarne la provenienza precisa. Oppure potevano contare sulla velocità e piombare addosso al nemico senza dargli il tempo per reagire.

« Capofila chiede istruzioni, signore. »

Forse i russi avrebbero colpito il primo veicolo, ma sul secondo c'erano forze sufficienti per portare a termine l'azione.

« Serrate la formazione. Facciamo in modo di sembrare un unico bersaglio. »

Gabriel stava per sacrificare il sangue dei suoi uomini, ma era la cosa giusta da fare.

E berrete fino all'ebbrezza il sangue del sacrificio che preparo per voi.

Si affacciò alla cabina di pilotaggio.

« Di' al capofila di continuare sulla rotta attuale. Noi ci manteniamo a cinque lunghezze. »

« Capofila: alla via così. Seguiranno ordini » trasmise il pilota al primo veicolo.

I tergicristalli faticavano a mantenere sgombro il vetro anteriore. Oltre le due piccole mezzelune scavate nel nevischio ghiacciato, si indovinava la sagoma priva di luci dell'altro hovercraft.

« Milleduecento metri, signore. »

Gabriel tese i muscoli. Quando la vampa brillante esplose qualche lunghezza oltre la prua, non lo sorprese. Agguantò il tientibene al soffitto con entrambe le mani per resistere all'impatto. Lo spostamento d'aria e l'imbardata violenta dell'hover non lo fecero cadere.

« Armi controcarro! » gridò il pilota.

« Rimani in rotta! »

Il veicolo capofila adesso era un rottame in fiamme. Le eliche di sostentamento giravano ancora perché si manteneva in quota di navigazione, ma aveva cominciato ad avvitarsi senza controllo mentre la tempesta lo spingeva sempre più sottovento. Lanciava una fontana di detriti incandescenti tutto attorno. Nessuno era rimasto vivo là dentro, questo era certo.

« Seicento metri, signore. Siamo un bersaglio. »

« No, finché l'altro hover brucia. Sorpassalo! »

Gabriel immaginò il ventre buio del veicolo ferito, il calore infernale che la granata anticarro aveva prodotto, la confusione e il terrore degli uomini nel buio, le grida, la perdita di equilibrio, il senso della fine inevitabile.

La spada verrà e ci sarà l'angoscia in Etiopia, quando cadranno in Egitto i trafitti, le sue ricchezze asportate e le sue fondamenta disfatte.

« Trecento metri. » Il pilota allungò una mano verso il joystick di manovra, ma Gabriel lo bloccò afferrandogli il polso con forza.

« Via così e dammi la distanza » ordinò.

« Duecentocinquanta. »

Se i missili russi erano a ricerca di calore ed erano ancora efficienti, l'hover su cui viaggiavano manteneva un profilo termico modesto, grazie al relitto in fiamme, ma il mascheramento non sarebbe durato in eterno.

« Duecento, signore. Ci fermiamo? »

« Negativo! Fai quello che t'ho detto. »

Gabriel doveva decidere. Con un solo lanciatore, i difensori della base avrebbero impiegato qualche decina di secondi a ricaricare. Farlo in mezzo a una tormenta a meno cinquanta gradi non è come in un'esercitazione al campo tiro. Quelli però si allenavano in Siberia.

« Adesso! Fermati adesso! »

« Attenzione, manovra d'arresto! »

Il pilota gridò forte attraverso l'altoparlante, per soverchiare il rombo possente dei motori. Con un violento testacoda l'hovercraft si arrestò.

« Sbarco! » gridò Gabriel. Dal portellone poppiero saltò sul ghiaccio, il fucile d'assalto ben saldo nelle mani. « Ordine sparso! » gridò nel microfono integrato nel casco, ma i suoi sapevano il fatto loro e si erano già dispersi.

Con un urlo lacerante delle turbine, l'hovercraft ripartì per portarsi fuori tiro, come da protocollo.

I difensori avevano una mitragliatrice pesante. Il fischio assordante del vento impediva di sentirne il rumore, ma gli sciami di scaglie ghiacciate che si sollevavano crepitando attorno agli attaccanti appena sbarcati non lasciavano dubbi.

Gabriel scrutò nel buio verso la sagoma del pozzo G-4. I russi non avevano tute integrali come quelle della MOST, a quanto ne sapeva, però avevano trovato il modo di schermarsi bene. L'infrarosso non li rivelava e neppure il visore a espansione di luminescenza.

« Signore? » La voce nella cuffia del casco, al riparo dalle raffiche, era nitida. Il tono denunciava una certa ansia, invece. « Hanno scavato dei ripari nel ghiaccio, non li vediamo. »

Gabriel controllò l'orologio: meno di quattro ore e la base MOST sarebbe esplosa con le due prigioniere. Forse era stato un errore: in caso di ritirata non avrebbero avuto altro riparo che l'hover, e il carburante non sarebbe durato in eterno.

Qualche secondo e la voce in cuffia tornò a farsi sentire.

« Siamo troppo esposti, signore. Che ordini ci sono? »

Un turbine di frammenti di ghiaccio si alzò con violenza vicino a Gabriel.

« Anche loro avranno dei visori. Riparatevi fra i sastrugi e datemi qualche secondo. »

Nel buio appena rischiarato dalle stelle, la sagoma della torre di trivellazione si stagliava con evidenza. Dei difensori nessun segno visibile. Dovevano essersi trincerati per bene e forse sparavano da feritoie scavate nella neve.

Gabriel scrutò ancora con il visore a termoscansione. Eccoli, infine. Per una mitragliatrice che ha esploso almeno ottocento colpi negli ultimi sessanta secondi non c'è mascheramento che tenga. La sagoma surriscaldata della canna brillava nitida nell'ottica notturna del fucile. Gabriel prese la mira verso il punto in cui dovevano esserci i serventi. Sparò due colpi. Anche i suoi concentrarono il fuoco in quel punto. Dopo meno di un minuto, i difensori si arresero.

Contarono tre cadaveri attorno al G-4, i due mitraglieri colpiti da Gabriel e il loro ufficiale comandante. Altri due erano feriti. Tutti in borghese, ma in forza al reparto subacqueo della marina, a sentire quelli del personale civile ancora vivi. Li fecero uscire dalle buche nel ghiaccio e si ripararono tutti nella baracca.

« Gruppo G-5, rapporto. Interrogativo. » Gabriel osservava incuriosito la grande campana al centro del locale trivellazione, mentre chiamava il secondo gruppo di fuoco.

« Qui G-5. Target acquisito, nessuna perdita. Un deposito viveri è andato a fuoco. »

« Richiamate il mezzo e mettete sotto chiave i prigionieri. »

« Tutti, signore? Molti sono dipendenti MOST. »

« Distingueremo amici da nemici, quando sarà il momento. Per ora non possiamo fidarci di nessuno. Tutti, ho detto. »

Gabriel si sfilò il casco integrale della tuta e si avvicinò al pannello di controllo vicino alla campana. Un cavo nero attirò la sua attenzione. Fuoriusciva da un generatore, attraversava il pavimento della baracca e s'infilava nella campana. Lo agguantò.

« Stia attento, quello è l'ombelicale dello scafandro » protestò uno dei tecnici. « È l'unica cosa che tiene in vita l'uomo là sotto. »

Gli abissi lo ricoprano, sprofondi come pietra.

« Che lo *teneva* in vita. » Gabriel aprì l'interruttore, interrompendo l'erogazione della corrente. « Gli ho appena staccato la spina. »

28

La terza legge della vita

Antartide, 24 aprile

Molte persone sono in grado di captare con gli occhi il movimento della propria mano, anche in assenza della minima illuminazione. Lo studio che sosteneva questa tesi era stato il soggetto di un lavoro estivo di Amanda, nel primo anno di college. Qualche tempo prima, infatti, alcuni esperimenti avevano dimostrato che il cervello poteva combinare le informazioni provenienti dai diversi sensi per creare percezioni complessive.

« Questo suggerisce che ciò che di solito vediamo non è tanto il risultato del lavoro dei nostri occhi, quanto della nostra mente » aveva concluso lei illustrando lo studio.

« Un po' new age, come interpretazione » aveva commentato uno dei due professori incaricati di valutarla.

« Ma dobbiamo riconoscere che la signorina Martin ha punti di vista originali » aveva detto il secondo, il professor Cohen.

Per lei era stato un grande successo, aveva fatto quel commento apposta per impressionarlo. Quell'uomo le piaceva, anche se aveva il doppio dei suoi anni. Era un biologo e questo aveva orientato in modo decisivo le successive scelte accademiche di Amanda.

Si era dedicata allo studio senza risparmio: corsi sperimentali, campi pratica estivi, tirocini didattici nelle aziende; al secondo anno era ormai una perfetta nerd, metà dei compagni la trovava noiosa e l'altra metà non si riteneva alla sua altezza. Ad accomunarli, solo il fatto che le stavano alla larga. Tutta gente di cui lei aveva dimenticato persino il nome. All'epoca l'unico ragazzo che frequentava era Paul, il figlio dei Trudeau, la famiglia accanto alla quale i genitori di Amanda avevano comprato il cottage delle vacanze, a Schlatter Lake, da dove lei era salpata per la fuga verso il Canada. Anche se all'epoca del college le visite di Amanda al cottage erano sempre più rare, sul volto di Paul si allargava un sorriso luminoso ogni volta che la vedeva. Lui apparteneva alla categoria « non sono alla tua altezza ». La cosa era ovvia, le mandava continui segnali di interesse che lei metteva sotto azoto liquido, come colture di cellule da ibernare, senza mai dargli una risposta, fosse anche stato un pietoso rifiuto. Lui era tutto frasi gentili e piccoli regali, mentre lei in tanti anni gli aveva regalato solo uno stupido portachiavi a forma di orsacchiotto, e solo perché ne aveva due e del secondo non sapeva che farsene.

« Grazie, è uguale al tuo » aveva commentato lui, che non perdeva mai la speranza.

Al momento di mettere in moto la barca dei Trudeau, quando Amanda aveva attraversato il Lago Superiore verso Thunder Bay, s'era accorta che alle chiavi era ancora attaccato quello stupido orsacchiotto. Si sforzò di ricordare che fine avesse fatto il suo. Doveva essere da qualche parte, nel caos della casa di San Diego. Giurò a se stessa che sc fosse uscita viva da lì l'avrebbe recuperato.

« Ma che valore hanno i buoni propositi di chi sta per morire? »

Lo disse ad alta voce e il suono delle parole la colpì come una cosa fuori posto, perché le ricordò che era viva.

Ancora più sorprendente il fatto che dal buio profondo uscirono altre parole, in risposta alle sue. Una voce impastata e roca, quasi maschile.

« Che cazzo dici, si può sapere? »

Amanda impiegò qualche secondo a rendersi conto che non erano allucinazioni.

« Shannon! Sei viva? »

« Perché mai dovrei essere morta? Dormivo, fa un freddo cane. E perché hanno spento le luci? »

« Hanno disattivato i sistemi vitali della base. È possibile che l'abbiano abbandonata. »

« Come sarebbe a dire? Moriremo di fame. »

« No, di ipotermia. »

Amanda non aggiunse altro, ad esempio sul perché si trovassero in quella situazione, e Shannon non lo chiese. L'aveva trascinata in un'impresa pericolosa, nascondendole i rischi che correvano. L'amica avrebbe avuto molti motivi per essere arrabbiata con lei.

« Vieni qui vicino » le disse invece. « Almeno ci teniamo caldo, no? » Il tono lasciava trasparire paura più che rancore.

Guidandosi a voce l'una con l'altra, s'avvicinarono fino a trovarsi mano nella mano e infine si abbracciarono. La stanza non doveva essere molto grande, ma dopo un imprecisato numero di ore al buio e al freddo le percezioni spaziali erano troppo alterate per poterlo dire con certezza. Cambiava poco. Da quanto Amanda ricordava dei trasferimenti da un posto all'altro, mentre la interrogavano, le stanze erano prive di finestre e avevano porte con serratura a combinazione.

« Conservazione del calore » bofonchiò Shannon, mentre s'avvinghiava a lei con braccia e gambe. « Una delle leggi fondamentali della vita, no? »

Ma Amanda dubitava che ne esistessero davvero, fondamentali o accessorie che fossero. Su quel tema aveva ricevuto uno specifico insegnamento, alla San Diego University, e non se l'era scordato.

Erano alla fine del quarto anno di corso, e il professor

Cohen aveva annunciato alla classe di biologia una lezione speciale.

« Il nostro prossimo e ultimo incontro sarà dedicato alla terza legge della vita sulla Terra » aveva annunciato, lasciando tutti nel panico, a domandarsi per una settimana quali fossero le altre due.

Il giorno tanto atteso, l'aula era gremita come mai in precedenza, gli studenti stretti dietro i lunghi banchi, seduti sugli scalini laterali, in piedi negli angoli della sala o addirittura accovacciati a terra a due passi dalla cattedra.

« Abbiamo speso quattro anni insieme, dedicandoci allo studio della vita » esordì il professore, riducendo al silenzio il brusio nervoso che durava da un quarto d'ora.

« So come vi sentite, vi sentite forti della vostra sapienza. Avete studiato, siete preparati. Formule chimiche, legami, catene di aminoacidi. Ciclo del carbonio o biochimiche alternative, statistiche rilevate sul campo con pazienza o generate con modelli di simulazione genetica. Avete acquisito uno strumentario che vi permette di stabilire i prerequisiti dell'evoluzione. »

Tutti si aspettavano un richiamo al divario fra teoria e realtà, un invito all'umiltà che tutti i docenti si sentivano in dovere di fare alla fine di un corso quadriennale, a prescindere dalla disciplina interessata.

Si sbagliavano.

« La vita non è solo formule chimiche. A volte sembra spacciata e magari la rinascita è dietro l'angolo, o vi mostra ambienti ostili che sono invece ricchi di opportunità. Ci sono creature che si riproducono ed evolvono sul fondo degli oceani o sotto la crosta di sale della Death Valley, incuranti dei limiti dei parametri ambientali che noi abbiamo stabilito per loro. Ognuno di questi estremofili amplia le frontiere della vita, è una logica che non possiamo comprendere solo con il sequenziamento genetico. La terza legge della vita... »

Il professore fece una pausa, guardandoli con attenzione prima di riprendere: « La terza legge della vita dice che non esistono leggi certe in questo campo. Quindi la prima e la seconda non hanno neppure senso ».

Persino Amanda a quel punto smise di prendere appunti.

« Quello che voglio dirvi non è che i nostri modelli siano sbagliati o incompleti. O comunque non è solo questo. »

Il silenzio nell'aula era assoluto, in attesa della conclusione che tutti sentivano vicina. Ma qualsiasi fosse stata, lei ormai amava quell'uomo. Oltretutto, le sembrava che guardasse nella sua direzione più spesso che altrove.

« Voglio dirvi piuttosto che quando si studia una materia tanto particolare come la vita, la scienza può non bastare. Serve una dimensione in più. È una cosa che a scuola non si può insegnare, perciò io posso solo mettervi in guardia. »

Amanda avrebbe voluto avere la sfacciataggine delle ragazze-orchidea per alzarsi e abbracciarlo.

« La vita cercherà di sorprendervi. Se davvero l'amate, non impediteglielo. » L'uomo incrociò lo sguardo di Amanda.

Lei rimase impalata a fissarlo mentre lui s'infilava la giacca e si avviava all'uscita senza aggiungere altro. Non trovò neppure quella volta il coraggio per un colloquio a quattr'occhi, perché altre compagne più leste di lei s'erano fatte avanti, circondando il professor Cohen come le guardie del corpo della Casa Bianca quando scortano il presidente. Avrebbe provato un imbarazzo mortale a parlargli da sola, figuriamoci davanti alle altre. Così lasciò perdere, e l'anno seguente lui si trasferì in Europa. Fine della storia.

Ma se Amanda era diventata esobiologa, era anche per via di quel discorso. Se davvero la vita poteva sorprendere violando ogni tassonomia o confine genetico, perché non pensare che s'era evoluta anche su altri mondi, magari ostili solo in apparenza o solo per il ciclo di vita del carbonio? Così era seguito il dottorato a Stanford in esobiologia, premi e borse di studio a ripetizione, finché la NASA s'era accorta di lei. Aveva firmato un modulo e di colpo s'era ritrovata in un mondo nuovo. L'accesso ai laboratori più segreti della Terra, i protocolli di riservatezza, l'auto nera del Bureau sempre sotto casa: tutte cose che la facevano sentire importante.

« Diventerai una grande scienziata, figlia mia » le dicevano in famiglia, nelle sempre più rare conversazioni telefoniche, e non si capiva se fosse solo un augurio o anche una giustificazione non richiesta per la sua latitanza filiale.

Per questo papà e mamma le avevano nascosto la gravità della loro malattia, per non distrarla dai suoi studi? Le era arrivata solo una debole eco dei loro guai clinici, segnali che lei aveva sottovalutato. Aveva addirittura sospettato che i suoi genitori fossero ipocondriaci. A pensarci, Amanda si caricava di rabbia e di dolore insieme. In una famiglia normale cosa avrebbero dovuto dirle: figlia mia, papà e mamma stanno morendo?

« Sei mai stata in una miniera? »

La voce di Shannon, impastata come se emergesse da un sogno, la riportò alla realtà del momento. Una base abbandonata in Antartide, il buio e il freddo, poche ore di vita davanti.

« Io ci sono stata » disse ancora Shannon.

« Anch'io, da bambina. »

« Era una roba del genere, buio assoluto. Una miniera di carbone in qualche cavolo di posto in Australia occidentale, un inferno. »

« La mia era di ferro, dalle parti di Marquette, Michigan settentrionale. Un inferno anche quella. Avevo nove anni. »

Ma era inutile aggiungere particolari, Shannon si stava già riassopendo.

«Non addormentarti, dobbiamo fare qualcosa.»

«Tipo risparmiare le energie?»

«Per quanto ne sappiamo, potrebbe esserci benissimo una porta aperta, non la vediamo perché è buio, e sarebbe da stupide non approfittarne.»

«Ok» rispose Shannon, con voce poco convinta.

Amanda sentì il corpo dell'amica staccarsi da lei, lasciandole addosso una fastidiosa sensazione di freddo.

«Qual è il piano, capo?»

«Ci mettiamo vicino al muro, nello stesso punto e avanziamo carponi, rasentando le pareti e verso due direzioni opposte. Così cominciamo a fare un'accurata acquisizione del perimetro.»

«Come parli bene, sembra veramente che tu abbia un piano.»

La ricognizione stabilì che la stanza era vuota, come Amanda si aspettava, nessun mobile, nessuna finestra. Due piccole tastiere per serrature a codice numerico indicavano l'esistenza di altrettante porte.

«Una dà sul corridoio, l'altra deve essere il bagno. Proviamo ad aprirle, vieni qui.»

«Signorsì.»

«Sono a scorrimento» disse Amanda.

Una delle due si aprì al primo tocco sulla tastiera.

«Confermo: è il bagno. Almeno non moriremo sporche.» La voce di Shannon era più squillante ora, forse si stava rianimando.

La seconda porta non voleva saperne. Le due donne pigiarono a caso i vari tasti, ma senza successo.

«Niente da fare» disse Shannon di nuovo sconsolata, dopo una decina di tentativi.

«Dev'essere questa, l'uscita.»

« Bella scoperta. Preferivo non lavarmi i denti ed essere libera. »

Amanda tastò con le mani il contorno della porta. Non avvertì alcuna fessura fra anta e controtelaio. Provò a spingere, appoggiando le mani al centro, ma non la sentì vibrare: sembrava davvero robusta. Ispezionando il bordo sul pavimento, verificò che scorreva all'interno di un binario e non era solo appoggiata. Un osso duro.

« C'è sempre una via d'uscita, da ogni cosa. » Amanda diede un calcio alla porta mentre lo diceva.

« Chi lo dice, il Dalai Lama? Dai, vieni qui. Ho freddo, da sola. »

Guidata dalla voce, Amanda si avvicinò alla compagna e la scosse, afferrandola per le spalle.

« Shannon, non lasciarti andare. Sono scappati anche da Alcatraz. »

« Se li sono mangiati gli squali, però. »

« Ci deve essere una soluzione. »

« Svegliami quando l'hai trovata. »

Doveva fare qualcosa, altrimenti Shannon si sarebbe riaddormentata. Ma non le venne in mente niente e il respiro regolare della compagna, la testa reclinata sulla pancia di Amanda, la convinsero a rinunciare. Si arrese, lasciandosi avvolgere dalle tenebre.

Quando aveva visitato la miniera, da piccola, le avevano detto che al buio completo nessuna forma vegetale poteva sopravvivere. Vicino all'uscita, Amanda aveva invece notato una pianta. Una felce pallida come la morte che cresceva timida, di fianco a una grossa lampada a tartaruga. Ne aveva chiesto il motivo.

« Curioso » aveva risposto la guida. « Forse vive della luce della lampada. Pensare che l'accendiamo neanche una volta al mese. Ma le felci hanno la pelle dura. »

La sera, sul pullman del ritorno, l'insegnante aveva voluto fare qualche domanda prima del sonno generale.

« Allora, cos'avete imparato da questa visita? »

« Che una pianta da quattro soldi può sopravvivere anche all'inferno, se davvero lo vuole » aveva detto lei, sicura.

« Ma come? Quella pianta è tutto ciò che ti ricordi, Amanda? E l'industria del ferro? E la storia dei pionieri? »

La donna aveva scosso la testa, delusa. Ma a distanza di vent'anni, Amanda sapeva di avere dato la risposta giusta.

Aveva ragione il professor Cohen: era il momento di mettere in pratica la terza legge della vita sulla Terra.

Strinse Shannon per le spalle, scuotendola con forza.

« Svegliati, Shannon. Ho avuto un'idea. »

29

Il Contatto

Antartide, Base Vostok, 24 aprile

Le vibrazioni sonore, in acqua, si propagano a millecinquecento metri al secondo di velocità, quattro volte più che nell'aria. I suoni risultano più nitidi e si sentono a distanze maggiori. È difficile individuare la direzione, però. Il cervello valuta in base al ritardo con cui percepisce il suono dalle due orecchie. Ma nell'acqua non c'è differenza. L'orecchio destro sente più o meno come il sinistro e il risultato è un'agghiacciante sensazione di stordimento, di mancanza di punti di riferimento.

L'urto di un manipolatore su una parete, un salto su un giunto di rotaia più ampio del normale: rumori da niente trasformati dal liquido di perforazione in una lugubre cacofonia che aveva accompagnato Mikhail lungo tutto il pozzo. Poi c'era stata la lenta discesa nell'intercapedine di ghiaccio, trascinato verso il basso dalla termosonda integrata nello scafandro, mentre un paio di metri sopra di lui il passaggio si congelava richiudendosi. Infine, quando l'ultima sottile crosta aveva ceduto, Mikhail si era sentito sprofondare. Eccolo, era il Contatto.

«Ci sono! Sono entrato!» gridò, a beneficio dell'équipe di appoggio di superficie.

Non arrivò nessun commento. Cosa avrebbero dovuto dire, in fondo? Erano militari, non ricercatori, non gli importava delle scoperte scientifiche. Il direttore poi li aveva di certo indottrinati con la storia dei giacimenti di gas, l'unica cosa che contava per Mosca.

Mikhail, però, prima di piazzare la carica sul fondale, voleva almeno dare un'occhiata in giro. L'ombelicale a monte era bloccato nel ghiaccio appena richiuso, ma aveva trecento metri nell'avvolgicavo integrato e li avrebbe usati tutti. Era il primo uomo in un mondo alieno, in fin dei conti.

Il termometro era vicino allo zero, come previsto dai modelli. Cosa scaldasse l'acqua, non era chiaro. Pressione del ghiacciaio secondo alcuni, vicinanza con attività vulcaniche per altri.

Pur non essendo un biologo, Mikhail sapeva dell'ipotesi secondo cui le sorgenti termali degli abissi marini sarebbero state la fonte della vita sulla Terra. Condizioni chimiche e ambientali compatibili con la sintesi di composti organici, stando a quanto aveva letto. Non si aspettava niente di lussureggiante, come pesci tropicali dai colori vivaci o il carnevale cromatico e il ribollire vitale delle barriere coralline.

«Un baluginare fuggevole di bioluminescenza sarebbe già molto» gli avevano detto i biologi della base prima della discesa.

Eppure Mikhail ricordava che la scienza aveva fatto simili previsioni anche sulle fosse oceaniche e si era sbagliata.

«A quelle profondità, al massimo possono sopravvivere alcuni microorganismi» avevano detto gli oceanologi prima dell'immersione del batiscafo *Trieste*, nel 1960.

Invece Piccard e Walsh, arrivati sul fondo del Pacifico, a oltre undicimila metri di profondità e in un ambiente buio e ostile come nessun altro sul pianeta, oltre il piccolo oblò di sette centimetri di diametro, avevano visto un pesce.

Mikhail accese i proiettori.

«Sono a meno cinquanta, nel lago.»

L'impatto con il fondo fu morbido ma gli trasmise una scossa elettrica formidabile. Impiegò qualche secondo per riprendersi.

«Vostok, sono sul fondo.»

Nessuna risposta.

«Meno cinquantaquattro metri dal Punto di Contatto. Mi ricevete?»

Puntò le luci verso il basso, dove una nuvolaglia torbida si alzava lenta dai suoi tozzi piedi da palombaro. Il pavimento del lago Vostok, l'abisso più misterioso del pianeta Terra, era una superficie piatta e fangosa.

«Vostok, mi ricevete?»

Da un po' non sentiva il brusio di fondo della stazione d'appoggio di superficie. Nell'eccitazione dell'impresa non ci aveva fatto caso. Controllò l'ombelicale, nel timore di averlo strappato. Il tamburo dell'avvolgicavo era ancora quasi pieno, aveva più di duecento metri disponibili. Era sceso troppo? Il manometro principale era fuori scala, andato. Mikhail non conosceva i limiti operativi dello scafandro. Sugli alti fondali, una semplice bollicina d'aria nella lega ceramico-metallica sarebbe stata fatale. La pressione esterna avrebbe sparato dentro un getto d'acqua tagliente come una lama. Poi l'intero guscio sarebbe imploso. Tutti i sistemi erano ridondanti, però, così gli avevano detto.

«Deve esserci un secondo manometro!» Mikhail gridò per convincersi e darsi coraggio.

Eccolo, infatti: c'era.

«Tutto ok» disse ancora a se stesso e poi, come se desse ordini a un equipaggio immaginario: «Indicatore batterie?»

«A metà carica, comandante» si rispose.

Come a metà carica? Impiegò qualche secondo a rendersene conto. Sì, era proprio a metà. Dall'ombelicale non arrivava corrente ed erano gli accumulatori ausiliari ad alimentare gli apparati di bordo. Non sapeva da quanto tempo, però. Forse da quando aveva azionato la termosonda, o subito dopo, a giudicare dai consumi.

« Vostok, mi ricevete? »

Non si aspettava una risposta, in realtà, e non la ottenne.

Spense i riflettori e lasciò che il buio lo avvolgesse. Non si capacitava che fosse successo proprio a lui. Dovevano chiederselo tutti quelli che morivano in modi simili. Forse tutti si chiedevano perché fosse toccata a loro. Ammesso che ne avessero il tempo. Rimase in uno stato di trance per un numero indefinito di minuti.

Fu l'odore del suo corpo a scuoterlo. Non c'era più abituato. Nell'aria fredda e secca dell'Antartide gli odori quasi non si sentono, ma l'interno dello scafandro era umido. Forse la ventola non funzionava a dovere, oppure il filtro della CO_2 si era intasato. Quel puzzo di sudore era il respiro di un corpo che ancora bruciava di vita.

« Io non mi arrendo » si disse, di nuovo ad alta voce, quasi gridando.

Nessuno l'avrebbe soccorso dalla superficie. Doveva contare sulle sue risorse.

« Aria? » chiese ancora a se stesso.

Abbastanza per la risalita, o poco più.

« Energia? »

Poca, comandante.

Con quella residua se lo sognava di fondere l'intercapedine fra lago e pozzo una seconda volta. Ma aveva le due cariche esplosive: quelle potevano servire. Almeno non sarebbe morto asfissiato, come un animale in trappola. Una bella esplosione e via. Avrebbe dovuto usare la carica maggiore, quella destinata al fondale, l'altra avrebbe solo scalfito lo scafandro, condannandolo in ogni caso a una morte atroce.

Oppure...

Oppure avrebbe potuto aprirsi un passaggio proprio con l'esplosivo.

Il pozzo era chiuso da un tappo di ghiaccio di qualche metro di spessore e con una temperatura di poco sotto lo zero, lì a quella profondità, non era un ghiaccio solido. La termosonda l'aveva passato come il burro, più facilmente del previsto. Se avesse fatto saltare l'intercapedine, la pressione del Vostok, supersaturo di ossigeno, l'avrebbe sparato su come un tappo di champagne.

L'unico problema era che anche la carica minore era troppo potente: nel timore di una barriera di ghiaccio troppo spessa l'avevano sovradimensionata. Ridurla e preparare la spoletta richiedeva un lavoro dai quindici ai venti minuti con il manipolatore di precisione.

Mikhail ricontrollò il display.

«Aria residua?»

Quaranta minuti scarsi.

Per la risalita, a due metri al secondo in assetto d'emergenza, doveva calcolarne almeno trenta. Cinque servivano per scavare una nicchia tale da rendere efficace l'esplosivo. Non ricordava quale fosse il record mondiale di apnea statica, ma Mikhail dubitava di poter superare i cinque minuti. Era inutile, non poteva farcela.

Accese i fanali e si guardò intorno. Non avrebbe sprecato il tempo rimasto. Se proprio doveva, sarebbe morto da esploratore.

Attivò le eliche di navigazione e si spostò verso sud. In quella direzione il lago doveva avere una cappa di atmosfera libera. L'Accademia delle Scienze lo aveva previsto fin dal '65 e le prospezioni radar più recenti l'avevano confermato. Il fondale era in pendenza e Mikhail lo seguì risalendo fino a una spiaggia. Era più che altro un piano inclinato roccioso. Un passo alla volta, Mikhail emerse. Il mondo alieno era spettrale. Roccia nera sotto i piedi, una volta ghiacciata una decina di metri più in alto e acqua priva di vita alle spalle. Il silenzio più assoluto. Una tomba, il posto perfetto per farsi saltare in aria.

L'indicatore delle bombole ausiliarie gli dava ancora trentacinque minuti. Era davvero assurdo morire per mancanza d'aria in un ambiente sovraccarico di ossigeno. C'era tempo per un'ulteriore piccola esplorazione, prima del botto. Mikhail fece qualche passo verso l'interno, se poteva definirlo così. Scandagliò il buio con il fascio di luce. Non c'era nulla di significativo.

O forse sì, anche se non si vedeva. C'era l'ossigeno.

L'erogatore aveva un regolatore di pressione, dato che le bombole erano tarate a duecento atmosfere. Se avesse resistito fino a trecentocinquanta, Mikhail poteva bypassare la bombola esaurita e respirare direttamente dall'ambiente. Perché no? Era ossigeno puro quello che lo circondava, almeno secondo i glaciologi dell'Accademia delle Scienze. Fino a quel momento avevano azzeccato tutto o quasi.

« Indicatore aria? »

Trentaquattro minuti d'autonomia, comandante.

Sì, ma nello scafandro c'erano almeno venti litri d'aria, quindi due minuti abbondanti. Se riusciva a preparare la carica sfruttando l'ossigeno del Vostok, poteva farcela. Avrebbe avuto tempo di innescarla, sia pure con i minuti contati, e cercare di farsi aspirare dall'espansione del Vostok su per il pozzo. Se l'erogatore non avesse retto la pressione esterna, pazienza. Sarebbe morto sul colpo, schiacciato da una lama d'aria da trecentocinquanta atmosfere. Meglio che andarsene per soffocamento.

Mikhail posizionò il manipolatore sulla bombola di ossigeno al suo fianco e cominciò a svitare.

30

Le piaghe d'Egitto

Antartide, Base Vostok, 24 aprile

Un ampio spazio vuoto separava la baracca principale della base dal pozzo G-5, dal generatore e dal magazzino ricambi. Con molta fantasia Gabriel avrebbe potuto definirlo il cortile interno di Base Vostok. Ma era solo un pianale di ghiaccio, come il resto del continente.

Al confine della piccola cerchia di costruzioni, un groviglio di cartelli si alzava come uno scheletro. Dicevano che Mosca era a 15.575 chilometri e il Polo Sud a 1253. Davano anche le distanze per Berlino, Sydney e una ventina di altre località del pianeta, come se i loro autori avessero desiderato essere ovunque tranne che lì. Mille direzioni, ma nessun consiglio su quale scegliere.

Gabriel era certo delle sue scelte, invece: distruggere i pozzi. Non erano altro che torri di Babele rovesciate, manifestazioni di superbia che i figli degli uomini mascheravano con il nome di scienza.

Non era riuscito a contattare i suoi capi con il satellitare, forse anche in America avevano problemi di attacchi virali alle linee di comunicazione, ma lui sapeva cosa fare.

«Che ne sarà dei miei uomini?» Il direttore di Vostok era rimasto alla scrivania come se avesse avuto ancora in pugno la situazione, mentre Gabriel, in piedi alla finestra, il binocolo a scansione termica puntato, scrutava nel buio.

«Attendo ordini dai miei superiori» rispose senza neanche girarsi.

Aveva interrogato il russo sui piani di Mosca. Non era stato possibile usare il Roipnol, ma era certo di non sbagliarsi: Mosca puntava solo ai giacimenti di metano. Tuttavia il Senatore aveva preannunciato l'arrivo di un secondo Hydrobot e questo non lasciava alternative. Gabriel doveva chiudere quei pozzi.

Sul tavolo, fra fotografie, tabelle e documenti protocollati, spiccava una stampa georadar ad alta definizione, che ritraeva il cilindro metallico del lago Vostok, i bordi netti come nelle immagini della NASA trasmesse dal Senatore.

« Questa non è roba vostra. » Gabriel indicò la scansione.

« Sì, invece, è di poche ore fa, prima che andasse tutto in malora. »

« Immagini tanto definite le ha solo la NASA. Le vostre hanno i contorni sfocati. »

« Avevano. Da oggi quell'affare è diventato più visibile. Anche nel radar a bassa frequenza si vede così, un cilindro perfetto. »

Gabriel fece un cenno ai due militari MOST che sorvegliavano la porta.

« Portatelo con gli altri e lasciatemi solo » disse indicando il russo.

Tornò alla finestra per osservare l'evoluzione del blizzard. Il cicalino della radio che portava alla cintola gli segnalò una comunicazione.

« Qui pozzo G-4. Sta succedendo qualcosa, signore. »

« Che significa: qualcosa? Ci sono forze ostili? »

« Non so se siano ostili... » Un rumore di fondo impedì a Gabriel di cogliere il resto della frase.

« Avete messo le sentinelle sul perimetro? » chiese.

« Sissignore, il perimetro è tranquillo. »

« All'interno ci siamo solo noi e i prigionieri. Dov'è il problema? »

Un coro di voci allarmate fu tutto quello che Gabriel sentì come risposta.

«Pozzo G-4, mi ricevete?» chiese ancora.

«Arriva! Sta arrivando!» gridò ancora l'uomo che aveva chiamato, non si capiva se rivolto a Gabriel o ai suoi compagni.

«Da dove, dall'interno?» chiese lui.

«No, signore: da sotto. Arriva qualcosa da sotto!»

31

Hydromex

Antartide, lago Vostok, 24 aprile

Santa Barbara è considerata la protettrice dei minatori e di chiunque muoia di morte violenta. Questo perché secondo la tradizione fu un fulmine a uccidere il suo carnefice.

Mentre Mikhail scavava la nicchia per la carica detonante che l'avrebbe liberato dalla trappola del Vostok, pensò che meritava doppiamente di essere protetto perché, oltre a maneggiare esplosivi, lui era anche un paleoclimatologo. Studiava le evidenze meteorologiche delle epoche passate, e quel fulmine che diciassette secoli prima aveva fatto giustizia del torturatore della santa in qualche modo era sua competenza.

O comunque pensarlo attenuava la sensazione di angoscia.

L'espediente dell'ossigeno aveva funzionato solo in parte. La pressione dell'atmosfera locale aveva in effetti ricaricato le bombole, ma dopo pochi secondi la valvola aveva ceduto, bloccandosi. L'indicatore segnalava ora trenta minuti supplementari che, aggiunti a quelli in dotazione, faceva circa un'ora di autonomia. Serviva mezz'ora per la risalita più qualche minuto per terminare la preparazione dell'ordigno: forse non sarebbe morto asfissiato.

Mentre risaliva verso il punto d'arrivo del pozzo – il cavo ombelicale s'era almeno rivelato utile in quello –, Mikhail aveva dato qualche occhiata verso il basso, sfruttando i potenti fari alogeni dello scafandro. A un certo punto gli era parso di vedere qualcosa muoversi, qualcosa di grosso, ma l'aveva attribuito alla propria inquietudine. Qualche scienziato aveva ipotizzato l'esistenza di creature complesse nel Vostok, ad esempio dei pesci. Di sicuro era solo un effetto di retrodiffusione ottica causato dalle sorgenti luminose dello scafandro.

« Backscatter » disse, come se il termine tecnico lo rendesse più padrone della situazione.

Solo un'ombra, nulla di reale. Sarebbe stata una creatura ben più grande di un pesce, nel caso.

Controllò il tempo e continuò a scavare nel ghiaccio con il manipolatore da lavoro. L'artificiere della Flot, un'ora prima, gli aveva trasmesso qualche rudimentale informazione sugli effetti subacquei e subglaciali dell'hydromex, il micidiale mix di tritolo e nitrato d'ammonio di cui era armato. Dal poco che aveva memorizzato, l'energia dello scoppio diminuiva in ragione del quadrato della distanza. In parole povere: se sbagliava anche di poco la quantità, ma soprattutto il punto in cui collocare l'esplosivo, Mikhail rischiava di fare solo un botto coreografico o al contrario di autodistruggersi.

« Un vero peccato non avere il tempo per un'esplorazione più accurata del lago » commentò ad alta voce.

Quella considerazione lo rassicurò: se il suo cervello aveva spazio per pensare ancora cose del genere, forse non era così disperato. Interruppe il lavoro per sventagliare il fondale sotto di lui con i fanali. Tutto deserto. Del resto, cosa avrebbe dovuto aspettarsi? Controllò il livello della batteria: non rimaneva molta energia, e anche se le luci ne assorbivano molta meno degli apparati termici, doveva fare attenzione.

Sfruttando la termosonda integrata nel casco aveva scavato abbastanza in fretta un pozzo verticale di quasi mezzo metro, ma ora doveva aprire una nicchia laterale almeno altrettanto lunga, altrimenti l'onda d'urto si sarebbe scaricata nel corpo idrico, senza grossi effetti sulla crosta di ghiaccio che lo sovrastava.

Stava sistemando le cartucce di plastico nel fornello appena scavato quando gli parve di avvertire una vibrazione, come se qualcosa gli fosse passato vicino, scuotendo l'acqua attorno a lui. Una percezione assurda: era dentro una tuta tanto rigida da mantenere costante la pressione interna, non avrebbe sentito nemmeno una balena, se gli avesse nuotato accanto.

« Ma è normale che io abbia paura » si disse. « Chiunque ne avrebbe nelle mie condizioni. »

Mikhail programmò il timer d'innesco. Di quanto doveva allontanarsi? Se era vera la storia del quadrato della distanza, la massa d'acqua avrebbe attutito l'esplosione anche a una quindicina di metri. Ma gli sembrò che l'artificiere avesse anche parlato dell'effetto bolla, una spinta tipica dell'esplosione subacquea, a quanto aveva capito.

« È grazie a quella che facciamo esplodere le superfici gelate alla base di Murmansk » aveva detto. « È molto più efficace che mettere le cariche nel ghiaccio stesso. »

Mikhail decise di impostare il timer su trenta secondi. Poteva fare quindici o venti metri, allontanandosi in senso laterale e mettendosi così al riparo.

« Ok, innesco » disse per darsi coraggio. « Pronti all'emersione. »

Azionò le eliche di movimento per spostarsi dal fornello di carica, ma a pochi metri ebbe ancora la sensazione di avere visto un'ombra.

« Backscatter » tornò a ripetersi, ma fermò le eliche, mentre scrutava lo spazio attorno con tutte le luci dello scafandro accese, al diavolo il risparmio d'energia.

« E al diavolo anche il backscatter » si disse. « Lì c'è qualcosa. »

Ma ancora una volta erano solo le ombre create dai suoi fari.

Il timer. Cinque secondi. Idiota, s'era fermato per paura delle ombre: ora era troppo vicino.

Azionò l'avvitatore alla massima velocità per artigliare la superficie ghiacciata sopra di lui, altrimenti l'esplosione l'avrebbe travolto. Tre secondi: sarebbe bastato?

Due secondi.

Uno.

Esplosione.

Uno scossone micidiale, paura che lo scafandro non regga o che l'artiglio infilato nel ghiaccio lo molli, spedendolo centinaia di metri lontano, strappando l'ombelicale. Come avrebbe trovato la strada per riemergere? Poi l'onda di ritorno o la pressione interna del lago o entrambe. Spinta inversa e artiglio che questa volta non regge, scafandro che rotola, danneggiato, spinto attraverso il pozzo come un proiettile. Zavorra mollata, si sale veloci. Troppo veloci. Non c'è pericolo di embolia, ma a questa velocità si può rompere qualcosa. Allucinazioni, sensazione che qualcosa lo insegua attraverso il pozzo, che salga con lui. Dolore lancinante al viso. Lo scafandro non ha retto, morte per schiacciamento, no, è solo il cristallo interno. E poi sempre più su.

Come si può sopportare una cosa simile per trenta minuti?

Mikhail svenne molto prima.

Era steso sul pavimento della torre G-4 quando riprese coscienza. I colleghi del Vostok Komanda stavano aprendo lo scafandro.

«Leviamo 'sto casco, forza!» sentiva che dicevano.

«Le viti si sono spezzate!»

«Dai, spingi, che ce la facciamo!»

Alla fine un'esplosione di aria fresca disse a Mikhail che ci erano riusciti, ma non fu come s'aspettava.

Pensava che avrebbe trovato aiuto lì in superficie e invece ciò che vedeva nelle persone attorno non era affatto confortante. Anche se non erano stati a quattromila metri di profondità come lui, né avevano intravisto fantasmi o ombre misteriose, tutti sembravano terrorizzati.

Per un istante pensò che davvero qualcosa l'avesse inseguito lungo il pozzo e che fosse quello il motivo delle facce spaventate, ma poi dovette accettare la realtà: era di lui che quegli uomini avevano paura.

32

La risalita

Antartide, Base Vostok, 24 aprile

« Signore, non ci crederà, ma il palombaro è emerso. »

Finalmente dal pozzo G-4 si erano degnati di rispondere. Gabriel aveva già fatto accendere l'hovercraft per andare di persona a vedere cosa avesse provocato tanto panico. Dunque era tutto lì: il palombaro era riemerso, nonostante lui gli avesse staccato il cavo di alimentazione.

« È vivo? » chiese subito. « Interrogatelo e perquisite lo scafandro, voglio sapere se ha preso campioni del lago. »

« Non so se è una buona idea, signore. »

« Come ti permetti? Esegui gli ordini. »

Una sequenza di scariche statiche interruppe la comunicazione per qualche secondo.

« Mi hai sentito? Rispondi. »

« Buon Dio, signore, deve vederlo di persona. È meglio che venga qui subito. »

Gabriel agguantò il casco e si precipitò fuori. Nella notte, la tempesta sembrava calmarsi. L'hovercraft lo attendeva a pochi metri dall'uscita. Tracce scure di cingoli da trattore si perdevano nella penombra verso l'esterno della base.

La voce del soldato alla radio era colma di terrore. Forse lo scafandro era emerso solo per galleggiamento e all'interno c'era un cadavere spappolato. Eppure quegli uomini avevano visto di peggio in Bosnia, e spesso ne erano anche stati gli autori.

Appena arrivato al pozzo G-4, Gabriel balzò a terra e

corse all'interno della baracca. Uno scafandro da alti fondali era steso per terra, vicino alla porta aperta della grande campana centrale. Sembrava danneggiato e ammaccato in più punti, ma era ancora integro. Qualcuno gli aveva sfilato il casco.

« Mio Dio! Qualcuno l'ha toccato? »

Gabriel aveva visto gli effetti del gas nervino. Anche di un altro paio di tossine che non avevano nome perché ufficialmente non esistevano. Ma non aveva memoria di quello che vedevano ora i suoi occhi.

Il Signore ti colpirà con flagelli grandi e duraturi, malattie maligne e ostinate. Farà tornare su di te le infermità dell'Egitto.

Il viso dell'uomo nello scafandro sembrava luccicare in più punti, come fosse tempestato di brillanti. Due strisce l'attraversavano, come una grande X. Il primo strato di epidermide sembrava scollato e piccole vescicole bianche premevano sotto la superficie, gonfie di siero, dando l'impressione di voler scoppiare. Doveva essere così su tutto il corpo. La cosa più terrificante era che l'uomo era ancora vivo e respirava.

« Perché è senza casco? Ho chiesto se qualcuno l'ha toccato, siete sordi? »

« No, signorc. Uno dei prigionieri russi ha aperto per vedere se era vivo. Noi non l'abbiamo toccato, non siamo mica matti. »

« Dobbiamo metterlo in quarantena. E chiudete quella maledetta campana. »

Gabriel tornò a bordo dell'hovercraft e chiamò il Senatore. L'unico canale disponibile era la radio a onde corte, quindi doveva parlare con cautela, niente nomi, pochi dettagli. Lo staff del Senatore rispose subito. Dopo un minuto glielo passarono.

« Non sono arrivato in tempo per fermarli, Senatore, ma ho recuperato ciò che avevano mandato giù. »

« Ha dei campioni? È vivo? »

« Non so se posso definirlo vivo. È un campione lui stesso. »

Fuori dagli oblò l'aria sembrava tersa come non mai. I fasci dei fanali avevano una brillantezza irreale, come lame nel buio.

A oriente del giardino di Eden, i cherubini e la fiamma della spada folgorante, per custodire la via all'albero della vita.

Forse quell'uomo contagiato poteva essere utile alla causa. Avrebbe reso perfetto il piano di chiusura dei pozzi.

« Mi riceve? » chiese Gabriel.

« Sì. Stavo pensando. Deve conservare quello che ha recuperato. E deve conservarlo vivo. »

« Non abbiamo attrezzature idonee qui. »

« Lo porti alla base. »

Gabriel guardò l'orologio. Erano partiti dalla base MOST da due ore. Ancora una e sarebbe esplosa. Nessuna possibilità di bloccare la procedura di countdown in remoto.

« Mi ha sentito? Porti quel che rimane di quell'uomo alla nostra base. È di cruciale importanza. Può farlo? »

La tempesta sembrava in fase di tregua. Sul percorso inverso, con il vento a favore, l'hover poteva farcela in meno di un'ora. Non gli andava l'idea di lasciare in vita quel tizio, ammesso che potesse sopravvivere, ma dividendo la squadra per trasferirlo si sarebbe anche sbarazzato di un po' di personale MOST. Meno ne aveva fra i piedi, più libero sarebbe stato di attuare il suo piano. Quello che aveva in mente non sarebbe piaciuto alla Korporatsiya.

« Affermativo. Eseguo. »

Gabriel diede disposizioni a pilota e navigatore. Imbarcò altri sei militari.

« Sei uomini per scortare un moribondo, signore? »

« Il Senatore ha detto che è della massima importanza. E poi potremmo non essere gli unici ad avere squadre di intervento rapido dotate di hover da ghiaccio. Se arrivano rinforzi russi via terra dobbiamo fermarli. Per questo, dopo avere internato il prigioniero, prenderete posizione cinquanta chilometri più a nord, sulla rotta per Mirny. »

« Questo non era nei piani, signore. » La voce dell'uomo trasudava sospetto lontano un miglio, ma Gabriel aveva gestito situazioni peggiori.

« Un guerrigliero improvvisa, un soldato pianifica. Un comandante fa entrambe le cose. Questo è il motivo per cui io comando e voi obbedite. Cinquanta chilometri a nord, sulla rotta per Mirny, con la consegna di fermare chiunque cerchi di raggiungere Vostok. È tutto chiaro? »

« Sissignore » disse l'altro accennando a un saluto sull'attenti.

« Quattro uomini restano con me per controllare la base » aggiunse ancora Gabriel. « Chiudete questi prigionieri con gli altri, nella dispensa. »

« E le due donne rimaste alla nostra base, signore? »

Già, le donne. Amanda Martin aveva ucciso. Per mettere fine al dolore, si era giustificata. Per esaudire il desiderio di due malati terminali aveva osato intromettersi nell'alternanza della vita e della morte, cose che competevano solo all'Eterno. Ma Gabriel poteva rimandare la sua esecuzione. Di lei si sarebbe occupato più tardi, ora la priorità erano quei pozzi scavati fino al cuore della Terra.

« Per ora lasciatele in vita. »

In fondo quello che era appena successo poteva tornare comodo. L'esibizione di quel povero esemplare umano, coperto di vesciche e quasi di sicuro contagioso, avrebbe rafforzato il messaggio che lui voleva inviare al mondo.

I vostri figli vedranno le malattie che il Signore gli avrà inflitte: tutto il suo suolo sarà zolfo, sale, arsura, non sarà seminato e non germoglierà, né erba di sorta vi crescerà, come dopo lo sconvolgimento di Sòdoma, di Gomorra, di Adma e di Zeboim.

« Pensa che sia contagioso? » Uno dei soldati indicò lo scafandro.

Fuori il vento aveva ripreso a soffiare con forza. Piegava le aste delle bandierine di segnalazione come fuscelli d'erba in un temporale, quasi fino al suolo. Il blizzard stava per ricominciare.

« Signore » chiese ancora il soldato. « Pensa che sia contagioso? »

« Lo sapremo presto. Tiratelo fuori con la dovuta cautela e, una volta alla base, mettetelo in cella con le due donne. »

33

Il prigioniero

Antartide, 24 aprile

Il piano di fuga di Amanda era semplice.

« Tranquilla » disse a Shannon cercando di sdrammatizzare con un tono disinvolto. « Fin qui tutto torna. Il bagno che si apre e l'altra porta che rimane chiusa ci dicono la stessa cosa, ed è un'informazione cruciale. »

« Tipo legge di Murphy? Se una sola porta su due si apre è quella sbagliata? »

« Tutte le serrature delle porte che ho visto erano a scorrimento, proprio come queste, e avevano un tastierino elettronico » continuò Amanda ignorando il commento. « Perché la porta di uscita è ancora chiusa se hanno disattivato i sistemi? »

« È una domanda retorica, giusto? Tu sai già la soluzione, come al solito. Dimmi che è così, Amanda. »

« È ovvio. Perché in realtà non hanno disattivato tutto. Entrambe le porte sono ancora sotto tensione. »

« Sotto tensione? »

« Significa che c'è ancora una fonte d'energia nella base, da qualche parte, che distribuisce corrente alle porte e permette a quelle senza codice di aprirsi mentre mantiene chiuse le altre. »

« E perché sarebbe un bene? »

« Perché possiamo mandarle in corto circuito. Qui è tutto organizzato come su una barca. Se manca la corrente, per esempio a seguito di un incendio, la gente deve poter scappare. È un sistema chiamato *fail safe*, fa scattare una molla e libera tutte le serrature. »

« E se non succede? »

« Hai piani alternativi? La situazione non peggiorerà di certo. »

« Mi hai convinta. Ovviamente sai come provocare un corto circuito. »

« Buttando acqua sulla tastiera. Se riusciamo a creare un contatto fra due punti del circuito, dovrebbe saltare tutto. »

Al momento di passare all'azione, le cose si rivelarono più complicate del previsto, a causa del buio e del fatto che le pompe erano disattivate.

« Abbiamo solo l'acqua già presente nei condotti, non sprechiamola » si raccomandò Amanda.

Un bicchiere di plastica era tutto quello che avevano a disposizione. Il primo tentativo non ottenne alcun risultato. Sentirono l'acqua scorrere sulla tastiera e sgocciolare sul pavimento, senza altri risultati.

« Non succede nulla » disse Shannon. « È un segno buono o cattivo? »

« Riproviamo, forza. »

Amanda si rimise carponi e ritornò al rubinetto, per ripetere l'operazione. La seconda volta il rivolo di acqua corrente fu più debole e si esaurì nel riempire il bicchiere. Una volta versato sul tastierino, non diede alcun risultato.

« Ci rimane ancora quella dello sciacquone » disse Amanda per rincuorare Shannon. « Sono almeno dieci litri. »

« Mi sembra che invece di far saltare la corrente l'abbiamo rinforzata » commentò lei.

« Non è il momento giusto per scherzare. Siamo a un passo dalla libertà. Avanti, riproviamo. »

« Non scherzo. Guarda, arriva luce da qualche parte. »

Amanda doveva ammettere che l'amica aveva ragione. Se non erano allucinazioni, le pareti emanavano un chiarore nuovo. Cresceva d'intensità, obbligandola a socchiudere gli occhi, non più abituati dopo quell'immersione di buio totale durata chissà quanto. Dal bagno, un mormorio sordo e profondo indicava che le pompe si erano rimesse in funzione e stavano compensando l'acqua appena sottratta dai tubi. Nessun dubbio, c'era di nuovo energia nella base. Non solo nelle serrature, ma in tutti i sistemi.

« Forse si sono accorti che abbiamo provato ad aprire le porte. Se è così, non la vedo bene, Amanda. »

« Zitta. Arriva qualcuno. »

Passi pesanti e cadenzati annunciavano l'arrivo di più di una persona.

« Piano A fallito » disse Shannon quando la porta si aprì. « Siamo punto e a capo. Ce l'hai un piano B, vero? »

Ma Amanda, seduta contro la parete, una mano stretta attorno a un ormai inutile bicchiere vuoto e l'altra a ripararsi dalla luce che cresceva d'intensità, si rese conto che non erano affatto al punto di partenza. Due uomini, armati e con le stesse divise dei miliziani che le avevano arrestate, diedero un rapido sguardo all'interno della cella e si ritirarono, per fare spazio ad altri due che entrarono trasportando una barella da campo. La occupava un uomo vestito con una tuta sportiva rossa e blu. Si agitava pronunciando frasi incomprensibili in una lingua dell'Est, poteva essere russo. Difficile dire che età avesse. Il volto era sfigurato da una miriade di piccole chiazze rosse, brillanti come se in ognuna fosse incastonato un granello di vetro. Un rivolo di sangue rappreso fuoriusciva dalle narici e gli attraversava la parte inferiore del viso. Ma la cosa più inquietante era che i due barellieri indossavano scafandri anticontagio, con caschi ad alta protezione e respiratori.

« Che diavolo succede, Amanda? Perché sono vestiti così? Chi è quello? »

Lei non rispose, afferrò l'amica per un braccio e la trascinò nell'angolo più lontano.

« Fai come me » le disse, mentre sollevava il bavero della sottotuta per coprirsi naso e bocca.

Quando i miliziani chiusero la porta, distinse due diversi rumori metallici in sequenza.

« Hai sentito? » chiese, ma Shannon era troppo spaventata per rispondere.

« Hanno chiuso con un catenaccio meccanico, oltre quello della serratura elettrica principale » aggiunse allora.

« È un problema? » piagnucolò Shannon.

« Non il principale, al momento. »

L'uomo nella barella continuava ad agitarsi, premendosi le mani sul torace come avesse un forte dolore in quel punto e lamentandosi.

« Che hai, Amanda? Stai male anche tu? »

Amanda si rese conto che stava imitando il gesto di sofferenza dello sconosciuto, toccandosi il petto come se provasse la stessa pena. Una volta ancora doveva assistere a tanto dolore, impotente. Perché non riusciva a sottrarsi a quella condanna?

Si alzò, divincolandosi dalle braccia dell'amica che cercavano di trattenerla.

« Sei impazzita? Torna qui! »

Con due passi decisi si avvicinò alla barella.

« Dai, torna qui, ti dico. Non vorrai toccarlo? »

L'uomo poteva avere fra i quaranta e i cinquant'anni. I lineamenti del viso erano regolari, ora Amanda riusciva a riconoscerli, nonostante la costellazione di piccole macchie rosse. Una luminescenza inspiegabile sulla pelle sembrava descrivere una grossa X. Gli occhi grigio azzurri erano aperti e fissavano il vuoto, le pupille contratte più di quanto la luce nella stanza potesse giustificare.

« Non toccarlo, ti prego! » piagnucolò Shannon.

La canotta da fatica che Amanda intravedeva sotto la cerniera della giacca sportiva aperta era impregnata di sudore. Si sforzò di ricordare i sintomi di avvelenamento da gas nervino. Quell'uomo sembrava denunciarne parecchi.

«Amanda, ma che ti dice il cervello?»

Le diceva di stare alla larga, certo. E lo diceva con una voce stridula e ansiogena, peggio di quella di Shannon. Una seconda voce però, qualcosa che saliva da un livello più profondo, le diceva di non stare ferma ad attendere gli eventi. Era una voce morbida e tranquilla, come quella del suo professore dei tempi del college. Il cervello poteva andare a farsi fottere per una volta, non sarebbe rimasta a guardare un essere umano soffrire senza fare nulla, se non quando era troppo tardi e non rimaneva che dargli una morte pietosa.

Non questa volta.

Afferrò i polsi dell'uomo e gli dispose le braccia lungo i fianchi. Come se lui avesse avvertito la determinazione di quel gesto, smise di agitarsi, continuando però a delirare. Amanda gli scostò le falde della giacca e sollevò la canotta, fino a scoprire il torace. La sorpresa per quello che vide la paralizzò per qualche istante.

«Sei fuori di testa, torna qui. Potrebbe avere l'Ebola, il colera o sa il cielo cos'altro.»

Shannon era sempre più terrorizzata, ma Amanda non poteva fermarsi, doveva sapere. Slacciò il nodo che stringeva i pantaloni della tuta dell'uomo e li abbassò fino alle caviglie.

«Cristo santo... Torna qui. Senti? Hanno riacceso il riscaldamento. Non moriremo di freddo.»

Vedendo l'insieme di quel corpo e le condizioni della pelle, Amanda comprese.

«Piantala, Shannon. Non so se moriremo. Ma nel caso, non sarà per il freddo.»

34

Il sospetto

USS George H.W. Bush, *al largo di Okinawa, 24 aprile*

Visto dalla torre di comando della USS *George H.W. Bush*, in navigazione al largo di Okinawa, l'elicottero era soltanto un puntino scuro. Si stagliava nitido sulla fascia luminosa dell'orizzonte, stretta fra la tavola nera del mare e la massa di nubi che da tre giorni copriva la volta del cielo. Il velivolo accostò per allinearsi alla rotta della nave, alla sua poppa. Accelerò fino a portarsi sulla verticale dell'area di appontaggio e si fermò in hovering.

Il Senatore riconobbe l'AW 139 del primo ministro russo, anche se non aveva contrassegni militari. Il colonnello aveva rinunciato al tradizionale e massiccio Mi-8 delle forze aeree in favore di un velivolo di fabbricazione occidentale, forse per cortesia diplomatica. Eccessiva, nel caso. Con gli alleati della NATO che ritiravano precipitosamente le truppe dalle operazioni di peacekeeping per fronteggiare l'ordine pubblico entro i confini nazionali, l'America e i suoi alleati non erano nelle condizioni di mostrarsi aggressivi verso i russi, i quali non erano obbligati a mostrarsi cortesi. La situazione tattica era a favore di Mosca. Risparmiata dalla maggior parte dei cataclismi naturali, con il rublo immune dal contagio finanziario e il terrorismo sotto controllo, la Federazione Russa era una potenza in crescita. Se avesse messo le mani sui giacimenti di gas in Antartide, nemmeno la MOST avrebbe potuto fare la voce grossa con loro. Il Senatore doveva accelerare i tempi del Progetto Vostok.

« Senatore, stanno per cominciare. » Un militare si era fermato a due metri da lui sul ballatoio della torre. Sul petto della mimetica digitale grigioazzurra, la Navy Working Uniform che quasi tutto il personale indossava a bordo, il badge indicava un nome di chiara origine cinese.

« Grazie. Mi faccia strada. »

Il Senatore seguì il marinaio e rientrò. Nella sala mensa ufficiali, attorno a un cerchio di tavoli predisposti per l'occasione, i potenti della Terra, se ancora si potevano chiamare così, stavano facendo il punto. Un uomo in divisa da generale a quattro stelle aveva appena preso la parola. Il Senatore riconobbe il comandante delle forze di occupazione della Siria, un francese da poco diventato portavoce militare dell'Unione europea. L'uomo elencò le truppe operative disponibili nell'immediato per l'ordine pubblico nelle principali città del Vecchio Continente.

« Metà delle forze d'interposizione impegnate nei vari teatri di crisi è già rientrata » disse. « Al momento le risorse sono dispiegate nelle capitali e nei capoluoghi più a rischio. »

Un'immagine proiettata sullo schermo a parete mostrava la carta di un'Europa ferita. Una miriade di punti gialli in corrispondenza delle interruzioni dei servizi collettivi e di punti rossi per le emergenze legate all'ordine pubblico. Nell'animazione che rappresentava l'evoluzione dell'ultima settimana, le due costellazioni fatalmente finivano per coincidere.

« È in corso il trasferimento d'urgenza delle forze rimanenti » disse ancora l'ufficiale. « Per completare l'operazione abbiamo ottenuto la cooperazione degli stati meno colpiti dalla crisi, disponibili a sostituire i contingenti europei. »

Proiettò una tabella che illustrava la situazione. Ufficialmente era un intervento delle truppe SCO, la Shanghai Cooperation Organization, la NATO dei paesi asiatici. In realtà, quasi dappertutto era la Cina a prendere il posto delle ex potenze coloniali, a fianco delle forze americane rimaste.

Il colonnello entrò nella sala, accompagnato da due addetti militari che il Senatore non conosceva. Prese posto e gli rivolse uno sguardo di saluto frettoloso.

« Generale » intervenne un uomo in borghese, rivolgendosi allo speaker. « L'avvicendamento, in teatri delicati come l'Afghanistan e l'area mediorientale in genere, non comporta il rischio di un'offensiva jihadista? »

Molte teste assentirono all'obiezione.

« In effetti c'è stato un tentativo di sollevazione, nella provincia afghana di Helmand, ma è stato stroncato. Le forze cinesi adottano una tattica diversa dalla nostra: molti uomini e rastrellamenti continui. La verità è che non hanno il problema politico di gestire le perdite umane nelle proprie file. Meno ancora in quelle dell'avversario o fra la popolazione. »

Il francese compulsò le carte davanti a sé prima di continuare.

« L'Esercito popolare è attivo anche sul piano civile. La 37ª divisione di fanteria meccanizzata ha preso in carico i cantieri dell'autostrada Delaram-Chabahar, sostenuta dall'India, ma che il governo di Nuova Delhi ha dovuto abbandonare nei giorni scorsi. Inoltre stanno asfaltando la viabilità secondaria, il che dovrebbe rendere più difficile la guerra delle mine, principale arma dell'insorgenza. »

Un'immagine mostrava una lunga striscia asfaltata attorniata da migliaia di operai di apparente etnia indiana. Si perdeva nella prospettiva infuocata del deserto, al confine fra Afghanistan e Iran. Ogni cento metri circa una camionetta militare con la bandiera dell'Esercito popolare di liberazione sorvegliava le operazioni.

« In Siria e nella Striscia i cinesi hanno avuto molti morti nei primi due giorni per attentati suicidi, ma la bonifica casa per casa ha stabilizzato la situazione. »

Un brusio vivace commentò l'ultima affermazione. Le rappresaglie attuate dalle truppe cinesi non erano un mistero, ma i media avevano dedicato poco spazio a quella faccenda, data la gravità di tutti gli altri problemi.

« Il Medio Oriente non è mai stato tanto tranquillo come ora » concluse il generale.

Il Senatore intercettò lo sguardo del colonnello. Il russo fece un cenno con il capo verso l'uscita della sala. Era un invito a un incontro privato, non c'era dubbio, e significava che i russi erano a conoscenza dei fatti di Vostok. Ma lui poteva farli attendere ancora un po'. In fondo ormai era la MOST a condurre i giochi.

Intanto nella sala il comandante della nave – un quarantenne con un viso da divo del cinema, mento pronunciato, mascella robusta e fronte ampia – aveva dato la parola a un italiano dell'Eurogendfor, la polizia militare europea. Lo speaker elencò le forze disponibili: ottomila effettivi fra Arma dei carabinieri, Gendarmerie nationale francese, Guardia Civil spagnola, Guarda Nacional Republicana portoghese, Marechaussee olandese e Gendarmeria romena.

« Abbiamo anche un battlegroup europeo di pronto intervento » aggiunse. « Sono altri cinquemila uomini. Ma è soprattutto sui privati che dobbiamo fare affidamento, ormai. »

Tutti si voltarono verso il Senatore. Nei mesi precedenti la crisi, la MOST aveva consolidato i rapporti con Pechino, non era un mistero. E con il rimpatrio di buona parte dei militari americani ed europei dai fronti caldi delle crisi locali le forze cinesi erano diventate un attore decisivo. Il fatto che lo stipendio di alcune polizie statali del Sud Europa fosse assicurato da un fondo di garanzia della Korporatsiya completava il quadro della precarietà dei governi.

« Senatore » disse il comandante della *George Bush*, con un perfetto sorriso hollywoodiano. « Se vuole aggiornarci sulla situazione, gliene saremo grati. »

« Grazie, signori. » Il Senatore si alzò in piedi e si schiarì la voce un paio di volte, più che altro per scacciare l'imbarazzo. Non amava fare discorsi in pubblico. La timidezza non c'entrava; semplicemente, lui preferiva agire nell'ombra. « Il maltempo durerà altri dieci o quindici giorni al massimo e l'emivita dei virus che infestano i sistemi di comunicazione non supera la settimana. Euro e dollaro saranno ancora garantiti dal fondo asiatico nel quale la MOST ha appena assunto una partecipazione consistente. »

Era quello che i presenti volevano sentirsi dire e non ci fu bisogno di aggiungere molti particolari.

« Con gli effettivi richiamati dalle missioni di peacekeeping, più le forze comuni europee e quelle garantite dai finanziamenti MOST o direttamente dipendenti dalle nostre affiliate, stimiamo che la situazione dell'ordine pubblico sarà sotto controllo entro un paio di settimane o forse meno. »

Fra i sorrisi rasserenati dei presenti, il comandante della *George Bush* annunciò una pausa. Il Senatore ne approfittò per raggiungere il colonnello. Se i russi erano a conoscenza del fallimento del loro tentativo di esplorazione del lago, sarebbero stati più malleabili. In fondo erano ancora alleati preziosi per la MOST, sia per le riserve valutarie e auree così cruciali in quel momento, sia per le truppe che potevano muovere.

Il colonnello lo invitò a sedere a un tavolino di plastica in un angolo della sala. Una fila di piccole piantane e un cordone delimitatore lo separavano dallo sciame di funzionari e politici che affollavano l'estremità opposta dell'ampio locale, calamitati dal bancone del caffè e dei dolci.

« Cosa pensate di fare a Vostok? » esordì il colonnello. « La informo che due plotoni di *spetsnaz* stanno per sbarcare alle basi antartiche di Novalazarevskaya e di Mirny. »

« Pensa di spaventarmi? Abbiamo acquisito alleati importanti in Antartide. La base cinese di Zhongshan, dimentica? »

« A più di milletrecento chilometri da Vostok. Buon viaggio. »

« Anche le vostre basi sono lontane. E mi dicono che il tempo è pessimo laggiù. E una spedizione con i trattori richiede una settimana o anche di più. »

« Qualche pausa di calma per un volo si trova sempre, abbiamo i piloti migliori del mondo. A proposito, non sapevo che i cinesi avessero perfezionato l'atterraggio su ghiaccio. E a quelle temperature si strappano due paracadute su tre, dovrebbe saperlo. » Il colonnello si appoggiò allo schienale della sedia. « Certo, i cinesi sono molto numerosi » aggiunse con un ghigno. « Potrebbero lanciare il triplo dei parà necessari. »

Il Senatore si era sbagliato, il suo avversario non sembrava affatto disponibile. O forse voleva solo alzare il prezzo della trattativa. Ma la MOST non poteva rinunciare alla ricchezza biologica del Vostok, era fuori discussione. Con il mondo ricco sempre più popolato di anziani, le stime sul fatturato potenziale del mercato di medicina rigenerativa superavano il PIL di molti stati europei. Sempre che il lago Vostok mantenesse le promesse.

Un militare, che il Senatore riconobbe come un ufficiale di collegamento del SIMM, il servizio informazioni della marina italiana, si avvicinò al tavolo e si fermò, pochi passi oltre il delimitatore. Sembrava in attesa, ma il colonnello lo ignorò.

«Non rinunceremo a quei giacimenti, Senatore» disse. «Ormai dovreste averlo capito. Perché non ceniamo insieme sulla *Admiral Kuznechov*? In un'ora di elicottero possiamo essere là. Potremmo cercare un compromesso in un ambiente più adeguato a dei gentiluomini.» Con un gesto della mano il colonnello indicò la parete coperta di tubazioni a vista e di cartelli gialli e neri che avvertivano dei più svariati pericoli.

L'ufficiale del SIMM era sempre in attesa e si passava un tablet da una mano all'altra come se scottasse. Forse aveva informazioni urgenti e il Senatore doveva sganciarsi. Tanto dalla discussione con il colonnello non sarebbe uscito nulla di concreto. A Vostok la MOST era padrona del campo, ormai, e con le condizioni meteo previste e soprattutto con la crisi economica e sociale in via di soluzione, ma ancora minacciosa, nessuno poteva permettersi interventi militari. Non per un paio di settimane almeno. C'era il tempo per consegnare il secondo Hydrobot con un piccolo Twin Otter a due eliche, quelli riuscivano a volare in ogni condizione. Pazienza se non fosse riuscito a ripartire, sarebbe bastata una sola immersione nel lago per avere materiale biologico di valore incalcolabile. Certo, prima o poi gli *spetsnaz* sarebbero arrivati, ma per il momento al Senatore conveniva prendere tempo.

«La ringrazio dell'invito, colonnello. Ho altri impegni.»

Il russo si alzò di scatto facendo cadere la piccola sedia pieghevole, come se la corrente elettrica l'avesse folgorato. Il volto teso confermava quanto si diceva di lui: che non fosse in grado di affrontare un rifiuto. Senza una parola, si allontanò verso i suoi accompagnatori, rimasti a osservarlo dal grande tavolo centrale.

A un cenno del Senatore, l'ufficiale del SIMM si avvicinò.

«Senatore, il filmato di cui le ho parlato. I nostri sospetti erano fondati.» Appoggiò il tablet sul tavolo e avviò la riproduzione.

Le immagini mostravano una lunga coda di auto e camion su un'autostrada circondata da risaie allagate. Una folla di persone avanzava da entrambi i lati della colonna di veicoli, molti dei quali erano in fiamme. Una scritta in sovrimpressione diceva: «Italia – autostrada Torino-Milano, km 52 – 21 aprile».

L'americano osservò il breve filmato fino al punto in cui una vampa accecante avvolgeva un mezzo militare bloccato nella coda di veicoli, distruggendolo. Tornò indietro e riguardò la scena una seconda e poi una terza volta.

«L'esplosione avviene poco prima dell'arrivo dei dimostranti» disse alla fine. Il tono era a metà strada fra un'affermazione e una richiesta di conferma.

«È proprio così, signore. L'analisi dei resti dimostra che il veicolo trasportava una sonda Hydrobot e non pezzi di ricambio come ci ha detto il signor Novak. Inoltre abbiamo trovato tracce di C4.»

Il colonnello, al lato opposto della sala, si preparava a ripartire. Uno dei suoi assistenti stava raccogliendo documenti e cartelline dal tavolo mentre l'altro distribuiva strette di mano.

«Indaghi ancora. Voglio sapere cos'ha fatto il signor Novak mentre era in Italia e in Francia, con chi ha parlato, chi ha visto, perfino cos'ha mangiato. Muova tutti i suoi uomini, e se qualche corpo di polizia crea problemi faccia il mio nome, gli ricordi chi paga i loro stipendi. M'informi sugli sviluppi appena possibile, ovunque io sia. Sono sempre rintracciabile al satellitare.»

Congedò l'italiano e compose un numero. Rispose il pilota dell'hovercraft che Gabriel Novak aveva mandato alla base MOST.

«L'uomo contaminato è in cella con le due donne, signore. Siamo in sei sull'hover, oltre a me e al navigatore. Il comandante Novak ci ha inviati sulla rotta per Mirny, per intercettare eventuali rinforzi russi. Lui è a Vostok con altri quattro, ma non risponde alla radio.»

«Per ora eseguite i suoi ordini. Vi contatterò entro due ore al massimo.»

La delegazione russa stava ormai imboccando il corridoio di accesso dell'hangar e presto sarebbe scomparsa dalla vista. Il Senatore doveva sbrigarsi. Aveva un pessimo presentimento su ciò che stava accadendo a Base Vostok e l'alleanza con il colonnello forse era più urgente del previsto.

«Lasciate ai prigionieri quanto basta per sopravvivere tre giorni» disse ancora al telefono mentre si alzava. «A loro penseremo dopo. È tutto.»

Chiuse la comunicazione e accelerò il passo per raggiungere il colonnello e i suoi uomini.

«Colonnello?» Si avvicinò al gruppo, il sorriso delle grandi occasioni dispiegato alla massima potenza. «È sempre valido l'invito a cena sulla *Kuznechov*?»

35

La macchina del tempo

Antartide, 24 aprile

Convulsioni, contrazioni muscolari violente, irrefrenabili. Mikhail le ricordava bene, ma era difficile dire quanto tempo prima fosse successo. Aveva provato a chiedere aiuto, ma non era riuscito ad articolare una sola parola che avesse un senso. Il fischio nelle orecchie continuo, la visione offuscata: era come essere in fondo a un tunnel.

Eppure era risalito dal pozzo, di questo era certo. Con le ultime riserve d'aria, ma ce l'aveva fatta. Aveva calibrato alla perfezione la carica di hydromex, con la classica fortuna dei dilettanti, e l'esplosione era stata abbastanza potente da perforare il diaframma di ghiaccio che separava lago e pozzo, ma non tanto da scaraventarlo lontano dall'apertura. La vibrazione dell'acqua aveva fatto tremare lo scafandro, poi la pressione aveva spinto Mikhail su per il camino, facendolo sbattere come una pallina da flipper. Era sicuro della resistenza del carapace, un po' meno di quella del suo corpo, e aveva perso i sensi augurandosi che le imbottiture interne fossero sufficienti a evitargli di ridursi in poltiglia.

Ora si sentiva bene, però. Provava un senso di potenza e di libertà. Una condizione già sperimentata tanti anni prima, a bordo di una nave posacavi, al largo di Base Leningradskaya. Ore e ore in preda agli spasmi, alle vertigini. L'iperproduzione di acidi gastrici dovuta al mal di mare provoca sempre una sensazione insopportabile di bruciore allo stomaco, come un cancro che s'irradia verso l'alto, risale con ondate intense, ti costringe a piegare le ginocchia, spezza ogni resistenza. Sì, Mikhail lo ricordava e ricordava anche i postumi. Quando tutto era passato si era sentito come ringiovanito di vent'anni, un uomo pronto a cominciare una vita nuova, il padrone del mondo. Proprio come si sentiva ora, anche se non era su una barca.

Il luogo aveva piuttosto l'aria di una stanza d'ospedale, luci diffuse e nessun rumore, bianco alle pareti e lui steso su una barella da campo. Si alzò a sedere e avvertì un morso allo stomaco. Una sensazione fastidiosa e piacevole insieme: era fame.

«Ti sei svegliato. Era ora.»

C'erano due ragazze, vestite di una calzamaglia bianca aderente.

«Amanda Martin!»

«Mi conosci?»

«Dalle fotografie. E lei è McCain. Vi credevamo perse nella tempesta. Abbiamo mandato un mezzo per recuperarvi, ma non è tornato.»

«Quindi non volevano arrestarci?»

«Arrestarvi? Perché avrebbero dovuto?»

«Secondo me volevano dire *fermare*, non *arrestare*, lascia perdere» disse la ragazza più giovane, interrompendo brusca la conversazione. «Puoi chiamarmi Shannon.»

Gli porse la mano, ma Mikhail esitò prima di stringerla. Al momento dell'arrivo, i soldati MOST l'avevano trasportato usando tute anticontagio, se lo ricordava. Ma le due ragazze ora non sembravano più spaventate.

Mikhail si guardò le mani: sembrava tutto normale. Le avvicinò alle guance ma si bloccò. Non aveva il coraggio di toccarsi.

«Ditemi la verità, ho... Ho qualcosa di mostruoso?»

« A parte il taglio di capelli? » disse Shannon. « Direi proprio di no. »

La ragazza rise. Era carina e anche l'altra, l'americana. Aveva due occhi grandi e tristi, le labbra appena increspate in una smorfia che forse voleva essere un sorriso. Mikhail era ancora vestito con la tuta rossa e blu del CSKA di Mosca. Quando l'avevano estratto dallo scafandro dovevano essere tanto spaventati dal contagio che l'avevano toccato il meno possibile. Non ricordava da quanto non si cambiava, forse puzzava. Si passò una mano sulla barba incipiente. Avvertì un bruciore.

« Non toccarti. » L'americana gli afferrò il polso. « Non hai più le piaghe, ma io non lo farei. Non abbiamo disinfettanti, qui. »

« Le piaghe? Che cosa mi è successo? »

« Piccole ustioni localizzate di secondo grado, danni all'epidermide e a parte del derma » fu la diagnosi di Amanda.

« In poche parole, avevi più bolle dell'economia americana » tradusse Shannon. « Pensavo che saresti morto. »

« Non ascoltarla. Qualche bolla sottocutanea piena di liquido sieroso, ma niente di grave, l'ipoderma non era interessato e il resto del corpo era integro. Direi che ti è esploso qualcosa in faccia. Qualcosa di non letale. Avevi anche microschegge di plastica piantate nella pelle. Si sono staccate da sole. »

« Eri strano. Ma strano forte » disse ancora Shannon.

Mikhail sollevò una manica della tuta, esaminò la pelle del braccio, nell'incavo del gomito, sul dorso, sembrava tutto a posto. Eppure ricordava di avere sentito la parola « contagio ».

« Che ne sapete che il resto del corpo non ha lesioni? »

« Abbiamo controllato. Centimetro per centimetro, ordine del medico. » Shannon indicò Amanda e sorrise.

« Quelli che ti hanno portato qui sembravano temere un

contagio e le ferite erano sospette. Dovevo scoprire cos'avevi.»

Amanda Martin, braccia conserte e sguardo fisso su Mikhail, sembrava sapere il fatto suo.

«Io non ricordo niente. Che ore sono? Quanto tempo ho dormito?»

«Una decina di ore. Perché, hai qualche appuntamento?»

«Ok, una decina di ore. E sapete dove siamo?»

«In una base di qualche potenza sconosciuta.»

«Alieni, secondo me.» Shannon allargò le braccia e si guardò attorno, indicando le pareti bianche e prive di finestre, suppellettili, scritte o qualsiasi altro dettaglio.

«Il loro capo sembra americano» disse Amanda. «Ma gli altri non lo sono. Con noi hanno sempre usato traduttori digitali istantanei. Fra loro parlano in una lingua che potrebbe essere croato o serbo, forse qualche dialetto. In una comunicazione videotelefonica ho sentito nominare la MOST, una multinazionale finanziaria.»

«So benissimo cos'è la MOST. Lavorano con noi a Base Vostok.»

«Vostok? E come ci sei finito qui? Parli bene la mia lingua, ma non sei americano.»

«Mikhail Denisovich Rebko. Misha. Paleoclimatologo, Stazione Antartica Vostok.»

Mikhail raccontò la sua storia, la rivalità fra Mosca e la MOST, il secondo pozzo, la sua discesa in quell'ambiente alieno, l'incidente, la risalita disperata. Aveva anche un'ipotesi sulle piaghe.

«Il casco dello scafandro ha dei fermi autoesplodenti a sgancio rapido, ma non è mai stato testato a simili profondità. La pressione deve avere danneggiato la culatta dei bulloni e l'esplosione si è scaricata all'interno, sbriciolando anche il primo strato del visore. È plastica ceramizzata e in caso di rottura si polverizza.»

«Brillavi come una drag queen» disse Shannon.

«Certo, perché il calore dell'esplosione ha reso la polvere appiccicosa. È un materiale fatto apposta per non danneggiare troppo l'epidermide. Adesso sto bene, almeno credo. C'è qualcosa da mangiare, qui?»

«Razioni disidratate per tre giorni. L'acqua la puoi bere dal bagno.» Shannon indicò un punto. Nel bianco lattiginoso della parete si distingueva il profilo di una porta scorrevole.

Si aprì con un soffio appena Mikhail la toccò. Dentro c'era uno specchio, come lui sperava. S'avvicinò con il timore di vedersi trasformato in un mostro, lo stesso che aveva terrorizzato i soldati della MOST. Invece, il viso era quello squadrato e regolare di sempre. Gli occhi, di un brillante grigioazzurro, mandavano lampi di battaglia, gli stessi che avevano reso Mikhail un personaggio popolare ai tempi dell'università. Ma i segni che gli chiazzavano le guance e la fronte raccontavano una storia più recente e drammatica. Tanti piccoli bottoncini, di colore rosso vivo e qualcuno rosa, lucidi e dall'aspetto umido. Altre macchie, brune e più estese, attraversavano il viso e sembravano disegnare una grande X tratteggiata. Niente di drammatico, comunque. Tirò un sospiro di sollievo.

Amanda s'era avvicinata. Appoggiata al muro, braccia conserte, lo guardava con l'aria di chi ha una domanda in sospeso.

«Sicura che non sono contagiato? Queste macchie sono rosse come lamponi.»

«È un bene che lo siano. Significa che non c'è infezione. Un paio di giorni e diventeranno rosa, poi cicatrizzeranno.»

«Qualcuna è già rosa. È normale?»

Lei lo guardò senza rispondere e tornò nella stanza. Mikhail la seguì.

« È normale? » chiese ancora lui.

« Meglio se pensiamo a esplorare la base, adesso. Finché siamo soli. »

« Come lo sapete che siamo soli? »

« I tizi che t'hanno portato qui sono andati via di gran fretta » disse Shannon. « Hanno detto che sarebbero tornati entro un giorno o due. Sembrava un'emergenza. »

« Noi dobbiamo andarcene prima. » Amanda indicò una piccola tastiera retroilluminata sulla parete. « Serratura a codice numerico. Avevamo pensato di mandarla in corto usando l'acqua del bagno, ma al buio completo non era un piano facile da attuare. Per di più adesso hanno chiuso anche con un catenaccio. »

Mikhail si avvicinò per esaminare la tastiera.

« Sì, potrebbe funzionare. Rimane comunque il catenaccio, speriamo che non sia troppo robusto. »

« Qui entra in gioco la forza bruta. Il tuo momento, maschio. » Shannon gli appoggiò una mano sulla spalla.

Mikhail si guardò le braccia. Sotto il tessuto elastico della tuta s'indovinava il gonfiore dei bicipiti. Aveva sempre cercato di mantenersi in forma, era uno dei più assidui nella sala degli attrezzi, a Vostok, e non si era mai sentito così bene.

« Mi hanno dato dei medicinali? »

« Scherzi? Ti hanno a malapena toccato. Due tizi con le tute sterili, poi sono schizzati fuori. L'emergenza l'hanno comunicata dai microfoni. »

« Con il vostro piano salteranno le luci, ma anche il riscaldamento. È un rischio. »

« Se sfondi quella porta andrà tutto bene. Troveremo l'interruttore e ridaremo corrente. »

« Sì, andrà tutto bene » confermò Shannon, parlando più che altro a se stessa.

Mikhail si tastò i muscoli delle braccia e delle spalle. Se la porta era come quella del bagno, il chiavistello non sarebbe stato un problema.

« Ok, proviamoci » disse.

Quando Amanda rovesciò l'acqua sulla tastiera, l'apparecchio lampeggiò e le luci si spensero.

« Ehi, ha funzionato! » esclamò nel buio la voce di un'incredula Shannon.

Con una breve rincorsa, Mikhail diede una spallata sul battente della porta. Si era preparato a ripetere l'operazione più volte, trovando a tentoni il punto d'impatto corretto. Si sentì cadere in avanti al primo tentativo, invece, nell'oscurità più completa

« Ce l'hai fatta? » urlò Shannon.

« Misha? Stai bene? »

« Sì, più o meno. È buio pesto dappertutto. »

« Non hanno finestre, solo schermi collegati a telecamere esterne. Dobbiamo cercare l'interruttore generale. A sinistra il corridoio porta alla stanza dove sono stata interrogata. A destra non lo so. »

« Io vado a sinistra » disse Shannon.

« Io a destra. »

« Vengo con te. » Mikhail gesticolò nel buio in direzione della voce di Amanda.

Lei lo trovò per prima. A tentoni, gli scompigliò i capelli, gli sfiorò la guancia, cercò la sua mano e la strinse.

« Andiamo » disse.

Avanzarono nel buio, tastando le pareti alla ricerca di una qualsiasi fonte di luce. La mano di Amanda era calda e morbida.

« Non hai paura che ti contagi? » chiese Mikhail per allentare la tensione.

« Quando sei arrivato la tua pelle non aveva un bell'aspetto. Poi si è riassorbito tutto, quindi o non c'era nulla o erano organismi a metabolismo rapido. Ma l'unico momento di contatto con l'ambiente del Vostok è stato quando ne hai respirato l'aria, giusto? Se il contagio si trasmettesse per via aerea, io e Shannon saremmo già spacciate. Ma soprattutto: le piaghe erano solo in faccia e questo mi ha fatto pensare a un trauma, più che a un'infezione. »

« Shannon ha detto che sei un medico. »

« Non esattamente. Sono un'esobiologa, lavoro per la NASA. »

« Caspita, una studiosa di forme di vita aliene. È una coincidenza incredibile che tu sia qui proprio nel momento del contatto con il lago Vostok. »

« Non è affatto una coincidenza. »

Uno strillo acuto interruppe la replica di Mikhail.

« Shannon! Tutto bene? »

« Forse ha solo trovato qualcosa. »

Mikhail si sforzò di assumere un tono sereno, ma erano in un punto imprecisato dell'Antartide, nella base di persone ostili, e per di più erano disarmati, al buio e con il riscaldamento disattivato a causa dell'interruzione di energia. Quella donna gli diceva di stare calmo, ma era pieno di macchie rosse. Avrebbe gridato anche lui se l'orgoglio non l'avesse trattenuto.

Una luce lo colpì, costringendolo a chiudere gli occhi.

« Ma guardali, mano nella mano. Ho trovato una torcia. Forte, no? »

« Shannon, abbassa quel faro. Cerchiamo il quadro elettrico piuttosto. »

« È alle vostre spalle. »

Amanda fece scattare l'interruttore generale e un bagliore latteo si diffuse lungo le pareti e le altre superfici del locale.

« Diamo un'occhiata in giro e vediamo se c'è quello che serve per tagliare la corda. » Amanda aveva un tono sempre più deciso. Non sembrava una semplice ricercatrice e Mikhail si ripromise di approfondire il discorso lasciato a metà poco prima.

« Avete notato? La luce aumenta d'intensità al nostro passaggio e poi si attenua » disse.

« Elettroluminescenza » disse Amanda. « Sono i materiali stessi che si accendono ed è il nostro calore che li attiva. Semiconduttori organici a fotogenerazione, è uno dei brevetti MOST. Li useremo anche noi nella Stazione spaziale internazionale, se il Congresso non ci taglia i fondi prima. »

« Più di trent'anni che sono in Antartide » disse Mikhail. « Le ho girate tutte, le basi, e non ho mai visto niente di simile. »

Entrarono in una stanza con un grande pannello semicircolare di strumenti e schermi al plasma. Circondava un sedile da pilota, i braccioli laterali larghi e zeppi di pulsanti e joystick.

« Ecco » disse Shannon « Ditemi se non sembra un'astronave. »

« Sembra una plancia di navigazione, in effetti, ma è tutto spento. »

« Questa base potrebbe essere un veicolo, per quello che ne sappiamo. Come gli hover che hanno portato qui Shannon e me, ma più grande. »

« Se è così dev'esserci una radio » osservò Mikhail.

Accese quella che aveva l'aria di essere la consolle del navigatore.

« Niente da fare » disse mentre il video s'illuminava, mostrando una richiesta di password a sedici caratteri o in alternativa un codice a matrice da sottoporre all'unità di lettura.

«Ci arrendiamo così facilmente?» chiese Shannon.

«Niente cuffie da marconista e manopole da ruotare, come ai bei vecchi tempi.» Mikhail scosse la testa. «La radio ha un'interfaccia digitale. Smontare tutto per bypassarla richiederebbe troppo tempo, ammesso che fossimo in grado di farlo. E senza password non si combina nulla.»

«Proseguiamo la ricognizione» disse Amanda.

Trovarono una camerata con brande pieghevoli da marina, una cambusa, la sala medica. In un ripostiglio c'erano le tute byos.

«Tutt'e due in perfetto ordine. Peccato che siamo in tre» disse Shannon.

Al fondo del corridoio, l'ultima stanza della base aveva l'aspetto ascetico di una cella monacale. Solo una sedia e un tavolo di legno, ingombro di carte geografiche.

«Forse da quelle riusciremo a capire dove siamo.»

«Non serve.» Mikhail aprì la cassetta in mogano lucidato che troneggiava al centro del tavolo. Estrasse un massiccio sestante e lo impugnò. Pesava un paio di chili.

«Cassens und Plath. Made in Germany.»

S'accorse che Amanda lo osservava con gli occhi sgranati.

«Che succede?»

«Niente. Lo sai usare?»

«Un tempo ero più preciso io con uno di questi che il Glonass.»

«Il Glonass?» chiese Shannon.

«L'equivalente GPS delle forze spaziali russe.»

Amanda non smetteva di guardarlo.

«C'è qualcosa che non va?» chiese ancora Mikhail.

«Bene» disse lei, ignorandolo. «Allora non rimane che recuperare i byos, andare all'esterno e fare il punto. Poi decideremo.»

Uscì, e Shannon dietro di lei, ma Mikhail sentiva che

c'era qualcosa di misterioso nello sguardo di Amanda ed era sicuro che fosse per via delle cicatrici.

Si passò le mani sulla faccia. Non sentì nulla di anomalo. Forse era stato davvero contagiato e le piaghe non erano solo l'effetto delle microesplosioni. Corse fuori, in cerca di uno specchio. Attraversò il corridoio a grandi passi, accompagnato dallo sfarfallio delle pareti luminose. Il cuore batteva forte. Il Contatto, una missione spaziale senza lasciare la Terra. Al diavolo la retorica di regime, altro che astronave e macchina del tempo: qualche dannato batterio alieno l'aveva infettato. Entrò in bagno, preparato a vedere la pelle piagata di un appestato.

Non c'era nulla di mostruoso. Mikhail sfiorò con la punta delle dita le sopracciglia, chiare come i capelli, e si toccò la fronte, alta e imperlata di sudore per la breve corsa o forse per la tensione del momento. Si accarezzò le guance. La barba di due giorni non nascondeva la fossetta nel mezzo del mento. Sì, era un volto normale, quello. Era il suo, eppure il cuore non smise di galoppare, perché la pelle era quasi priva di cicatrici. Le chiazze rosse erano sparite o sfumate in un colore rosa pallido. Non serviva essere medici per capire che erano in via di guarigione, ma non erano trascorsi neanche venti minuti dall'ultima volta che si era specchiato. C'era qualcosa nell'atmosfera del Vostok, qualcosa che interagiva con le cellule e ne modificava le capacità rigenerative. Ecco perché c'erano tracce di vita sui campioni di ghiaccio inviati in Russia, nonostante lui li avesse sterilizzati. Altro che errore.

« Mikhail? » La voce di Shannon lo scosse. Era alla porta del bagno. « Amanda ti aspetta per fare il punto con il sestante. Vieni. »

Mikhail la seguì. L'americana era inginocchiata al centro della stanza e una tuta byos era stesa davanti a lei.

« Tutto bene? » chiese. « Dove sei stato? »

« Non so se va tutto bene. Ma so dove sono stato. »

Mikhail si inginocchiò davanti a lei e le mostrò le guance.

« Sono stato nella macchina del tempo » disse.

36

La telescrivente

Antartide, Base Vostok, 25 aprile

A Base Vostok, Gabriel stava ispezionando l'ufficio del direttore. La faccenda del palombaro gli aveva fatto perdere tempo prezioso, ma era anche stata un'ottima scusa per allontanare otto uomini. Ora doveva pensare a distruggere i pozzi ed era essenziale capire quanto tempo aveva a disposizione, prima di un eventuale intervento di rinforzi russi.

L'archivio delle mail spedite dal computer del direttore era protetto e i contenuti criptati con un algoritmo introdotto di recente, nelle ore imminenti l'attacco, quando forse i russi già sospettavano di avere delle crepe nel sistema informatico. Gabriel lanciò un codice di criptoanalisi e, in attesa dei risultati, spulciò la documentazione cartacea sulla scrivania. Bastarono pochi secondi e sullo schermo apparve in chiaro tutto il traffico mail delle ultime ore. Non sembrava esserci niente di preoccupante, solo messaggi personali a parenti e amici. Tutto tranquillo. Troppo tranquillo, e Gabriel sapeva per esperienza che la cosa era di per sé sospetta. I russi potevano avere altri canali di comunicazione protetti, anche se non riusciva proprio a immaginare quali. Continuò l'esame dei documenti sulla scrivania e fu un messaggio stampato ad attirare la sua attenzione. Sembrava battuto a macchina su un foglio di carta. Gabriel non ne vedeva uno tanto sottile dai tempi in cui abitava ancora in Russia, ma fu il contenuto a turbarlo.

Nessuna mail poteva essere sfuggita agli spy router, eppure quel testo era una novità.

> Le tracce restituite dalle prospezioni radiogeologiche del lago Vostok negli ultimi tre giorni evidenziano un progressivo maggiore brillamento del solido cilindrico e una più netta risoluzione dei contorni, senza sbavature ai margini. Tale fenomeno non trova spiegazione scientifica adeguata e richiede la massima attenzione.

Il messaggio era gravido di urgenza, ma perché scriverlo su carta? Gabriel osservò ancora le immagini stratigrafiche sparpagliate sulla scrivania. Al centro della macchia grigia del lago spiccava un rettangolo nero, sfocato ai margini. La data dell'immagine era di due settimane prima. Ce n'erano altre, stesso soggetto ma più recenti, e mostravano un disegno sempre più nitido. La sfumatura ai lati del rettangolo, anziché un difetto dovuto alla bassa definizione, appariva per quello che era: il bordo arrotondato di un cilindro.

> Considerando la migliore tecnologia del Ground Penetrating Radar americano nell'interpretazione di segnali riflessi da strati profondi e nella ricostruzione di geometrie in tre dimensioni, si ritiene opportuna una consultazione urgente con il gruppo di lavoro NASA per uno scambio di dati prima di procedere alla perforazione del secondo giacimento situato nel corpo idrico principale.

Dunque i russi consideravano tanto importante quella storia del cilindro da voler coinvolgere persino gli americani. Troppo tardi, ci avrebbe pensato presto lui a bloccare entrambi i disegni, di Mosca come di Washington.

Gabriel si chinò sul foglio: rilasciava ancora l'odore acre dell'inchiostro. Il testo sembrava battuto da una vecchia macchina da scrivere, non da una stampante laser o ad aghi, ma non c'era alcun apparecchio del genere in vista.

Aprì l'armadio che fronteggiava la scrivania. Scostò gli abiti appesi e si accorse del varco nel muro. Comunicava con un vano attiguo allo studio. All'interno, c'era una stazione radio che poteva pesare un paio di quintali e che occupava quasi interamente il poco spazio. Roba che Gabriel, quando era nell'esercito, aveva visto usare a livello di brigata o di corpo d'armata, perlomeno. Ricetrasmettitore ad ampia gamma, amplificatore, alimentatore, modulo di manipolazione per cambio di frequenza. Tutto collegato a una tastiera elettromeccanica vecchia forse di mezzo secolo. Una radio-telescrivente. Per forza gli spy router non avevano scoperto quei messaggi. I russi li convertivano in codice Baudot e li inviavano come segnali radio. Una portante a onde corte, modulata in banda laterale unica. Una tecnologia già vecchia alla fine dell'ultima guerra mondiale. Le meccaniche brillavano ancora del gel di petrolio usato come lubrificante, una morchia ambrata e cerosa.

Gabriel sfiorò con la mano la tastiera e i pulsanti tondi a rilievo con il bordo circolare in acciaio. Le lettere, bianche su fondo nero, erano in alfabeto latino. Una vecchia Siemens. Colpì con il palmo della mano la leva libera carta. Stavano per fregarlo con quel sistema di comunicazione. Forse era arrivato appena in tempo. Estrasse con rabbia il foglio, lacerandolo in parte.

La perforazione del primo giacimento, tramite operatore di alto fondale, è in corso nel corpo secondario del lago. Tuttavia è urgente trovare un compromesso con la MOST Korporatsiya per salvaguardare sia lo sfruttamento minerario sia l'esplorazione dell'area di prossimità del corpo cilindrico. Le ricadute scientifiche intraviste sono tali da suggerire una nuova fase dell'alleanza. Si fa inoltre presente che tre militari della Flot inviati a soccorrere le sciatrici Martin e McCain non sono rientrati alla base e non rispondono agli appelli. Il presidio militare della Flot risulta inadeguato a fronte della nuova situazione e si suggerisce l'invio

Il messaggio era interrotto. Forse avevano sospeso la trasmissione al momento dell'attacco. Gabriel accartocciò il foglio e lo lanciò contro la parete.

MOST e russi preparavano un accordo, dunque, e lui aveva fatto bene a dubitare di entrambi. Gli sembrò di ricordare che una telescrivente invia una lettera alla volta, dunque quello che vedeva scritto in un modo o nell'altro era già partito e il messaggio terminava con la richiesta di rinforzi militari. A Mosca si sarebbero insospettiti per l'interruzione? Forse no, considerando la difficoltà di trasmissione anche su onde corte. Una caduta della portante non doveva essere tanto rara.

Comunque, era improbabile che eventuali rinforzi russi arrivassero via aria, in condizioni climatiche tanto variabili. Nel caso, l'atterraggio di un grosso Ilyushin da trasporto truppe sarebbe stato un vero problema. Un aviosbarco? Impossibile, per fortuna. A quelle temperature i paracadute, non importa di quale fibra siano fatti, si spaccano invece di aprirsi. Del resto, se i russi avessero avuto mezzi di trasporto veloci come gli hover, la MOST l'avrebbe saputo. O forse, no. In ogni caso, Gabriel aveva dislocato il secondo gruppo di uomini cinquanta chilometri a nord della base mobile, sulla rotta per Mirny, solo per levarseli dai piedi, ma adesso la cosa poteva rivelarsi doppiamente utile.

Tuttavia una reazione della MOST presto o tardi sarebbe arrivata, non appena i dirigenti della Korporatsiya si fossero confrontati con quelli del Cremlino. Gabriel doveva fare in fretta. Uscì dalla sala telescrivente proprio mentre una voce lo chiamava.

«Dieci chiama Novak. Signore, mi riceve, interrogativo, passo.»

La voce del capopattuglia crepitava dalla radio incorporata nel casco della tuta termica, sulla scrivania dello studio.

«Dieci chiama Novak. Non ricevo segnale da Sette e Otto. Ripeto: Sette e Otto non rispondono. È possibile che siano in zona d'ombra, interrogativo, passo.»

«Qui Novak. So io dove sono. Tutto sotto controllo, ora scendo. Chiudo.»

Gabriel raccolse il fucile d'assalto, scavalcò i corpi di Sette e Otto, che giacevano sul pavimento, e scese.

I due miliziani rimasti a guardia dei prigionieri gli vennero incontro.

«Sette e Otto non rispondono perché sono morti» disse subito Gabriel.

«Com'è possibile? Non ci sono altri uomini armati oltre a noi nella base. È sicuro, signore?»

«Certo che sono sicuro. Li ho uccisi io.»

L'aria incredula dei due miliziani superstiti non durò che un secondo. Poi Gabriel aprì il fuoco e li falciò entrambi.

Era tempo di mettersi al lavoro. L'arroganza di chi aveva osato sostituirsi al Costruttore doveva ricevere la meritata punizione. Gabriel s'infilò il casco e uscì.

Era facile uccidere, gliel'avevano insegnato per bene. Ma la cosa più importante che ogni combattente deve sapere – ossia che la tecnica non serve a nulla senza una buona causa – non l'aveva imparata nei corsi d'addestramento: ci aveva pensato la Sorveglianza Cristiana a insegnargliela. Gabriel militava nell'organizzazione da quando la Voce lo aveva sottratto alle stanze tristi dell'orfanotrofio, per fargli un dono che spesso neppure gli uomini più ricchi e potenti della terra potevano vantare. Il capo della Sorveglianza non gli aveva garantito solo un'istruzione o un lavoro: gli aveva dato una missione. E la missione era difendere la vita, contro tutti i suoi nemici.

«Dai confratelli interni alla MOST arrivano informazioni inquietanti sul lago Vostok» gli aveva detto nell'affidargli l'ultimo incarico. «Quel posto è l'inferno, Gabriel, e loro stanno aprendo un passaggio per unirlo alla Terra.»

Gli ordini per le operazioni sul campo erano stati chiari: recidere ogni collegamento con il mondo del lago, isolare la tentazione di usare quel giacimento come combustibile per una nuova folle avventura di manipolazione genetica, di alterazione del disegno intelligente che regolava la vita e la morte sulla Terra.

I figli degli uomini avevano osato dare l'assalto al cielo, ma lui li avrebbe confusi. Il DNA era il loro totem blasfemo, un'elica scavata nel segreto della conoscenza, mentre le cose occulte appartengono all'Eterno e a lui soltanto.

Hanno abbandonato il Signore loro Dio che aveva fatto uscire i loro padri dal paese d'Egitto, si sono legati a dèi stranieri.

Gabriel era solo in una base al centro del nulla, ma non aveva paura. Fino a quel momento aveva sgominato ogni nemico. Nel buio della notte antartica, alzò i pugni al cielo.

Renderò il vostro cielo come ferro e la vostra terra come rame.

37

Reversina

Antartide, 25 aprile

Inginocchiato sul plateau, immobile, le mani strette sul sestante, Mikhail sembrava un uomo in preghiera. Attraverso gli schermi della base MOST, di nuovo collegati alle telecamere esterne, Amanda lo osservava incuriosita. Da qualche parte, nella volta nera del cielo, fra le Nubi di Magellano e l'ammasso delle Pleiadi del Sud, dovevano esserci stelle riconoscibili. Nomi come Alpha Centauri o Achernar o chissà cos'altro. Quell'uomo sapeva dove trovarle e come leggerle.

«Allora? Come ti spieghi che sia guarito in una notte?» chiese Shannon.

«Non me lo spiego. È questo il bello della faccenda.»

Mikhail era entrato con fatica nel byos, una tuta con ampia tolleranza di taglia, a sentire i progettisti della NASA. Forse era facile da indossare solo su una navicella spaziale, in assenza di peso. Per entrarci, il russo si era dovuto togliere ogni indumento, e Amanda aveva dovuto aiutarlo. Il corpo che aveva visto e toccato non era certo quello di un ragazzo, anche se Mikhail dimostrava meno della sua età. Ma era stata la pelle del viso a incuriosirla. Le ferite di quell'uomo al momento dell'arrivo non erano molto profonde e forse lei le aveva anche sopravalutate. S'era fatta condizionare dai lamenti? Era più forte di lei, non riusciva a restare fredda di fronte al dolore. Eppure, profonde o meno, s'erano rimarginate più in fretta del normale.

« Non lo perdi di vista un secondo. »

« Sono sorpresa dalla rapidità di autoriparazione del derma. »

« A chi la racconti? Quello ti piace. »

« Da cinque a dieci volte più veloce della norma. Davvero, è sorprendente. »

« È un po' vecchiotto per me, ma ammetto che non è da buttare. »

« Piantala. È una cosa che devo approfondire. »

« Certo, come no. »

Sullo schermo, dati su temperatura e velocità del vento scorrevano in sovrimpressione.

« Alla NASA sospettavamo che ci fossero batteri criotolleranti con facoltà rigenerative, nel Vostok » aggiunse Amanda. « A Mosca sono arrivati campioni di ghiaccio con presenze vitali. La MOST aveva intuito il perché, noi ce ne siamo accorti per caso. I russi pensavano a un lavoro malfatto, una contaminazione, e li hanno classificati come errori. »

« Ci sono batteri qui, con il freddo che fa? »

« Altroché. Ma un numero di errori tanto elevato non era possibile, doveva esistere qualcosa in grado di rigenerare gli organismi sterilizzati. Per questo sono venuta qui, Shannon. Per fare la spia. »

Anche per evitare che la mettessero dentro per omicidio, a dirla tutta, dato che togliere la vita ai malati terminali, sia pure su loro richiesta, non era permesso dalle leggi del Michigan. Ma anche se moriva dal bisogno di confidarsi con qualcuno su quella tragedia, non l'avrebbe fatto ora, non con Shannon.

« Mi dispiace di averti mentito » disse solo.

Shannon alzò le spalle e indicò lo schermo. « Sta rientrando. Sono curiosa di sapere dove siamo. »

Le due ragazze aiutarono Mikhail a togliere casco e guanti.

« Fatto » disse lui. Mostrò il display del sestante. « Devo fare due calcoli. »

« C'è un computer nell'avambraccio del byos. E un'applicazione per il calcolo diretto. »

Tornarono nella stanza delle carte geografiche. Amanda inserì i valori rilevati, il nome degli astri e l'ora. Mikhail fece scorrere la squadra sulla carta e tracciò un piccolo triangolo.

« Circa settanta chilometri da Vostok » annunciò. « Poco più di cinquecento da Concordia, la base italo-francese. Sono gli unici due insediamenti in questa zona dell'Antartide. »

« Abbiamo gli sci, ma senza vele non andremo lontano. A queste temperature, il ghiaccio non si scioglie sotto la pressione delle lamine e quindi non si scivola. E abbiamo solo due byos e cibo per tre giorni. » Amanda sedette a terra, le gambe incrociate e il viso appoggiato tra le mani. « Ci serve un piano. »

« Un'altra cosa, prima. » Mikhail prese posto di fronte a lei. « Hai detto di essere un'esobiologa. Devi spiegarmi cosa mi è successo. »

« È un po' complesso, Misha. »

« È come se i tessuti del mio viso fossero rinati. La dinamica normale della vita, il destino di tutti gli organismi biologici, è l'invecchiamento. »

« La vita? » Amanda affondò il viso nelle mani. Ecco, sempre lì si tornava, alla vita. Anni spesi a studiare quella possibile in pianeti lontani mentre quella reale, nel suo mondo, le moriva davanti. Entrambi i genitori malati terminali e lei non aveva potuto fare niente. Solo abbreviare la loro sofferenza.

« Non è così? » la incalzò Mikhail.

« La vita... » Il desiderio compulsivo di bere si riaccese da qualche parte nel profondo di Amanda. Da quanti giorni non prendeva il farmaco? Si concentrò sul discorso standard che faceva ai giornalisti in visita ai laboratori NASA.

« La vita è fatta per adattarsi alle condizioni ambientali. Si oppone al disordine. Se l'equilibrio viene perturbato, la vita cerca di riportare tutto sotto controllo. In una certa misura, tutti gli esseri viventi sono macchine autosufficienti capaci di ripararsi. »

« Cos'erano quelle macchie sulla mia faccia? Perché stanno scomparendo tanto in fretta? »

« Ci sono alcune fasi nella riparazione cutanea. Prima l'organismo elimina il tessuto danneggiato, poi crea nuove cellule e le sposta nell'area del danno. »

« E le macchie rosse che significano? »

« Che siamo quasi alla fine della riparazione. Diventano rosa e alla fine si cicatrizzano. Succede a milioni di persone. »

« Succede così in fretta? »

Amanda si passò le mani sul viso. Un'ustione di primo o secondo grado che si ripara non era certo un processo rivoluzionario. Fattori come aumento dell'umidità o di tipo biochimico potevano accelerarlo. Ma potevano farlo in quella misura?

« La risposta della tua pelle è anomala » disse. « Ma servono riscontri di laboratorio per dirlo con certezza. Non sarebbe la prima volta che si osserva una rigenerazione in tempi accelerati. »

« Ma è la prima volta che succede a uno che è stato nel lago Vostok, che ne dici? »

« Dico quello che vedo. Ci sono fattori di crescita che orchestrano il processo di riparazione e che ancora non conosciamo bene. È ricerca di frontiera. Guarda per cosa hanno conferito il Nobel alla chimica negli anni recenti e te ne renderai conto. »

« In parole povere, non lo sai. »

« Alle lucertole ricresce la coda » s'intromise Shannon. « Non capisco che c'è di strano se a uno si rimarginano le ferite più in fretta. »

« C'è che io non sono una lucertola. »

« Se è solo l'accelerazione di un processo noto, nulla di strano. » Amanda scosse la testa. « Ma potrebbe essere l'equivalente di un blastema. »

« Oh, certo. E che cosa sarebbe? » disse Shannon.

« È una zona che compare in corrispondenza della lesione e trasforma i tessuti danneggiati. Fa migrare le cellule epiteliali adiacenti e le dedifferenzia. »

« Le dedifferenzia? » chiese Shannon. « Insomma, puoi parlare in modo che capisca anch'io? »

« Nel nostro corpo le cellule nascono e muoiono. Ad esempio ci crescono le unghie, i capelli s'allungano, ci sei fin qui? Da dove arrivano le cellule nuove? »

« Dimmelo tu. I miei voti in scienze erano pessimi. »

« Arrivano dalla replica di quelle vecchie. Peccato che ci sia un limite, oltre un certo numero di repliche le cellule muoiono per sempre. Per questo invecchiamo, o almeno questa è una delle teorie. »

« Però adesso ci sono le staminali, no? » Shannon guardò Mikhail in cerca di uno sguardo solidale. Probabilmente non sapeva nemmeno cosa fossero.

« Giusto, ci sono le staminali. Cellule indifferenziate: materia primordiale, in parole povere. Sono come studenti della scuola dell'obbligo. Potrebbero diventare operai o ingegneri, piloti d'aereo o ballerine, non lo sappiamo ancora e finché rimangono in quello stato non invecchiano. »

« E allora manteniamole così, no? »

« No, Shannon. Il nostro corpo ha bisogno di cellule

specializzate, capaci di fare un lavoro preciso. Non puoi usare cellule dell'epidermide per riparare i tessuti muscolari. »

« Sarebbe come mettere una ballerina a pilotare un aereo » aggiunse Mikhail con un sorriso.

« O un pilota d'aereo a ballare *Lo schiaccianoci*, furbone. » Shannon gli diede una gomitata.

« Sì, va bene. Ora pensate quanto sarebbe bello se il corpo riuscisse a despecializzare le cellule, riportarle allo stato primordiale in cui non hanno età e poi differenziarle di nuovo. Per esempio: mi servono tessuti muscolari e li costruisco con materiale epidermico, che il corpo produce senza limiti. Avrei tessuti nuovi e sempre giovani. »

« Ti conosco, Amanda. Quando dici così, è la classica cosa che non si può fare, giusto? »

« Non è detto. Le conoscenze in questo campo sono in evoluzione. Il cuore è sempre stato considerato un organo incapace di autorigenerarsi, ma da pochi anni sappiamo che non è così. E poi c'è la reversina. »

« Reversina? »

« Una piccola molecola sintetica. Diciamo che fa ringiovanire le cellule riportandole all'infanzia, cioè allo stadio di staminali, libere di trasformarsi una seconda volta. In pratica riscrive il loro destino. »

« C'è già una sostanza artificiale che fa ringiovanire le cellule? » chiese Mikhail. « Allora perché rischiare la vita per andare in quel lago? »

« La reversina è nota dal 2004, ma ancora non abbiamo capito il meccanismo che la regola. Se trovassimo un processo simile in natura, ci risparmierebbe dieci anni di sperimentazioni. »

« E la vita di migliaia di cavie, a dirla tutta. »

« Non essere ridicola, queste cose si sperimentano su tessuti cellulari, non sulle cavie. »

« Se lo dici tu. »

« Quindi io sarei entrato in contatto con una specie di reversina naturale? » chiese Mikhail. « Qualcosa che vive nel lago Vostok? »

« È un'ipotesi. Alla NASA pensiamo di usare la reversina per mantenere giovani per tempi molto lunghi forme di vita terrestri da spedire oltre il sistema solare. Può darsi che una molecola simile sia esistita allo stato naturale in passato e abbia conservato forme di vita arrivate da altri pianeti o dallo spazio. »

« Sì, dallo spazio! » Mikhail drizzò la schiena, gli occhi brillavano di eccitazione. « La teoria più accreditata sulla formazione del Vostok è quella dell'asteroide, un'ipotesi dell'Accademia delle Scienze sovietica. La stessa che aveva previsto la presenza di ossigeno, la cupola di atmosfera del lago, le temperature sopra lo zero e tutto il resto. »

« Alla NASA pensiamo che la capacità di rigenerarsi, come le lucertole, sia un tratto ancestrale, soppresso dall'evoluzione. Quanto più un organismo è complesso, tanto meno ha convenienza nel ricostruire parti lesionate: il tempo della riparazione allungherebbe il periodo di vulnerabilità dell'animale. Oltre un certo livello di evoluzione la rigenerazione non è più un vantaggio. »

« A me sembra vantaggioso. Guarda, Misha. Una nuotata in quel lago è meglio di un quintale di cosmetici. »

« Io ho usato uno scafandro più pesante di me per farlo, Shannon. C'è la pressione di un fondale oceanico, là sotto. »

« Be', potresti portare su un po' di acqua la prossima volta, e il bagno ce lo facciamo qui. »

« Potrebbe essere il piano della MOST » disse Amanda. « Medicina rigenerativa, un business potenzialmente senza limiti. »

« Sì, dev'essere così » confermò Mikhail. « Per questo finanziano gli scavi. Mi sembrava strano che fossero affamati di gas naturale. Che io sappia, investono sulle energie alternative.»

«A proposito di fame, vado a prendere qualche razione di cibo mentre voi due vi scambiate illuminati pareri scientifici.»

Shannon si alzò e corse fuori.

«È solo un'atleta di sport estremi» disse Amanda quando la ragazza fu uscita. «Non sapeva nulla della mia missione.»

«Hai una missione?»

«Dovevo indagare sui progressi russi nel Vostok. L'ambiente del lago è la cosa più simile a Europa, la luna di Giove, il pianeta con la più alta probabilità di ospitare la vita nel sistema solare.»

«Secondo te è stata l'aria che ho respirato? Sarebbe come scoprire la fonte della giovinezza.»

«Non credo sia così semplice. Deve essere una somma di fattori: presenza di certi batteri, concentrazione di ossigeno, temperatura e soprattutto pressione. La pressione è un fattore chiave. Organismi prelevati nella Fossa delle Marianne sono sopravvissuti per un po' in superficie, ma senza riuscire a riprodursi.»

«E poi?»

«Poi sono morti.»

«Ecco a voi alcune ex forme di vita.» Shannon rientrò. Sedette a terra, fra Amanda e Mikhail, e aprì una scatola. «Questa era una pannocchia di mais e qui abbiamo un simpatico ex pollo d'allevamento.»

«Questo preferisco non sapere cosa fosse» disse Mikhail esaminando un tubetto di crema alimentare concentrata. «Ma lo proverò lo stesso.»

«Comunque pressione, temperatura e tutto il resto sono solo condizioni ambientali.» Amanda scartò senza convinzione una confezione di barrette energetiche. «Ci vuole un interruttore per dare inizio al tutto.»

«Amanda, potresti mangiare e basta per dieci minuti? Diglielo anche tu, Misha.»

«Ad esempio, è dimostrato che determinate frequenze condizionano le cellule staminali umane, come un campanello che le spinge a specializzarsi. Potrebbe avere un ruolo anche nel processo inverso.»

«Stai pensando al cilindro? Immagino che anche la NASA l'abbia visto.»

«Potrebbe essere quello l'interruttore, perché no? Ammetterai che è strano.»

«Per me sono gli alieni» disse Shannon.

«Per l'Istituto di geologia di Mosca, il cilindro potrebbe essere un fenomeno magnetico. A forti pressioni, certi materiali assumono forme che all'occhio di un radar appaiono come un cristallo perfetto.»

«Qui parliamo di un cilindro, però.»

Mikhail allargò le braccia. «E gli esagoni delle api, allora? La natura è piena di forme geometriche. Non serve un'intelligenza superiore per spiegarle.»

«Non hai idea di quello che si vede grazie al georadar. Il nostro è molto più avanzato di quello russo. È un cilindro perfetto, lungo cinque chilometri. È solo un fenomeno magnetico, secondo te?»

«Per me è un segnale» disse Shannon. S'alzò e prese posto nella sedia di fronte al tavolo da carteggio. «Cosa sono quelle facce? Scusate, è un lago vecchio di milioni di anni, è stato creato da un meteorite, dite voi, ma se invece fosse stata un'astronave? La civiltà creatrice chissà che fine ha fatto e il segnale è rimasto lì.»

«E cosa segnalerebbe?» Mikhail sembrava divertito.

«L'ubicazione della fonte della giovinezza, no? È un dono.»

« E perché gli alieni dovrebbero segnalarcelo in modo così complicato? »

« Per vedere se ce lo meritiamo, il dono, è ovvio. Non l'avete visto, Indiana Jones? »

Mikhail rise. « Speriamo che gli alieni non ascoltino i notiziari, allora, capirebbero subito che non ce lo meritiamo. »

Amanda rimise nella scatola la barretta mezza morsicata. Ipotizzando che quel lago fosse stato davvero la fonte della rigenerazione dei tessuti, averlo avuto a disposizione solo due o tre mesi prima avrebbe cambiato radicalmente le cose. Quindi se era un dono, era arrivato tardi. Forse lei non se l'era meritato?

« Comunque qualcuno ha già verbalizzato tutta la discussione. » Shannon indicò un foglio che spuntava da sotto la carta geografica. « Guardate qui, c'è tutto: lago, batteri, pozzi d'accesso, cilindro, la MOST e il governo russo. »

Mikhail e Amanda si alzarono per avvicinarsi al tavolo. Un disegno rappresentava la sezione del lago Vostok: due corpi d'acqua separati ma uniti in alto da una piccola atmosfera comune e, sopra ancora, un tappo di quasi quattromila metri di ghiaccio attraversato dai due pozzi.

« Dev'essere opera del capo di questo gruppo militare. »

« È scritto metà in russo e metà in inglese » osservò Mikhail.

« È americano, mi ha detto mentre mi interrogava. Ma dall'accento potrebbe essere di origine russa. »

« Sentite qui: 'Ascoltate il progetto che il Signore ha fatto contro Babilonia'. » Mikhail indicò la frase scritta alla base del disegno. « 'Spezzerò la vostra forza superba, renderò il vostro cielo come ferro e la vostra terra come rame.' È un credente. »

« È un pazzo fondamentalista cristiano. Faceva discorsi farneticanti sul volere divino, vuole fermare gli studi sulle biologie aliene, li considera una cosa diabolica. Ero drogata, ma... Ma ero abbastanza cosciente per capire e ricordare» disse Amanda, ripensando all'effetto del farmaco antagonista delle BZD.

«Vuole fermare lo studio della biologia del Vostok?» chiese Mikhail. Indicò una serie di numeri scritti a margine dei disegni.

Anche Amanda ne era rimasta colpita. Grandi frecce ondulate le collegavano fra loro, come una sequenza.

«Sembrano formule» suggerì.

«Santa Madre Russia, ho capito cosa vuol fare!» disse Mikhail. «Non sono formule. Questo è un piano di guerra. Dobbiamo fermarlo.»

38

L'indagine

Admiral Kuznechov *al largo di Okinawa, 25 aprile*

L'aereo puntava alla poppa della *Admiral Kuznechov.* Si allineò con la rotta della nave, due sottili scie di fumo disegnavano alla perfezione il sentiero di avvicinamento. Abbassò i carrelli, arrivò quasi a toccare il ponte e, quando già il Senatore si aspettava di vederlo artigliare il cavo di frenaggio con il gancio di coda, qualcosa andò storto. Il velivolo alzò il muso, appuntito e adunco come il becco di un rapace. Mostrò il ventre chiaro, gravido degli ordigni imbarcati, liberò tutta la potenza dei due reattori posteriori, si impennò, rimase sospeso in verticale a qualche metro dal ponte e poi riprese quota, l'asta metallica d'arresto protesa come una mano disperata in cerca di una presa amica.

« C'è mancato poco » disse il Senatore. « Durante la campagna nel Sudest asiatico ero sulla *Constellation.* Un aereo dei nostri tempi non si sarebbe tirato su. »

Non si aspettava risposta e si allontanò dall'oblò per seguire il sottufficiale che lo scortava.

Di fronte a una saletta ingombra di apparecchiature elettroniche, il militare si fermò e indicò la vetrata. Dall'ultimo piano della torre di controllo la visione del ponte di volo era perfetta. Due puntini infuocati, un miglio oltre la prua, indicavano che il Sukhoi di poco prima stava ritentando la manovra.

« Signore, qui può comunicare via satellite in modo riservato. »

L'uomo fissava un punto di un immaginario orizzonte mentre parlava, come se il Senatore non fosse stato lì. Salutò militarmente e fece dietrofront. Il largo solino gli copriva le spalle, stirato e pulito, come tutto il resto dell'uniforme blu da franchigia. Per qualche secondo rimase immobile, come volesse dare agio al pubblico di ammirarne l'eleganza.

Il Senatore l'osservò allontanarsi nel corridoio prima di rispondere. La chiamata proveniva dall'Italia. Evidentemente la rete di comunicazioni tradizionale ricominciava a funzionare in Europa e la fase di emergenza acuta era in via di superamento.

« Senatore, buonasera. La chiamo da un telefono schermato, la sua linea ricevente è sicura? »

« Credo di sì, ma faccia meno nomi possibili. »

« Abbiamo i risultati dell'indagine che ci ha chiesto. Il soggetto in questione, nel breve periodo di permanenza in Italia e in Francia, è rimasto in costante contatto con un'utenza americana. Posso andare oltre? »

« Parli, capitano. »

« Una serie di indizi portano a un'organizzazione fondamentalista denominata Sorveglianza Cristiana. In America sono sospettati di aggressioni e omicidi ai danni di medici abortisti e sostenitori del diritto all'eutanasia. »

L'ufficiale continuò descrivendo il quadro di un'organizzazione ramificata e complessa. Una gerarchia basata su cellule indipendenti e molto difficili da infiltrare, coordinata da un centro operativo chiamato la Voce. Osservatori dormienti in vari comparti della società, negli ospedali, nelle scuole, persino nelle caserme. Gruppi di fuoco e campi d'addestramento clandestini al confine con il Canada, un livello di efficienza militare che faceva presumere il coinvolgimento di professionisti della guerra.

« Tutto questo lo dico sulla base di un rapporto molto

confidenziale dell'FBI. Non amano farsi notare, non rivendicano mai le loro azioni. »

« Ha mai avuto a che fare con loro? » chiese il Senatore.

« Da noi operano come associazione privata di fedeli, un organismo laico. La Santa Sede l'ha inserita in un elenco di enti ecclesiali sotto osservazione, proprio per i comportamenti violenti adottati dai Sorveglianti americani, ma per ora non si segnalano reati in Italia. »

« Del nostro amico che dicono all'FBI? »

« Buon elemento sul campo, preparazione militare d'eccellenza, è stato nei ranger. Parla russo e altre lingue slave e ha cooperato con l'Interpol. A causa di recenti disturbi psichici, l'FBI l'ha messo in aspettativa. »

Sulla coperta della *Kuznechov*, un marinaio infagottato nella tenuta da ponte agitava le braccia mentre retrocedeva verso una piattaforma di carico. Il Sukhoi appena arrivato, enorme a confronto della piccola massa scura dell'uomo, lo seguiva docile. Piegava lentamente le ali verso l'alto, scoprendo il biancore inquietante dei missili aria-aria, lunghi pungiglioni in lega di titanio.

« È tutto? »

« Tutto quello che ci ha detto l'FBI. La situazione è ancora caotica, la Guardia Nazionale ha appena ripreso il controllo delle città, negli USA. Ma abbiamo svolto indagini sulla consorella italiana della Sorveglianza. »

« E? »

« Intercettazioni ambientali ci confermano che i Sorveglianti americani potrebbero essere coinvolti in aggressioni e anche omicidi di loro presunti avversari. Hanno stilato una lista di persone meritevoli di morte, secondo loro, in quanto nemici della vita. »

« Qualcuno che conosciamo? »

« Sì, signore. Amanda Martin risulta nella lista nera in

quanto ha effettuato un'iniezione letale ai genitori. L'ha fatto su loro richiesta, erano malati terminali, ma non fa differenza per i Sorveglianti. »

Dunque era soltanto questo il motivo dell'ostinazione di Novak nella caccia a quella donna. Il Senatore ricordò di quando, al loro primo incontro, gli aveva detto che preferiva persone che agivano per soldi ai fanatici idealisti. Non era stato fortunato nella scelta di Novak, evidentemente.

« Ma non è tutto » continuò il capitano. « Nella sede italiana della Sorveglianza abbiamo trovato copia di un dossier su alcune delle persone condannate a morte. »

Un altro Sukhoi toccò il ponte, questa volta in modo meno drammatico. Al momento dell'impatto, il lungo stelo del carrello anteriore si ritrasse sotto la spinta delle trenta tonnellate del velivolo. Sembrò quasi piegarsi, come avesse un ginocchio nel mezzo.

Il telefono satellitare emise qualche fruscio, poi la voce dell'italiano tornò a farsi sentire.

« Sulla donna non c'era molto, ma dato che i genitori avevano fatto una donazione a un centro medico di eccellenza in Italia, abbiamo chiesto nell'ambiente accademico. La Martin risulta essere un'esobiologa, ossia una studiosa di forme di vita non terrestri. Dato che è americana, ci sono pochi dubbi sul datore di lavoro. Non può che essere la NASA, non crede? »

L'ultimo caccia stava scendendo sottocoperta, inghiottito dalla piattaforma di carico, le ali piegate verso l'alto. La macchia grigioazzurra della livrea mimetica navale spariva adagio nel pozzo illuminato dell'elevatore.

« Senatore, mi riceve ancora? »

« Sì, l'ho sentita. Avete fatto un ottimo lavoro. La MOST sta spendendo bene i suoi soldi finanziando il fondo per i dipendenti pubblici europei. A risentirci, capitano.»

Non lasciò all'interlocutore il tempo di ribattere. Doveva mettersi in contatto con la squadra a Base Vostok e ordinare alla seconda di raggiungerla. Nelle ore seguenti avrebbero corso un pericolo mortale entrambe.

39

La slitta

Antartide, 25 aprile

Una neve leggera e farinosa spolverava le tute byos di Amanda e Mikhail mentre camminavano sul plateau. In assenza di correnti d'aria, come in quel momento, il nevischio si posava sul terreno e su di loro senza farsi notare, generando uno strato tanto soffice che gli oggetti pesanti ci affondavano, quasi come nell'acqua. Anni prima, in una delle tante traversate per Mirny, un bidone era caduto da un trattore e si era scavato una tana di cinque metri prima di fermarsi. Era stata un'impresa recuperarlo. Mikhail aveva provato a raccontarlo ad Amanda. Lei, però, non aveva risposto che a monosillabi. Le aveva anche detto di quella volta che un Karkhovchanka era andato a fuoco, loro avevano dovuto proseguire a piedi e alcuni membri dell'equipaggio avevano deciso di uscire dalla traccia per tagliare una grande curva, ma si erano persi, e quando li avevano trovati erano al limite del congelamento.

«Conosco i rischi della marcia in Antartide» aveva tagliato corto lei. «Ho fatto più di mille chilometri a piedi, posso farne altri cinque, non credi?»

Sì, cinque chilometri fino al punto in cui i miliziani della MOST avevano catturato le due ragazze. Là doveva esserci la slitta abbandonata da Shannon. Neanche un'ora di cammino, se le condizioni del tempo non peggioravano.

Ma non era solo per la monotonia della marcia che Mikhail voleva fare conversazione. Era anche curioso. Nei pochi minuti necessari a indossare le tute e preparare quella piccola spedizione sul plateau, Shannon aveva trovato il tempo di esporre una biografia completa della propria vita, incluse preferenze in fatto di alimentazione, musica e sesso. Mikhail ci aveva messo un po' a capire che ci stava provando, non era più abituato a ricevere attenzioni dalle donne, soprattutto così giovani. O forse lui aveva equivocato e quello di Shannon era solo un gioco di rivalità con l'amica?

Non gli era sembrata preoccupata di rimanere sola nella base MOST.

« Mentre voi due cercate di salvare il pianeta, io proverò a inserire numeri su quel computer per attivare la radio » aveva detto. « Sono molte le combinazioni possibili? »

Mikhail non aveva capito se quella della ragazza fosse stata una battuta o una domanda seria.

« Dieci elevato a sedici » le aveva replicato Amanda, gelida, gli occhi fissi su quanto stava facendo. « Trentasei elevato a sedici, se ci sono anche le lettere. »

Senza aggiungere altro, aveva continuato a regolare i sensori dei byos. Aveva verificato la copertura di campo delle radio integrate, controllato e ricontrollato le coordinate del loro obiettivo e la rotta di marcia. A Mikhail era sembrata quasi abulica. Poco prima, invece, soprattutto mentre parlava della biologia del Vostok e di tutto quello che riguardava il suo lavoro alla NASA, quegli occhi si erano accesi, per qualche istante avevano addirittura brillato.

« Dovremmo esserci. » Il tono della voce di Amanda sembrava rassegnato, come se l'impresa che l'impegnava fosse un calvario impostole da qualcuno. Era stata lei invece a suggerire di recuperare la slitta di Shannon.

« Sì, quello è il trattore che doveva soccorrervi, la vedi la sagoma scura? »

« E l'altro è il relitto nel quale ci siamo riparate. »

Mikhail non contava molto sull'utilizzo del Karkhovchanka. I liquidi dei motori resistono fino a trentacinque sottozero e nessun veicolo normale funziona sotto i cinquanta o cinquantacinque. A quelle temperature si guastano anche se sono già accesi. Basta una minima sosta e le parti meccaniche lontane dal cofano si congelano. E poi i trattori sono troppo lenti, trenta chilometri orari, ma a causa dei crepacci solo otto di crociera o anche meno. Amanda era stata chiara sulle differenze con il kite.

« Si sta alzando un po' di vento. Se recuperiamo le vele e le colleghiamo direttamente alla slitta possiamo fare anche venticinque nodi » aveva detto. « In meno di due ore siamo a Vostok. »

Mikhail non aveva alcuna esperienza di vela su ghiaccio e il kite gli sembrava un espediente da sport estremi, più che un mezzo di trasporto. L'aveva fatto presente, ma una volta arrivati al trattore non ci fu bisogno di riprendere la discussione. Del Karkhovchanka non rimaneva che un relitto carbonizzato.

« L'hanno fatto esplodere, prima di abbandonarlo. »

Sull'altro lato, addossati ai cingoli, tre piccoli cumuli coperti di polvere ghiacciata.

« Devono essere i membri dell'equipaggio » disse Amanda, con il tono di voce di chi risponde a un passante che ha chiesto che ore sono.

Mikhail spazzò la neve con il dorso del guanto. I cadaveri non sembravano avere ferite. Forse erano morti di freddo, un processo che tutti gli invernanti come lui conoscevano nei dettagli, ascoltati mille volte nei corsi annuali per i nuovi arrivati. Dopo cinque minuti di gelo intenso, i vasi sanguigni si restringono per evitare perdite di calore. Altri cinque minuti e avviene l'opposto, si allargano per impedire il congelamento, provocando il classico rossore. Il processo di vasocostrizione e vasodilatazione continua, logorando i tessuti, fino alla necrosi. A quel punto il cervello perde il contatto con la realtà, domina la stanchezza e, una volta addormentati, svegliarsi da soli è quasi impossibile. Dovevano essere morti senza rendersene conto. A giudicare dalle posture, qualcosa li aveva colpiti e immobilizzati impedendogli di difendersi dal gelo.

« Vedo la slitta. » Amanda indicò un punto, forse cento metri verso nord-est. Brillava appena alla luce delle stelle.

La raggiunsero. Il sacco della vela era al suo posto.

« È quella da venti leggeri, non l'abbiamo quasi mai usata. » Amanda si guardò intorno, forse un gesto d'istinto per uno sportivo, ma inutile dato che il lettore dell'anemometro era integrato nel visore del casco.

« La vela perfetta, finché dura questo tempo » aggiunse. « Liberiamoci del superfluo. »

Scaricarono pacchi di viveri, una tenda autogonfiabile, sci corti, pezzi di ricambio della slitta e altri oggetti non indispensabili per la missione che stavano per intraprendere. Quando Amanda si ritrovò nelle mani una bottiglia, si bloccò, come per leggere un'inesistente etichetta.

La ragazza sembrava paralizzata, come se la vista di quell'oggetto l'avesse stregata. A Mikhail fu ovvio che si trattasse di una bevanda alcolica. Negli anni passati a Vostok aveva assistito a troppi casi di etilismo per non capirlo.

Si avvicinò e le sfilò la bottiglia dalle mani, con tutta la gentilezza che le dimensioni e la plasticità dei guanti del byos gli consentivano.

« So cosa hai passato. » Si pentì di quelle parole prima ancora di terminare la frase. « È un problema che si può superare » aggiunse.

« Ah, sì, Misha? Si può superare? » Amanda si lasciò cadere sulle ginocchia, le braccia morte lungo i fianchi, la testa china. Sembrava che l'avessero spenta.

Mikhail si guardò intorno. Nella penombra del plateau rischiarata dalle stelle e dalla luna, s'indovinava il profilo dei due relitti, quello massiccio del Karkhovchanka e quello minuscolo a confronto del secondo trattore.

«Lo chiamano dolore totale, lo sapevi? Quello dei malati terminali, come i miei genitori.»

Mikhail non si era ancora abituato al suono delle radio integrate. Gli sembrava che la trasmissione digitale appiattisse il calore delle parole, quasi sterilizzando le emozioni. Ma nessun software avrebbe potuto mascherare la tristezza della voce di Amanda in quel momento.

«Un malato terminale è un viaggiatore disperato. Ha incontrato ansia e sconforto, si è bruciato di rabbia per terapie che hanno fallito, è arrivato a odiare le medicine che non l'hanno curato. Si è trascinato fino all'angoscia, ha zoppicato fino alla depressione, barcollando è arrivato alla disperazione. E al fondo di quella spirale di sofferenza, sempre dominata dalla paura incombente di morire, non ha trovato solo il dolore non alleviato, ma la perdita del controllo sulle funzioni corporee, la dipendenza, il sentirsi un peso e in definitiva, Mikhail, la perdita della dignità.»

Mikhail s'inginocchiò di fronte alla ragazza e l'abbracciò. Si sentì goffo e stupido nel farlo, impedito nei movimenti da una tuta termica di per sé massiccia e che lui non padroneggiava ancora. Rimase lì qualche secondo, poi lei si alzò per armare la vela.

«Non usavano terapie antidolore?» chiese Mikhail più tardi, quando già la slitta cominciava ad accelerare trascinata da un kite leggero da trentadue metri quadrati.

«Li sedavano con l'idromorfone» disse Amanda. «Cinque volte più potente della morfina, ma... Non esiste farmaco contro la perdita della dignità.»

Da quel momento, lei si concentrò sul governo della vela e sul timone, per evitare i sastrugi più sporgenti. Filavano a oltre venti nodi nella penombra e Amanda non parlò più. Mikhail si guardò bene dal disturbarla.

40

Agente Quattro

In volo fra Okinawa e Pechino, 25 aprile

L'aria calda e satura di vapore annebbiava la vista del Senatore, tanto da nascondergli le pareti, ma il massaggio gentile e tenace che esercitava sulla carne lo rilassava e lo aiutava a concentrarsi, permettendogli in realtà di guardare molto lontano, almeno idealmente. Con oltre ottanta milioni di dollari di costo base, l'A319 era il secondo più costoso modello della flotta Airbus, pur rientrando nella categoria executive jet. Quello su cui stava volando il Senatore costava molto di più, nemmeno lui sapeva quanto. Perché una caratteristica unica del 319 era il design degli interni personalizzato dal proprietario, il che rendeva ogni velivolo un centro di spesa quasi senza limiti.

Il suo per esempio aveva un bagno turco. E mai come in quel momento il Senatore ringraziò di averlo fatto installare. Si sentiva lucido, lì dentro, leggero come galleggiasse in una nuvola calda. E ne aveva bisogno perché la situazione si stava ingarbugliando.

Secondo l'ultima conversazione con i miliziani del commando MOST che operavano in Antartide, Gabriel Novak aveva diviso la squadra in due gruppi, mandandone uno a portare il russo alla base mobile, dove si trovavano già le due prigioniere, mentre con l'altro manteneva il controllo di Base Vostok. Tutto regolare, era stato il Senatore stesso ad autorizzarlo, ma i numeri non tornavano. Invece di mandare pochi uomini alla base MOST e lasciare il grosso al Vostok, aveva fatto il contrario. Se a questo si aggiungevano le notizie su quell'uomo ricevute dall'Italia – la distruzione dolosa dell'Hydrobot, il collegamento con un'organizzazione fondamentalista violenta – il quadro diventava preoccupante.

Appena compresa la gravità della situazione, il Senatore aveva ordinato ai miliziani rimasti alla base russa di neutralizzare Novak e a quelli dell'hover di raggiungere gli altri a tutta velocità. Subito dopo s'era catapultato in elicottero fino a Kumejima, l'isola con l'aeroporto più vicino, e lì s'era imbarcato sull'Airbus. Ma dato che ormai era passata più di un'ora e da Vostok non c'era stata risposta, immaginava bene cosa fosse successo. Ce l'avrebbero fatta quelli dell'hover? Ne dubitava. Più conosceva Novak e più capiva quanto quell'uomo fosse tanto folle quanto letale.

Mentre volava verso Pechino a quasi novecento chilometri orari, pensò che era tempo di attivare un piano di riserva. Non era un problema, ne aveva previsti diversi. Ma doveva saperne di più: detestava rimanere in quell'attesa e aveva fame di altre informazioni. Quando la suoneria del satellitare lo distrasse dai suoi pensieri, reagì afferrando l'apparecchio come se temesse di vederlo volare via. Il cicalino era quello delle emergenze.

Con il dorso della mano, ripulì dall'umidità il display del Thuraya XT, ma quando vide l'identità del chiamante reagì con uno sbuffo di delusione. Era solo un agente di livello quattro. Rifiutò la chiamata e pochi secondi più tardi la stessa fonte inviò un breve messaggio.

Amanda martin diretta a base vostok.

Curioso, quindi quella donna s'era liberata in qualche modo. Il Senatore classificò l'informazione come poco rilevante: la Martin non era più un problema e nemmeno una risorsa. I sospetti iniziali, ossia che fosse un'agente al servizio della NASA, si erano rivelati fondati, alla fine, ma ormai non importava più. Come ci sarebbe arrivata a Vostok, fra l'altro? A piedi e senza slitta né vele? La base mobile era ormeggiata a settanta chilometri, se lui ricordava bene.

Il Senatore richiamò sul display uno dei documenti del dossier Novak. Parlava di una medaglia ricevuta nell'ambito di un'operazione congiunta con l'Air Force in un villaggio afghano, nel Nuristan. Non c'erano dettagli sull'azione, ma doveva essere successo qualcosa, perché Novak s'era dimesso dall'esercito due mesi dopo e non poteva essere un caso.

La suoneria del telefono lo distolse dai ragionamenti sul passato di Gabriel Novak. Ancora quell'agente, ancora un messaggio.

Il russo viaggia con amanda martin

Il Senatore sobbalzò. Non c'era bisogno di chiedere chi fosse il russo, doveva essere quello estratto non si sa come dal lago Vostok, e quell'uomo era prezioso. Amanda Martin poteva anche perdersi in mezzo ai ghiacci come Scott ai tempi della gara con Amundsen, magari le avrebbero dedicato una stazione scientifica. Ma il Senatore non poteva permettersi di perdere l'unico uomo al mondo che quasi di sicuro portava in corpo virus alieni provenienti da un mondo di milioni di anni prima.

Ora gli era chiaro cosa fare. Gabriel Novak avrebbe cercato di far saltare i pozzi che collegavano il lago alla superficie, era quasi certo. Difficilmente lui poteva fermarlo, inutile raccontarsi frottole.

« Se i pozzi saltano, il russo è tutto quello che rimane del

Contatto » disse ad alta voce, quasi gridando e avvicinandosi all'oblò.

Il miglior piano B richiedeva l'aiuto di un alleato, ne era certo ormai. Il colonnello non serviva, Novak aveva usato i miliziani MOST per impadronirsi di Base Vostok e poi li aveva eliminati o stava per farlo: ora i russi erano più impotenti di chiunque. Ma il Senatore sapeva chi chiamare. E pazienza se avrebbe chiesto qualcosa in cambio, le transazioni non l'avevano mai spaventato.

Afferrò il satellitare, ma prima che riuscisse a digitare il numero che l'avrebbe salvato, la suoneria tornò all'attacco: ancora quell'agente.

« Chiamami un'altra volta ancora » disse il Senatore scandendo bene le parole e alzando la voce per sovrastare quella isterica che arrivava dall'altra parte. « Una sola volta e giuro che ti faccio inibire il codice d'accesso e te la cavi con le tue forze. E comunque da adesso hai una sola chiamata, giocatela bene. Sono stato chiaro? »

Riattaccò senza concedere il tempo di replicare, ogni agente di livello quattro era sacrificabile. E lui aveva ben altro a cui pensare.

Una *extraordinary rendition*, ecco cosa ci voleva. Accusa di terrorismo e trasferimento coatto del russo in qualche luogo d'interrogatorio sicuro.

Il Senatore compose un numero riservato della CIA. L'uomo che rispose lo riconobbe dal codice, ed era anche sul libro paga MOST, perciò non servivano i preamboli.

« Voglio una consegna straordinaria » gli disse.

« Il solito? » chiese l'uomo all'altro capo del telefono.

« Questa è più straordinaria del solito. È un po' fuori mano. »

« Chi è e dove si trova? »

Quando il Senatore glielo spiegò fu accolto da alcuni secondi di silenzio.

« Sei sempre lì? » chiese.

« Non è l'Antartide a spaventarmi, Senatore. C'è una squadra della marina proprio a Concordia, la base italo-francese. Un Seal team con addestramento ai climi polari. Quel Novak non sarebbe un problema, ma un cittadino russo? Possiamo anche accusarlo di terrorismo e trasferirlo in una prigione clandestina in Egitto o in Polonia, sempre che la presidente non ci metta il naso, ma ha idea delle conseguenze, se qualcosa dovesse andare storto? »

« Infatti dovete prenderlo senza avvertire la Casa Bianca, altrimenti la presidente lo affiderà alla NASA: finora hanno coordinato tutto loro. E dovete farlo prima che arrivi a Base Vostok. Dopo sarebbe come dichiarare guerra alla Russia. E rischieremmo comunque di recuperare un cadavere. »

« A meno di non avere una sponda sul posto. Il direttore della base è corruttibile? »

« Ha troppa paura del colonnello. »

« Ha detto che il russo è con un'americana. Lei è dei nostri? Se ci appoggiasse... »

« Improbabile. Da quanto ne sappiamo, non mi sembra il tipo che tradisce. »

« Allora non c'è un minuto da perdere. Ci facciamo assegnare il comando della squadra dalla marina. Se la Casa Bianca non si mette di traverso e partiamo subito, saranno sul posto in meno di quattro ore. »

Il Senatore chiuse la comunicazione senza aggiungere altro.

« Bisogna prenderlo prima » disse ancora ad alta voce, ripetendolo più che altro a se stesso, mentre chiudeva gli occhi e s'abbandonava all'abbraccio caldo e profumato del vapore.

41

L'attentato

Antartide, Base Vostok, 25 aprile

I due miliziani MOST erano caduti quasi in silenzio, sotto i colpi di Gabriel. Solo il rumore sordo dei corpi afflosciati sul pavimento e il sibilo delle pallottole. Il fucile d'assalto VAL incamerava munizioni subsoniche, meno precise a grandi distanze, ma preferibili per un tiratore esperto che non volesse rivelarsi con il rumore dello sparo, anche a costo di doversi spingere più vicino all'obiettivo. Una scelta obbligata nel teatro della notte antartica, dove il mimetismo non è molto diverso a trecento metri o a un chilometro.

Gabriel scavalcò i due cadaveri, distesi con la bocca e gli occhi ancora spalancati per la sorpresa. Vittime necessarie, la cui colpa ricadeva sugli arroganti esploratori del Vostok: lui stava facendo solo il minimo indispensabile per fermarli.

Per sette giorni sacrificherai per il peccato.

L'esecuzione non aveva creato allarme tra i prigionieri russi, a quanto gli era sembrato. Subito dopo gli spari, Gabriel aveva ascoltato per qualche secondo, l'orecchio appiccicato alla porta della dispensa in cui erano rinchiusi: nessuna protesta, solo un sommesso mormorio, chiacchiere, qualche risata.

Ora un suono alle spalle lo indusse a girarsi con il fucile spianato, ma era tutto sotto controllo. Un Motorola XTS 6000 appeso al fianco di una delle due vittime emetteva un debole segnale radio. Un treno ripetuto di sibili, un codice che Gabriel non conosceva, forse una procedura d'emergenza. La scritta che lampeggiava sul display del piccolo apparato UHT non lasciava dubbi sul mittente. «Neutralizzate Novak», diceva ed era delle 02.35, ora di Vostok. Gabriel aveva agito appena in tempo. I miliziani spediti alla base MOST avevano di certo ricevuto un messaggio analogo e si sarebbero fatti vivi. Ma lui era stato in vantaggio su tutti i giocatori, fino a quel momento, e non si sarebbe fatto fregare a un passo dall'obiettivo.

Frugò i cadaveri fino a trovare due telefoni cellulari. Sarebbero stati perfetti per costruire altrettante spolette a tempo. Tornò al piano superiore, sedette alla scrivania e cominciò a smontarli. Non era la prima volta che preparava timer per esplosivi con materiale di fortuna e se la sbrigò in meno di mezz'ora.

Dall'esterno nessuna luce in vista. Il termometro segnava meno sessanta. Forse l'hovercraft della MOST, equipaggiato con un sistema di riscaldamento integrale, poteva farcela. Magari convogliando la maggior parte dell'energia sull'apparato motore sotto forma di aria calda, il che avrebbe ridotto la velocità. Se avevano ricevuto il messaggio d'allarme di poco prima e se avevano obbedito alle disposizioni di Gabriel, si trovavano lungo la pista per Mirny. Potevano essere a Vostok in due ore, con un margine di venti minuti in più o in meno, secondo le condizioni meteo. Quindi, se l'allarme era contemporaneo al messaggio trovato sul Motorola, sarebbero arrivati fra le 04.15 e le 04.55. Il suo orologio segnava le 03.30, non c'era molto tempo.

Gabriel tornò a sedere e ricostruì lo schema del lago Vostok su un foglio di carta. Era una bomba naturale. Un grande giacimento di metano altamente esplosivo, poche decine di metri d'acqua e una piccola atmosfera satura di ossigeno sotto pressione, due pozzi che potevano fungere tanto da innesco quanto da condotti di ventilazione.

Era stanco, non dormiva da quasi un giorno. Si costrinse a ripercorrere i calcoli già fatti.

Entrambi i pozzi arrivavano a contatto con l'acqua del Vostok in zone prive di atmosfera. Ed entrambi erano chiusi al fondo da una sottile crosta di ghiaccio di concrezione, non molto solida date le temperature appena sotto zero. Se l'avesse perforata con il cryobot, abbastanza lentamente da permettere al ghiaccio di ricongelare nella parte superiore, il drone sarebbe precipitato in acqua. Un vettore perfetto per depositare sul fondo un potente esplosivo. La detonazione avrebbe aperto uno squarcio tanto grande da liberare il metano sotto pressione e questo sarebbe salito in superficie mescolandosi con l'ossigeno concentrato della piccola atmosfera del Vostok. Babilonia stessa sarebbe stata il martello distruttore.

Verga del mio furore, bastone del mio sdegno.

Il punto cruciale era capire quanto tempo avrebbe impiegato il gas per saturare la cavità di ossigeno in una concentrazione compresa fra il 5 e il 15 per cento, la finestra di esplosività del metano. Sotto quella soglia non sarebbe successo niente. Oltre, Gabriel avrebbe provocato al massimo un incendio, non abbastanza per esprimere la collera che provava. Se fosse riuscito a far scendere nel secondo pozzo un altro cryobot anch'esso carico di C4 e a sincronizzare i tempi, invece, l'intero ghiacciaio sarebbe saltato in aria.

Le sue folgori rischiarano il mondo: vede e trema la terra.

I batteri alieni e portatori di malattie mostruose, un luogo inesplorato che i manipolatori della vita volevano usare come palestra per la loro ambizione blasfema, quel cilindro che pulsava come un tumore: tutto spazzato via.

Il Vostok era un ordigno in attesa del suo artificiere.

Gabriel raccolse le spolette e l'esplosivo, mise in spalla

zaino e fucile d'assalto e uscì. Liberate dalle feritoie alte della baracca dei prigionieri, sottili lame di luce si proiettavano audaci nella penombra.

Il pozzo G-5 era a due passi, riconoscibile per l'altezza della torre di trivellazione. All'interno, il cryobot era già in posizione di discesa, sostenuto dal cavo dell'argano. Gabriel cercò uno spazio adatto nel vano motore del drone e sistemò esplosivo e spoletta. A settanta centimetri al secondo, la velocità dichiarata dagli ingegneri russi, avrebbe raggiunto il fondo in un'ora e mezzo, quindi alle 05.20. Troppo veloce. Il suo piano prevedeva due esplosioni a breve distanza fra loro. Decise per un intervallo di dieci minuti. Dieci, come i comandamenti che il Signore diede a Mosè.

Ma regolare le spolette a dieci minuti una dall'altra non sarebbe bastato. Gabriel aveva sentito parlare di pressioni spaventose in quel lago e non sapeva quanto tempo i cryobot avrebbero retto là sotto, non erano fatti per quello. No, le due sonde dovevano esplodere subito dopo avere raggiunto il Vostok.

Cinque minuti alle quattro. Gabriel doveva riflettere in fretta. Il ritorno dell'hover della MOST era assai probabile e lui rischiava di farsi sorprendere a metà del lavoro. Per fortuna l'argano aveva un timer. Considerando il tempo necessario per raggiungere il pozzo G-4 e fare quello che doveva, poteva essere ragionevole azionare il secondo cryobot alle 05.30. Sarebbe esploso sul fondo alle 07.00. Quella era l'ora X su cui regolare tutto. Sette, come le punizioni di Caino.

Erano le quattro in punto quando Gabriel abbandonò il pozzo G-5, dopo avere impostato un ritardo di ottanta minuti al timer dell'argano e avere regolato la spoletta alle 06.50. Così, se i suoi calcoli erano esatti, avrebbe saturato la cappa di ossigeno con il metano, creando una gigantesca bomba. Quella del pozzo G-5 sarebbe stata la miccia e dieci minuti più tardi avrebbe fatto esplodere tutto. Due sonde in perfetta sincronia, come i due vendicatori che il Signore inviò a bruciare il peccato.

I due angeli arrivarono a Sòdoma sul far della sera.

Quando Gabriel raggiunse il pozzo G-4, i cadaveri dei marinai russi erano ancora di fianco alla torre di perforazione, allineati uno a fianco dell'altro, coperti di brina e di una neve che il vento aveva reso fine come la polvere.

Il tempo del castigo sta arrivando. Trema, Babilonia.

Terminò il lavoro nei tempi previsti. L'argano era pronto per ammainare la termosonda con un ordigno abbastanza potente da distruggere il tappo ghiacciato in fondo al pozzo e fare da innesco all'esplosione del giacimento. La spoletta l'avrebbe regolata più tardi, prima doveva risolvere il problema della squadra MOST ancora operativa. Non avrebbero tardato a farsi vivi, ne era certo, ma sapeva come accoglierli.

Le armi dei marinai russi erano al loro posto, una mitragliatrice pesante e un controcarro spalleggiabile di ultima generazione, un RPG-33. Un solo proiettile, non doveva sbagliare. Gabriel l'incamerò e salì sulla sommità del trattore parcheggiato accanto alla torre di trivellazione. Spostò la neve per ricavare una postazione di tiro, si riparò con un telo termico e abbracciò il lanciarazzi. Il corto cilindro dell'ottica notturna sovrapposta al tubo di lancio era inutilizzabile con il casco indossato. Senza quello schermo, però, il viso sarebbe congelato in una decina di secondi. Doveva accontentarsi del tiro istintivo, ma l'hover era un grosso disco di venti metri di diametro, non l'avrebbe mancato.

Il vento era calato. Sarebbero arrivati prima del previsto, ma con un po' di fortuna Gabriel avrebbe potuto sentire il rumore dell'hover in avvicinamento. Altrimenti ne avrebbe rilevato la traccia termica. Azionò il visore a infrarossi integrato nel casco. Ancora nessuno in vista.

E il Signore invierà un cacciatore che li cercherà su ogni monte, su ogni colle e nelle fessure delle rocce.

Doveva solo aspettare, la preda era vicina.

42

L'esplosione

Antartide, vicinanze di Base Vostok, 25 aprile

Il bagliore nel cielo non durò che un secondo. Basso, a livello dell'orizzonte o persino oltre. Forse solo il riverbero di una sorgente nascosta, che l'aria punteggiata di microscopici cristalli di ghiaccio rendeva tanto luminosa da farla sembrare vicina. Ma qualcosa era esploso, laggiù, Amanda ne era sicura.

« L'hai visto? »

La voce di Mikhail era calda e pacata, come se quel lampo non l'avesse sorpreso. Era la voce di un padre che mostra alla figlia una stella cadente nel timore che lei si perda lo spettacolo, non quella di chi ha appena visto la vampa di una deflagrazione disastrosa. Amanda filò le manovre della vela per sventarla e perdere velocità.

« Era il giacimento, secondo te? »

« La fiammata è durata troppo poco. Un giacimento di gas dovrebbe bruciare per giorni. In Unione Sovietica ce n'era uno che bruciava dal 1971. »

« E come l'avete spento? »

« Non l'abbiamo spento. Dal '91 l'Unione non esiste più e, in base ai nuovi confini, quel pozzo è in Turkmenistan. Ma sta ancora bruciando, nessuno sa come spegnerlo. »

« Se il Vostok esplode sarà un disastro. »

« Allora perché ti sei fermata? Possiamo essere là in venti minuti o anche meno. Dai, richiama le vele. »

Amanda rimise in forza le briglie e il grande aquilone si gonfiò. Aveva armato il bow-kite, una vela gonfiabile, invece di quella classica. Era meno potente ma meglio manovrabile. Anche più sicura per una navigazione notturna, considerato che senza il contatto diretto dell'imbraco sul corpo era più difficile sentire il vento.

Con uno strattone la slitta riprese velocità. Appena partiti, avevano incrinato uno dei pattini sul bordo di un sastruga ghiacciato più sporgente e duro degli altri, ma spostando il peso a poppa per mantenere un assetto inclinato erano riusciti a compensare l'avaria e il resto della navigazione era andato bene.

Non mancava molto. Amanda non sapeva come avrebbe affrontato la situazione, una volta a Base Vostok. Stava rischiando la vita per salvare una nicchia biologica, perché quelli erano i patti con la NASA. Loro la coprivano come potevano dall'accusa di omicidio e lei cercava di capire cosa bolliva in pentola a Vostok. Ma non era stato solo quello a farle accettare la missione, perché non era il timore di essere arrestata che l'aveva spinta alla fuga. Il senso di colpa che inseguiva Amanda risaliva a prima della morte dei suoi genitori. Un peccato di distrazione, di arroganza professionale e insensibilità per il quale nessun tribunale su questa terra avrebbe potuto proscioglierla. Ma doveva rischiare per salvare quel lago, se era la fonte della vita. Sarebbe stata assolta per quelle che aveva interrotto?

Neppure riusciva a immaginare che aiuto le avrebbe dato Mikhail. Quell'uomo sembrava tranquillo. Era sceso a quattromila metri di profondità sotto un ghiacciaio per obbedire a una patria che l'aveva condannato a un lungo esilio, aveva subito un incidente potenzialmente mortale, era stato infettato da chissà cosa, aveva sofferto come un animale e ora si comportava come se fosse in gita. Parlava con una voce piacevole e pastosa, anche filtrata dall'auricolare. La faceva sentire bene.

«Sei sicuro che il piano di quel pazzo sia attuabile?» gli chiese, solo per il piacere di sentirlo parlare. «L'esplosione che hai provocato per risalire non dovrebbe avere danneggiato il pozzo?»

«Era regolata al minimo indispensabile per aprire una breccia. La pressione del ghiacciaio ha spinto l'acqua su per il camino, ma solo per qualche secondo, poi deve essersi per forza ghiacciata. Ma solo nei primi metri, sopra si è mescolata con il liquido di perforazione: kerosene, carburante avio e altre sostanze antigelo. Purtroppo in questo momento il pozzo G-4 è del tutto percorribile.»

Amanda avrebbe continuato volentieri a viaggiare così e per un istante si immaginò che fosse possibile farlo. Loro due sotto le stelle, fianco a fianco nella slitta, mentre lei governava le vele e lui la teneva sveglia raccontandole favole della Russia di un tempo.

L'ammasso stellare della Via Lattea biancheggiava nel centro di un cielo nero. Faceva luccicare le increspature del plateau come fossero onde del mare. Amanda non poteva stare in silenzio più a lungo.

«Alla NASA dicono che eliminare la cappa di ghiaccio sopra il Vostok provocherebbe un cataclisma ambientale.»

«Neanche una bomba atomica potrebbe spazzare via un ghiacciaio. So quello che dico perché il mio paese ne ha fatte esplodere un paio prima del Trattato del '59. Anche se un'esplosione così profonda è un'altra faccenda.»

Una raffica sollevò la prua. D'istinto Amanda distese le braccia per alzare il bordo di uscita del kite e ridurre la portanza.

«È una teoria del professor Gold» disse appena riconquistato il controllo del mezzo. «Eliminando il ghiacciaio, una massa enorme di xeno, argon e metano si disperderebbe in atmosfera. Parliamo di gas con un potenziale di riscaldamento globale venti volte quello della CO_2, immagina le conseguenze.»

«Non succederà, Amanda. Noi fermeremo quel pazzo.»

Gold aveva anche sostenuto che gli idrocarburi erano materiale primordiale spinto in superficie dai movimenti tettonici e contaminato da batteri che vivono a grandi profondità. Una teoria inquietante, considerando che la storia di Mikhail faceva sospettare l'esistenza di forme di vita sconosciute là sotto. Amanda preferì non aggiungere quei dettagli e si concentrò sulla regolazione della vela.

Forse stavano davvero scoperchiando il vaso di Pandora.

43

Prima dell'Apocalisse

Antartide, vicinanze di Base Vostok, 25 aprile

Le prime luci che Mikhail vide furono le fiamme. Illuminavano un mucchio contorto di metallo e poco più lontano la costruzione spoglia della torre di trivellazione G-4.

« È uno degli hovercraft della MOST! » gridò Amanda. « Quando ci hanno rapite ci hanno imbarcate su uno di quelli. »

« Forse i nostri militari mischiati al personale civile hanno ripreso il controllo. Avevano un'arma anticarro. L'avranno distrutto loro. »

« Però non vedo soldati in giro. » Amanda rallentò la corsa della slitta. Alla luce spettrale dell'incendio, il plateau attorno sembrava deserto.

« Guarda là, c'è qualcuno! »

Un uomo camminava di buon passo, dal relitto in fiamme andava verso il pozzo G-4. La tuta integrale grigioazzurra non lasciava molti dubbi: era della MOST, forse era proprio il pazzo che dovevano fermare. L'uomo doveva essere sorpreso quanto loro, perché per un breve, surreale istante seguì con il movimento del capo il passaggio ravvicinato della slitta, quasi avesse visto un miraggio.

« Sta imbracciando il fucile! Accelera, Amanda! »

Un ribollire di frammenti di ghiaccio si sollevò con un sibilo a non più di un metro dalla slitta.

Amanda recuperò con forza la barra di manovra. La prua si alzò con uno strappo e il veicolo arrivò quasi a sollevarsi da terra. Ripiombò subito al suolo e poi saltò ancora mentre accelerava. Altri proiettili fischiarono attorno a loro.

« Ha ripreso il cammino, non c'insegue. Guarda! »

« Guarda tu, io devo vedere dove vado. »

Appena il riverbero delle fiamme fu alle loro spalle, le luci di Base Vostok bucarono il buio. A duecento metri dall'edificio principale, Amanda strappò il velcro di sicurezza che ancorava le briglie sottovento. Con un rumore secco la vela si dispose a bandiera, perse portanza e si adagiò sul tetto della baracca. La slitta rallentò, traversandosi, e con un gran botto si appoggiò sulla parete metallica.

« Ho fatto arrivi migliori » si giustificò Amanda. « Ma nessuno mi sparava dietro. »

All'interno sentirono le grida dei prigionieri, rinchiusi nel locale dispensa e allarmati dai rumori.

Appena dentro, Amanda rimase di sasso per qualche secondo di fronte ai due cadaveri dei miliziani MOST, riversi sul pavimento.

Mikhail la prese sottobraccio e la spinse verso la dispensa. Picchiò un pugno contro la porta.

« Sono Mikhail Rebko, ora vi tiro fuori! » gridò.

Dopo avere liberato i compagni, fu il momento delle domande e delle spiegazioni. Chi era Amanda, cosa ci faceva lì, perché due cadaveri di miliziani MOST, faccia a terra in una pozza di sangue. Mentre il personale riprendeva il controllo dell'edificio, Mikhail raccontò al direttore e agli altri dell'intenzione di Gabriel Novak di far esplodere i giacimenti di gas calando le termosonde cariche di C4 nei pozzi.

« Abbiamo letto il suo piano, i calcoli per calare gli ordigni nei pozzi, i tempi delle esplosioni, tutto » concluse.

Una selva di volti sbigottiti si accalcavano attorno a lui come fosse un cantastorie di paese. Ci mise un po' a rendersi conto che in tutta quella vicenda la sua stessa presenza era una fonte di curiosità per i compagni.

« Avevi la faccia devastata, Misha. Ti credevamo morto. Che razza di medicine hai preso? »

« È l'aria del Vostok » rispose lui, mezzo serio e mezzo no. « È meglio di una settimana in Crimea. »

« Interessante » disse il direttore. « Quelli dell'Accademia delle Scienze di Mosca vorranno farti qualche domanda, quando lo sapranno. »

« *Se* lo sapranno. Perché se la mia ipotesi è fondata, abbiamo meno di due ore prima dell'Apocalisse. »

44

Cadrà Babilonia

Antartide, Base Vostok, 25 aprile

Gabriel aveva accelerato il passo, dopo quell'incontro inaspettato, maledicendosi per non avere reagito con la prontezza necessaria a inchiodare gli intrusi. Lo zaino sulle spalle l'aveva ritardato nell'imbracciare il fucile d'assalto, abbastanza perché la slitta si allontanasse. Anche il tiro non era stato preciso come il solito. Colpa del guanto troppo spesso, aveva alterato la sensibilità sul grilletto. Il freddo aveva anche fatto scattare la molla del selettore di fuoco, così gli era partita una raffica involontaria e, prima che lui potesse ricaricare, il bersaglio s'era portato fuori tiro.

Per un attimo aveva temuto che si trattasse di qualche miliziano MOST sopravvissuto al lancio del razzo anticarro. Era andato al relitto proprio per controllare che non ce ne fosse nemmeno uno ancora in vita. Erano professionisti come lui e sarebbe stato un grosso problema. Riconoscere le tute byos delle due sciatrici l'aveva tranquillizzato, invece. Impossibile che avessero armi. Sui cadaveri dei miliziani lasciati nella baracca principale di Base Vostok avrebbero trovato armi senza otturatore. La Beretta dell'americana era rimasta sull'hovercraft colpito dai russi ed era saltata in aria con tutto il resto, inclusa la slitta. Perché ne avesse appena incontrata una e con le vele in perfetta efficienza, rimaneva un mistero. Gabriel era sicuro che i suoi uomini l'avessero imbarcata sull'hover, al momento del sequestro di Amanda Martin. Possibile che ci fosse una seconda slitta sul luogo del sequestro e che non l'avessero vista? Si sarebbe occupato di quell'assassina e della sua amica più tardi, c'erano altre priorità, ormai.

Osservò l'orologio: le 05.25. Il primo cryobot doveva già avere iniziato la discesa. Se avessero capito il suo disegno avrebbero potuto richiamarlo in superficie, forse. Ma niente avrebbe fermato il secondo, quello che stava per mettere in movimento ora, perché lui lo avrebbe presidiato fino al momento fatale. Doveva essere solo un innesco, nel piano originario, ma, data la novità della situazione, conveniva caricare tutto l'esplosivo rimasto.

Entrò nella torre G-4 e barricò l'ingresso con uno scaffale portacilindri. I contenitori dei campioni di ghiaccio rotolarono a terra, nell'operazione. Sembravano vuoti, ma doveva ricordarsi di fare esplodere anche quel piccolo magazzino, in modo da cancellare ogni scoria generata dal Vostok. Nulla doveva salvarsi.

Il Male non giungerà fino a noi.

Si avvicinò alla termosonda, sospesa al traliccio di carico. Aprì il vano, estrasse dallo zaino l'esplosivo plastico e lo stivò negli spazi disponibili, adattandolo il più possibile alla forma di ogni singolo anfratto, per massimizzare la violenza dell'esplosione. Aveva frequentato la US Army Ranger School, sapeva come fare. E grazie alla Sorveglianza sapeva anche perché farlo.

Una volta, in Nuristan, subito dopo l'invasione americana e durante i primi scontri con i talebani, il comando aveva spedito Gabriel in una missione di acquisizione bersagli. Infiltrazione occulta in un territorio dove il nemico era presente in forze ma mescolato ai civili, scoprire dove si nascondevano i capi e le milizie combattenti e segnalare la posizione delle singole abitazioni con precisione, con l'aiuto di marcatore laser e GPS, prima di ritirarsi. I missili avrebbero fatto il resto. Era fondamentale non farsi scoprire, altrimenti sarebbe stato facile per i bastardi spostarsi in case diverse. I missili avrebbero bombardato famiglie innocenti, risparmiando il vero nemico, e gli americani avrebbero fatto la solita figura dei macellai. La missione era quasi al termine quando un pastore s'era accorto della pattuglia. Avrà avuto dodici anni ma non si potevano fare prigionieri. Gabriel aveva avuto ordini precisi.

« Me ne occupo io » disse con tristezza. I suoi non se la sentivano.

Al ritorno alla base scoprì che il comando aveva cambiato idea.

« È un problema dell'aviazione ormai. Ottimo lavoro, comunque, Novak. »

Bombardarono a tappeto, bruciarono il villaggio, e poi dissero che era un campo di ribelli. A cos'era servito faticare per infiltrarsi, raccogliere informazioni, tagliare la gola a quel ragazzino innocente?

Gabriel lasciò l'esercito due mesi dopo.

Aveva dovuto parlarne con la Sorveglianza, però. Erano stati loro a farlo entrare nei ranger. S'era aspettato un rimprovero, invece Gabriel ricevette comprensione e persino un nuovo posto di lavoro, all'FBI.

« Sei un bravo combattente », gli aveva detto l'uomo che Gabriel conosceva come la Voce. « Ti sei solo trovato sul campo di battaglia sbagliato. »

Da allora era cambiato tutto per lui. Se l'esercito gli aveva insegnato come uccidere, la Sorveglianza gli aveva fatto capire perché. Non gli era mai stato chiesto di spargere sangue inutilmente. Con la Sorveglianza non esisteva il concetto di danno collaterale. I miliziani della MOST che Gabriel aveva appena ucciso non potevano certo essere considerati tali: nei Balcani avevano assassinato e stuprato e, se Gabriel aveva un rimorso, era quello di averli eliminati troppo in fretta, senza dar loro il tempo di pentirsi.

No, la Sorveglianza assumeva meticolose informazioni prima di ogni azione e tutto era mirato. Non avrebbe mai fatto saltare in aria una clinica insieme alle donne in attesa di abortire, per esempio. Erano peccatrici, certo, ma forse ancora recuperabili e soprattutto pregne nel loro grembo di creature del tutto innocenti.

Per esempio, il caso Amanda Martin: i genitori avevano chiesto l'eutanasia in ospedale, incontrando un rifiuto, dato che era proibita nel Michigan. Ma una sentinella dormiente, uno del personale paramedico, aveva avvertito la Sorveglianza e c'era stata una riunione della cellula di cui Gabriel faceva parte. Qualcuno aveva proposto di rapire quei due e tenerli sequestrati fino a quando fossero morti in modo cristiano, senza uso di droghe o scorciatoie che solo i miscredenti definivano umanitarie. Era complicato e alla fine era passata la proposta di Gabriel.

« Sappiamo che hanno una figlia e che sta per incontrarli. Se intende fare quello che sospettiamo, uccidiamo lei. Vale molto di più eliminare l'arma, che proteggere dal colpo ogni singola vittima. »

Era nato in quel modo il caso Martin, che naturalmente non si chiamava così, all'epoca. La Sorveglianza non faceva mai nomi in quel tipo di riunioni. Le decisioni dovevano essere impersonali ed era giusto così. Se avesse saputo prima che era coinvolta la famiglia Martin, Gabriel avrebbe di certo proposto un'altra soluzione e comunque si sarebbe fatto affidare il caso fin dal principio. Perché quei due, lui li conosceva.

Ma doveva smetterla di pensare al passato. Aveva un compito ora, una missione.

Controllò l'ora: 05.30. Era nei tempi. Liberò i freni delle pulegge e azionò l'argano. La sonda s'immerse nel liquido di perforazione del pozzo, nero come le acque del Nilo quando l'Eterno le tramutò in sangue.

Cadrà Babilonia. I suoi peccati si sono accumulati fino al cielo, ma i mercanti della Terra non si arricchiranno con lei. E i re la piangeranno quando vedranno il fumo del suo incendio.

Si sedette al suolo, le spalle alla parete e il fucile in grembo. Doveva solo resistere per un'ora.

Il Male sarebbe presto bruciato.

45

Kontratakovat

Antartide, Base Vostok, 25 aprile

Il direttore di Base Vostok era stato rapido nel riprendere il controllo della situazione. Ad Amanda sembrò un buon capo, almeno nell'organizzazione logistica, ma non era certa che quell'uomo avesse compreso la gravità del problema.

I cadaveri dei quattro miliziani furono trasferiti all'esterno. Le loro armi risultarono inservibili, perché prive di otturatore. I generatori e tutti i sistemi di sicurezza da cui dipendeva la sopravvivenza della base nell'inverno antartico erano intatti. L'incendio di un deposito nelle prime fasi dell'attacco aveva compromesso parte delle riserve. Inoltre una decina di persone risultavano ferite, alcune in modo grave.

« Serve un'unità di crisi » disse il direttore rivolto ad Amanda. « La sua competenza è benvenuta, prego. »

Convocò i tecnici minerari e Mikhail attorno a un tavolo. Amanda prese posto con loro. Nessuno obiettò in proposito.

In un inglese scolastico, ma rigoroso nei termini tecnici, l'ingegnere capo spiegò le condizioni necessarie per l'incendio di una miscela combustibile-aria nell'ambiente del Vostok.

« Il bilancio dell'ossigeno è il fattore chiave » concluse.

La maggior parte dei tecnici non era sicura che il piano di Gabriel potesse funzionare. Forse avrebbe solo liberato il gas dei giacimenti senza farlo esplodere.

« Sarebbe comunque la fine del lago Vostok » disse Amanda.

« *Direktor!* » Un uomo entrò nella stanza senza bussare. « *Cryobot! U nas problema!* » Parlava concitato, gesticolava.

« La sonda del pozzo G-5 sta scendendo » tradusse Mikhail. « Si trova a meno duemilacinquecento metri. È come avevo previsto. »

« Faccia richiamare la termosonda, direttore. Se le congetture di Mikhail sono fondate, fra circa trenta minuti esploderà. »

« La sonda non uscirà in tempo » disse il direttore.

« No, infatti. » L'ingegnere capo scarabocchiò un paio di calcoli su un foglio. « Se la richiama ora, la sonda esplode nel pozzo, fra meno mille e meno millecinquecento metri. »

« Ma almeno sarà il più lontano possibile dal lago Vostok. » Amanda si rivolse ancora al direttore. « Il valore biologico di quel lago è incalcolabile. »

« *Udalit cryobot!* » ordinò il direttore.

« *Da, da, direktor!* » L'uomo che aveva portato il messaggio uscì di corsa.

« Ora la sonda risale. Ma esiste sempre il problema del pozzo G-4. Il killer deve essere là adesso. »

« Certo. Non può che essere là » disse Mikhail. « Per fare la stessa cosa nel secondo pozzo: sta ammainando una sonda carica di C4. »

« Si sta rialzando il vento. » Amanda si avvicinò alla finestra. « Potrebbe essere un problema arrivare a quel pozzo. »

« Non se usiamo un Karkhovchanka. »

« Sì, ottimo veicolo, versione civile del trattore ATT dell'Armata Rossa. »

« Sarà un ottimo veicolo, ma quel bastardo è armato e i suoi uomini no, direttore. »

« Vero, purtroppo ha l'arsenale del gruppo autodifesa: mitragliatrice e controcarro RPG. »

« Senza contare che sul plateau scoperto ci vedrà subito. Avrà di sicuro un visore notturno. »

« Sì, l'RPG ha un visore molto efficace, ma... » Il direttore aggiunse qualcosa in russo, rivolto a Mikhail.

« Il bastardo ha finito i razzi » tradusse lui. « Uno l'hanno sparato i nostri sul primo hover della MOST e il secondo l'ha lanciato lui. Gli altri sono rimasti qui. »

« Esplosione del razzo molto chiara » confermò il direttore.

« Ma come ci proteggiamo dalle pallottole? Ci vorrebbe un blindato e non ce l'avete. »

« Non sono d'accordo. » Mikhail indicò la finestra. Il piazzale era illuminato dai fari dei trattori. « Forse ne abbiamo più di uno. »

46

Il fuoco dell'abisso

Antartide, Base Vostok, 25 aprile

Trenta minuti all'esplosione, trenta minuti e l'angelo avrebbe versato la sua coppa sul sole, trenta minuti ancora e quel sole avrebbe bruciato gli uomini col fuoco.

Gabriel alla fine era uscito dalla baracca per osservare meglio il plateau. Non doveva farsi sorprendere.

Figlio dell'uomo, ti ho posto per sentinella alla casa d'Israele.

Se quelle due intruse erano arrivate alle baracche con la slitta e avevano liberato i prigionieri russi, Gabriel doveva aspettarsi una reazione. Era importante rimanere vigile. Controllò l'orologio e tornò a battere la penombra attorno alla torre di trivellazione con il visore. Qualche debole bagliore sul filtro a infrarossi denunciava motori accesi vicino a Base Vostok. Potevano far partire i motori con quel freddo? Forse sì, i russi avevano un'esperienza unica nel genere.

Fa scendere la neve come lana, come polvere sparge la brina, chi resiste di fronte al suo gelo?

La base aveva un hangar riscaldato. Potevano avviare i trattori là dentro, oppure usare bruciatori esterni per sciogliere gli oli del motore. Gli sembrò anche di ricordare che nelle truppe corazzate dell'Armata Rossa fosse pratica comune alimentare i diesel con etere dietilico, in fase d'accensione.

Ventotto minuti all'Apocalisse.

Gabriel s'inginocchiò e accarezzò la mitragliatrice.

Avrebbe sparato regolarmente a quella temperatura? Non temeva problemi di umidità, era sempre rimasta al freddo dunque non poteva averne accumulata. Nel caso, ne sarebbe bastata una quantità minima per creare piccole e durissime scaglie di ghiaccio, in grado di inceppare il caricamento. Ma, come ogni arma, conteneva lubrificante che poteva congelare o diventare tanto viscoso da compromettere il funzionamento delle meccaniche. La PKM sottratta ai russi era un modello senza guardia a protezione del grilletto, in modo da poterlo premere anche calzando un guanto pesante. Questo suggeriva che fosse un'arma pensata per freddi estremi. Forse i russi avevano usato grafite o altri materiali antigelo per lubrificarla. Si pentì di non avere smontato l'arma per eliminare ogni traccia di grasso. Anche senza, avrebbe sparato ugualmente molte raffiche prima di surriscaldarsi.

Si stava facendo troppe domande, un atteggiamento che porta solo guai. Come i novellini alla loro prima esperienza di fuoco, che chiedono e chiedono, solo per mascherare la paura. Era capitato anche a lui, in effetti, la prima volta che la Voce gli aveva chiesto di uccidere. Non che Gabriel non l'avesse mai fatto prima, ma non erano civili. O forse sì, qualche volta, in qualche paese islamico che non avrebbe saputo collocare sul mappamondo. Ma Gabriel indossava una divisa quando li aveva uccisi e non aveva dovuto farlo di nascosto dalle autorità.

La sua prima vittima per conto della Sorveglianza, invece, era stata una donna americana, un medico abortista. Gabriel aveva voluto parlarle, prima. Non sapeva neanche perché. Per darle una seconda chance, ripeteva a se stesso, ma forse solo per trovare una buona ragione per non eseguire l'ordine. L'aveva bloccata nel garage sotterraneo di una chiesa ed era preparato a sentire suppliche o peggio ancora una sfacciata rivendicazione dei diritti femminili, cosa che l'avrebbe spinto ad aprire il fuoco senza esitare. Invece la donna l'aveva spiazzato parlandogli di quando lei stessa aveva abortito, da ragazzina. Sofferenza, dubbi, un'esistenza nuova, strade diverse per raggiungere la Terra Promessa. Aveva detto tante cose che l'avevano confuso. Lui s'era aspettato che la donna usasse argomenti di morte e invece lei gli aveva parlato di vita. Era una credente, questo la Voce non glielo aveva detto.

« Sparale in faccia » erano state le consegne. Ma Gabriel non se l'era sentita.

« Vattene senza voltarti e non ti farò niente » le aveva detto.

Ma appena lei aveva girato le spalle, le aveva piantato una pallottola nella nuca. Niente consapevolezza, nessun dolore, di sicuro era morta prima ancora che il sorriso carico di speranza con cui l'aveva ringraziato le sfiorisse sul viso. Ed era il massimo che aveva potuto fare per lei.

A ogni buon conto, Gabriel si era imposto di non parlare mai più con le vittime designate, prima di eliminarle. Amanda Martin era stata un'eccezione necessaria. E ora doveva pensare solo a questo, al nemico che lo fronteggiava, non era il tempo delle domande.

Guardò l'ora.

Ancora venti minuti. Dieci, all'esplosione del primo cryobot, nell'altro pozzo.

Gabriel si rese conto solo in quel momento che si era slogato una caviglia. Aveva distribuito male il peso mentre rincorreva la slitta, e quel vecchio trauma era saltato fuori di nuovo. Una stupida caduta da ragazzo. Quanti anni prima?

Era in America da due anni quando la parrocchia aveva organizzato una gita per i ragazzi dell'orfanotrofio. In Michigan, in un paesino chiamato Ada. I membri della chiesa locale avevano preparato una visita nel parco naturale. Lui invece s'era fatto male inciampando e cadendo dagli scalini del pullman e così l'avevano affidato a due parrocchiani, in attesa che gli altri rientrassero dall'escursione.

« Con una caviglia slogata non può stare al passo con noi » aveva detto il prete che faceva da guida.

Ma la giornata era stata una sorpresa. Quei due – Logan e Grace, si chiamavano – l'avevano portato oltre il Thornapple, passando da un ponte coperto che prometteva l'ingresso nel mondo delle favole. E là, dall'altra parte, l'uomo gli aveva insegnato a pescare le trote con la mosca artificiale.

« È bravo, il ragazzo » aveva detto più tardi alla moglie, nella loro cucina, di fronte alle frittelle di mele più buone che Gabriel avesse mai mangiato. « Ha già imparato a lanciare. Dovevi vederlo. »

La donna l'aveva osservato mentre divorava la merenda, tutto contento, e poi s'era avvicinata a lui, guardandosi attorno, con l'aria di volergli rivelare un segreto. Gli aveva fatto una domanda banale, invece.

« Quanti anni hai? »

« Grace, ti prego » l'aveva implorata Logan. « Ti fai solo del male così. »

« Sette anni » aveva risposto Gabriel. Non era una domanda tanto difficile, e nemmeno scabrosa.

« La stessa età che avrebbe lui adesso » aveva detto lei, accarezzandogli la testa.

Logan l'aveva abbracciata, standole alle spalle, mentre lei si teneva entrambe le mani sulla pancia. Solo allora Gabriel s'era accorto che la donna non era grassa, ma incinta. S'era alzato e l'aveva abbracciata anche lui, la testa appoggiata sulla pancia di Grace, e per un po' erano rimasti lì senza parlare.

Più tardi l'avevano riaccompagnato al bus della parrocchia, abbracciandolo ancora a lungo prima di lasciarlo andare. Gabriel s'era sforzato inutilmente di non piangere, durante il viaggio di ritorno. Non aveva mai più saputo nulla di loro, fino a quando non aveva letto quel titolo.

Dolce morte per anziana coppia. Sospettata la figlia.

Logan e Grace Martin, di settantacinque e settantadue anni, diceva l'articolo. Era stato come perdere i genitori una seconda volta.

Gabriel aveva preteso di occuparsi del caso, anche se era già assegnato a un altro confratello, e poi si era scoperto che la figlia dei Martin era molto peggio di quello che si credeva.

Ma inutile rivangare, ormai era lì, a sessanta sottozero, ultimo guardiano a chiudere l'accesso al lago del diavolo.

Diciannove minuti all'Apocalisse.

Cadrà Babilonia, covo di demoni e di ogni spirito immondo. Cadrà in uno stagno ardente di zolfo e di fuoco.

Il vero problema era il metallo di cui erano fatte le armi. Se si surriscaldava durante lo sparo e poi scendeva a meno sessanta, per quanto avrebbe retto?

I puntini rossi delle fonti di calore si mossero. Erano sette, come le coppie di ogni specie imbarcata sull'arca. Troppi mezzi in movimento, stava accadendo qualcosa. Poteva approfittarne per qualche raffica di riscaldamento. Gabriel si stese al suolo, premette il grilletto e liberò uno sciame di piccole micidiali ogive da poco meno di dieci grammi l'una a quasi novecento metri al secondo. Troppo buio per valutare gli effetti del tiro. Senza un osservatore era solo uno spreco di tempo.

Le sorgenti di calore si erano allontanate, però.

Diciotto minuti.

Meglio rientrare nella baracca, al caldo, dove le armi sarebbero state più affidabili. Oltretutto il vento stava rinforzando e alzava la neve polverizzata dal terreno. La visibilità era pessima e la traccia termica molto debole.

All'interno del locale spostò un tavolo di fronte all'unica

finestra e sistemò la mitragliatrice. Il fucile d'assalto tuttavia era l'arma migliore contro un gruppo di civili disarmati. Più preciso e affidabile. Si accertò che il selettore fosse su colpo singolo, questa volta. Non poteva sprecare colpi con le raffiche, e ricaricare con quel freddo e con i guanti non era semplice. Si tolse il casco. Avrebbe potuto contare su una mira più accurata.

La porta della campana metallica che sovrastava il pozzo era rimasta aperta. Gabriel poteva sentire il cigolio del cavo di sospensione, filato a velocità costante dall'argano centrale. Il liquame di perforazione avrebbe dovuto essere giallo paglierino, invece era un buco nero come l'inferno.

Egli aprì il pozzo dell'Abisso e da esso salì un fumo come da una grande fornace, che oscurò il sole e l'atmosfera.

Lo scafandro rigido articolato usato dai russi per scendere nel lago Vostok era in piedi di fronte alla voragine, le tozze braccia reclinate sui fianchi, il portello d'accesso posteriore aperto. I cavi di alimentazione delle batterie erano sotto carica, ma a Gabriel sembrò solo un involucro vuoto, come quello di una locusta morta. Un demone sconfitto.

Era l'angelo dell'Abisso, che in ebraico si chiama Abaddon, in greco Sterminatore.

Un rumore di motori, tra i sibili delle raffiche, lo richiamò alla finestra. Due trattori si stavano avvicinando, a marcia indietro.

Gabriel prese la mira e aprì il fuoco con la mitragliatrice. Forse li aveva colpiti, ma non aveva idea di quale resistenza alla penetrazione potesse opporre la parete posteriore di un Karkhovchanka. Per reggere al freddo dovevano essere spessi e imbottiti. Perse di vista i suoi bersagli, nei turbini di pulviscolo ghiacciato alzati dal vento.

Uno schianto alle sue spalle lo fece sobbalzare. Un trattore aveva investito in pieno la parete anteriore della baracca, asportandola del tutto. Una raffica di vento gelido investì quel che rimaneva del locale. La luce era saltata, ma la campana doveva avere un'alimentazione autonoma: era ancora illuminata e l'argano continuava a filare il cavo.

I russi avanzavano usando la poppa dei trattori come scudo.

Gabriel balzò all'aperto, il fucile d'assalto spallato: doveva uccidere i piloti. Il trattore che l'aveva appena attaccato era fermo a una ventina di metri, forse si preparava a una seconda carica.

Gabriel corse per raggiungerlo. Il terreno ghiacciato lo rallentò, mentre il viso, senza il casco, bruciava come fosse immerso nel fuoco. Era sul fianco destro del veicolo, ma anche da lì, con una raffica ben piazzata, avrebbe potuto comunque colpire l'autista. Balzò sull'unica minuscola sporgenza che il Karkhovchanka offriva, e agguantando uno degli sfiati dell'aria riuscì a portarsi all'altezza dell'abitacolo, brandeggiando il fucile con una sola mano. Stava per aprire il fuoco quando la visione dell'interno, illuminato a malapena, lo paralizzò. Di fianco al guidatore, sul larghissimo sedile anteriore a quattro posti, c'era lei: Amanda Martin. Il morbo del Vostok non sembrava averla contagiata. Una bandana le cingeva la fronte, e la pelle del viso, libero dai lunghi capelli neri, appariva liscia e sana.

Per un istante lei lo guardò e nel contatto visivo, occhi contro occhi, a lui sembrò che qualcosa lo pungesse. Gabriel aveva visto molte persone a pochi centimetri dalla canna del suo fucile, sapeva leggere quelle espressioni, disperate o rassegnate, comunque consapevoli della fine. Non era quello che vedeva in quel momento, non c'era terrore nello sguardo della donna. Poi lei impartì un ordine all'autista e il trattore accelerò, sbalzando Gabriel dalla sua precaria posizione e proiettandolo a terra.

Lui si rialzò, corse con le forze che gli rimanevano ed era ormai a qualche metro, pronto a scaricare l'arma nell'abitacolo, quando un altro veicolo lo sfiorò, sterzando bruscamente alle sue spalle. I cingoli alzarono una fontana di scaglie ghiacciate che lo costrinsero a ripararsi. Accelerò per aggirarlo sui fianchi, allora, ma, da un mezzo vicino, il fascio di una potente alogena lo accecò. Gabriel sparò tre colpi in rapida sequenza verso la fonte di luce, d'istinto, mentre indietreggiava verso il pozzo.

Un piano ben coordinato, quello dei russi. Era stato un errore uscire, i mezzi erano numerosi. Sette, come gli anni che Giacobbe servì Rachele. Come le agnelle che Abramo offrì ad Abimelec. Se anche avesse eliminato uno o due equipaggi, qualcuno avrebbe potuto fare una sortita, accedere all'argano e bloccarlo o danneggiarlo. Doveva recuperare il casco prima che il viso gli scoppiasse.

Quella donna era là, in mezzo ai suoi nemici, forse li guidava, li coordinava. Lui l'aveva creduta un'assassina senza fede, una capace di sbarazzarsi dei genitori malati per egoismo, perché come tutti impreparata ad accettare il dolore che la vita impone. Invece in qualche modo s'era liberata, aveva raggiunto Vostok, aveva sofferto per farlo e ora lottava per salvare quel lago con un'ostinazione non minore di quella con cui Gabriel voleva soffocarlo. S'era sbagliato a considerarla una preda indifesa: Amanda Martin non aveva forse mai avuto paura di lui.

Gabriel corse verso quel che restava della baracca. Un buon soldato improvvisa, quando serve. Piano B: chiudere la porta della campana e far saltare il cavo dell'argano. Al diavolo la sincronia. Per quello che ne sapeva, i russi potevano avere recuperato il primo ordigno e averlo fatto esplodere vicino alla superficie, nel qual caso poteva contare solo sul secondo. Imbarcava esplosivo C4 sufficiente per squarciare il fondo ghiacciato del pozzo e mescolare tremila tonnellate di liquido di perforazione con le acque incontaminate del Vostok. Qualsiasi infernale forma di vita si nascondesse nell'antro aveva i minuti contati.

Appena entrato nell'aria calda e umida della campana, Gabriel sentì la pelle del viso contrarsi. Il dolore lo bloccò per un istante. Aveva sentito dire che sotto i cinquanta gradi i bulbi oculari possono congelare e ora non faticava a crederlo. Si sentiva stanco come se avesse corso per chilometri. Era davvero il piano B quello che stava seguendo, o si stava infilando da solo in una trappola nella quale Amanda Martin lo aveva attirato, come Dalila con Sansone?

Ella lo addormentò sulle sue ginocchia, chiamò un uomo e gli fece radere le trecce del capo; e la forza si ritirò da lui.

Gabriel si infilò il casco e subito gli occhi si gonfiarono di lacrime.

I Filistei lo presero e gli cavarono gli occhi.

Mentre cercava uno strumento per recidere il cavo di sostegno della sonda, gli parve di vedere lo scafandro muoversi. Gabriel sparò. I proiettili rimbalzarono sul carapace in lega ceramica e sulle pareti metalliche della campana.

Sì, non era stata la vista a ingannarlo, il demone degli abissi si era mosso. Possibile che qualcuno fosse entrato nello scafando approfittando del diversivo? Si era dunque lasciato distrarre proprio a un passo dalla meta?

Se la sentinella vede giungere la spada e non suona il corno, gliene domanderò conto.

L'automa si mosse, alzando verso di lui il braccio destro. Una vampa azzurra colpì Gabriel e gli incendiò la manica della tuta. Gabriel lasciò cadere l'arma, cercando di spegnere le fiamme.

Non mancavano che una dozzina di minuti. Bastava tenere duro ancora un po' e non sarebbe servito recidere il cavo, il C4 sarebbe esploso e lui avrebbe compiuto la missione. A quel punto che importanza aveva vivere o morire?

Agguantò l'arma per la cinghia e, scalciando sul pavimento, arretrò verso il pozzo, come un gambero. Sull'orlo dell'abisso si fermò e si mise in ginocchio.

Alla terza ora del giorno si udrà nel firmamento del cielo una voce grande e forte.

« Si udrà nel firmamento una voce grande e forte! » gridò Gabriel. « Una nube sanguigna coprirà tutto il cielo, e scenderà sulla terra una pioggia di sangue! »

« La pioggia cade da sempre e da sempre gli uomini di buona volontà hanno cercato il sole. » Il demone parlò attraverso i microfoni e fece un passo avanti. « E allora mi domando: chi fermerà la pioggia? » disse ancora.

Gabriel strinse gli occhi senza perdere di vista la creatura, la mano sinistra appoggiata al pavimento, per rimettersi in piedi, e la destra a tastare il terreno, in cerca dell'impugnatura del fucile.

« Scritture apocrife » disse, alzandosi e coprendo con il corpo l'argano alle sue spalle. « Non mi fanno paura. »

« È una canzone dei Creedence, idiota » disse la voce del demone.

Gabriel non ebbe il tempo di replicare: la vampa azzurra tornò ad accendersi, brillante come la spada dell'arcangelo vendicatore.

Come tanti anni prima, nel fienile buio di un piccolo villaggio russo non lontano da Leningrado, Gabriel capì che era alla fine di qualcosa e che non avrebbe potuto impedirlo. Scappare non era servito. Era diventato adulto, aveva cambiato nazionalità, militato nel Terzo Battaglione Ranger, nell'FBI e nella Sorveglianza Cristiana, aveva attraversato oceani e continenti, ma l'orco l'aveva trovato lo stesso. S'era illuso di diventare guardia, ma dopo tanti anni era ancora un ladro in fuga.

Chiuse gli occhi mentre il demone lo spingeva nell'abisso e in cuor suo fu sicuro che questa volta non ci sarebbe stato risveglio.

47

L'accordo

Antartide, Base Vostok, 25 aprile

L'officina di Base Vostok poteva vantare la notevole temperatura di meno cinque, quasi un forno in confronto all'esterno, ma il coro del personale russo riunito per commemorare i caduti metteva ugualmente i brividi. Un registro grave e possente. Amanda riconobbe le note dell'inno tradizionale sovietico. Reintrodotto anni prima dal colonnello, una delle tante iniziative di restaurazione strisciante. Il testo l'aveva fatto cambiare, però, con Dio e patria al posto di Lenin e comunismo, così almeno le avevano detto. Amanda si chiese quanto si fossero esercitati per cantarlo tanto bene. Si erano stretti spalla a spalla, come dei militari, e lei si sentì fuori posto, mentre cercava di distinguere la voce di Mikhail, senza riuscirci.

I corpi dei tre militari caduti negli scontri con la MOST erano allineati al centro del locale, nelle sacche mortuarie in polipropilene. Tre bozzoli bianchi semichiusi, dai quali sporgevano solo i volti. I cadaveri dei mercenari della Korporatsiya rinvenuti nella base erano fuori, a meno sessanta. Allineati in modo composto, ma niente onoranze funebri per loro. Gli altri caduti, quelli che viaggiavano sui due hovercraft distrutti e i tre russi del trattore di soccorso, li avrebbero recuperati a novembre.

« Dottoressa Martin, lei deve aiutarci ora, prego. » L'ingegnere capo si staccò dal gruppo, mentre i sacchi venivano chiusi per essere portati all'esterno.

« Sì » aggiunse Mikhail. « Serve una diagnosi della situazione biologica del Vostok. »

Salirono nell'ufficio del direttore. All'interno, i mobili di legno di una o due generazioni prima e i vecchi manifesti alle pareti conferivano all'ambiente uno stile caldo e rétro.

Oltre all'ingegnere capo e a un glaciologo, solo Mikhail era nel gruppo. Le sue competenze di paleoclimatologo non lo rendevano indispensabile, ma era l'eroe del momento. Aveva neutralizzato quel pazzo. L'intervento con la fiamma ossidrica dello scafandro era stato coraggioso e intelligente insieme. In faccia aveva ancora i residui del grasso con cui si era protetto per quella rapida incursione dal trattore alla baracca, dieci metri a piedi a meno sessanta e senza parka, dato che con indumenti pesanti non sarebbe entrato nello scafandro.

I danni alla base erano gravi, l'attacco della MOST aveva causato la distruzione di un deposito combustibile e di parte dei viveri. Ma oltre ai feriti, era lo stato di salute dei pozzi a preoccupare i russi.

I loro ingegneri avevano già preparato un modello di simulazione dei danni. Le esplosioni nei due pozzi erano avvenute a grande profondità ma lontano dal lago. L'espulsione di liquido di perforazione era stata notevole in entrambi i casi, ed era un buon segno.

« Significa che la chiusura inferiore dei pozzi è intatta » spiegò uno dei tecnici. « La pressione dell'esplosione si è scaricata verso l'alto e ha espulso il liquido. »

« Ma i pozzi sono perduti, è così? »

« Di sicuro » disse Mikhail. « Quello che non è stato distrutto dall'esplosione se lo rimangerà il plateau nei prossimi giorni. Il liquido serviva per contrastare la pressione del ghiacciaio. Ci vorranno anni per riaprirli. »

« E il lago? » Ad Amanda non interessava altro. In un

certo senso, la chiusura momentanea dei pozzi poteva essere una sicurezza per l'integrità biologica del Vostok.

« Questo è un grosso problema. » Il direttore mise al centro della scrivania un'immagine georadar. La scritta nell'angolo indicava che era di pochi minuti prima. « Qui serve la sua competenza, dottoressa Martin. Prego, osservi. »

Il profilo del Vostok era ormai familiare, Amanda l'aveva sempre in mente. C'era qualcosa d'insolito, però.

« Il cilindro che fine ha fatto? »

« Esatto, dottoressa Martin. Il radar profondo della NASA è più efficace del nostro. Lei ora deve fare la stessa domanda ai suoi capi: che fine ha fatto il cilindro? »

Bussarono alla porta e un uomo entrò.

« *Moskva onlain, direktor.* »

« Scusate. Mosca chiama. »

Ordinò qualcosa a uno dei tecnici e l'uomo, appena il direttore fu uscito, aprì una credenza e mise sul tavolo una bottiglia di vodka e un vassoio di piccole tazze di vetro.

Amanda si sentì come violentata da quell'apparizione. Non beveva da quando aveva lasciato gli States. Subito decise che non avrebbe toccato quella vodka. Mentre riempivano i bicchieri, pensò che avrebbe rifiutato l'offerta non più di una volta. Invece al primo sorriso del russo stava già per allungare la mano verso il vassoio, quando un grido la fermò.

« *Amerikanskie soldaty!* » L'uomo alla finestra sembrava divertito da quanto vedeva.

Tutti si accalcarono dietro di lui, anche Amanda. Due grossi hovercraft simili a quelli della MOST stazionavano nel piazzale. Potenti fotoelettriche illuminavano a giorno il terreno circostante e una ventina di uomini armati stava scendendo. Indossavano tute byos e i veicoli mostravano i contrassegni a stelle e strisce.

L'occupazione della base da parte dei Seals americani non incontrò resistenze, a parte le proteste del direttore. L'ufficiale al comando, un tenente con un forte accento di Brooklyn, gli spiegò che l'operazione mirava solo a recuperare una connazionale e un'australiana che il governo di Canberra riteneva in pericolo e per cui aveva chiesto l'aiuto di Washington.

« La signora McCain è già a bordo. Imbarchiamo la signora Martin e ce ne torniamo a Concordia. Non vogliamo altro, rispettiamo la sovranità della vostra base. »

Il direttore chiese che venissero imbarcati anche i russi feriti e una parte del personale.

« Ora le risorse non sono sufficienti per tutti. »

Pretese però garanzie che Mikhail sarebbe rimasto a Base Vostok. Poteva essere portatore sano delle forme di vita ormai scomparse del lago e non voleva perderlo. In caso contrario era disposto a tenersi tutto il personale, razionando viveri e combustibile rimasti fino all'arrivo di un convoglio di aiuti da Mirny.

Amanda immaginò Mikhail disteso su un lettino in un laboratorio, attraversato da cannule e fili elettrici, martoriato da biopsie e prelievi del sangue. Una tortura che aveva già visto in azione.

« Non imbarcherò nessuno contro la sua volontà, signore. Questi sono i miei ordini. »

L'ufficiale intendeva contro la volontà di chi si imbarcava, non contro quella del direttore, ma forse il russo equivocò, perché diventò più disponibile, offrendo addirittura ospitalità per la cena.

« Ma lei deve fare una domanda ai suoi capi, dottoressa Martin » ricordò ad Amanda mentre guidava il gruppo verso la sala mensa.

« Prima ho un'altra domanda. Per lei, tenente: come avete trovato Shannon? »

«A quanto pare, la signorina McCain è riuscita a far funzionare una radio a onde corte. Dice di avere contattato Base Casey. Immagino che da lì sia partita la catena: Canberra, Washington e alla fine noi. Ma non so dirle altro, io ho solo ricevuto le coordinate e l'ordine di recupero.»

Amanda rimase a bocca aperta e si voltò a guardare la compagna, che intanto si era avvicinata e aveva preso sottobraccio l'ufficiale.

«Il fatto che io abbia un fisico da urlo non significa che debba essere per forza un'oca» disse Shannon prima di avviarsi verso la sala mensa, inalberando un'aria seccata che sapeva di finto lontano un miglio.

Fu una cena in piedi, dato il numero inatteso di partecipanti. Nella calca del locale affollato, la voce di Shannon si faceva sentire. Imbacuccata in un parka blu della US Navy tenuto strategicamente aperto e sotto il quale in apparenza non aveva altro che la sottotuta del byos, teneva banco fra i militari. Doveva esserseli lavorati per bene nel breve viaggio dalla base MOST, perché la chiamavano tutti per nome. Nonostante i numerosi brindisi in onore di Mikhail, sembrava lei l'eroe di Vostok.

Verso la fine della cena, quando già i primi Seals si stavano preparando all'imbarco, il tenente porse ad Amanda un satellitare.

«Chiamata per lei, signora. NASA, da linea sicura.»

«Amanda?» La voce del capodipartimento di esobiologia era eccitata. «Mi hanno già raccontato tutto, ma quell'uomo come sta? Quel russo, quello che è sceso nel lago?»

Mikhail era sottobraccio a Shannon, in quel momento, nel mirino di una trentina di obiettivi di cellulari russi e americani. Non sembrava preoccupato alla prospettiva di diventare una cavia da laboratorio.

«Sta bene, sembra intenzionato a rimanere qui.» Uscì

nel corridoio. « Che ne è del cilindro? Nelle scansioni russe non si vede più. »

« Neanche nelle nostre, sparito. »

« È per questo che avete mandato la squadra? »

« È stata la chiamata d'emergenza. La squadra era alla Base Concordia da qualche giorno, pronta a intervenire, e quando abbiamo saputo che il russo era in pericolo di vita ho chiesto alla presidente il nulla osta. »

« Grazie tante. Ti ricordo che anch'io ero in pericolo di vita. »

« Sì, va bene. Anche la tua partner. Il suo governo ha sollevato un tale polverone che per ordine della presidente abbiamo dovuto prelevarla prima di raggiungere Vostok. Ma dimmi del russo, è vero che è entrato in contatto con l'ambiente del lago? Se è così, ha un valore enorme. »

In sala avevano ripreso a cantare, l'inno americano questa volta.

« Voglio che facciate cadere le accuse su di me. »

« Per lo stato del Michigan sei un'assassina, un'accusa di omicidio non la fa cadere nemmeno il presidente. E non hai risposto alla mia domanda. »

« Sì, è entrato in contatto e io voglio fare un accordo. Voglio che l'accusa diventi omissione di soccorso e voglio la cittadinanza australiana. »

« Vuoi un sacco di cose, Amanda. Cosa mi dai in cambio? »

« In cambio? »

Amanda si affacciò all'ingresso della sala mensa. Persone che s'abbracciavano, ridevano, bevevano o fotografavano. Un intreccio dominato dalle solite regole: mettersi in mostra, cercare il potere o solo un po' di compagnia. La confusione le ricordò la ripa lussureggiante di una famosa pagina di Darwin: molte piante di vari tipi, uccelli che cantano nei cespugli, insetti che ronzano e vermi che strisciano nel terreno umido. Forme molteplici, bellissime e meravigliose che obbediscono a poche, semplici leggi e si evolvono, mentre il pianeta seguita a girare nell'oscurità dello spazio, spinto dalle forze secolari della gravità.

Fu allora che Amanda capì il senso vero di una lontana lezione di fine college. Il messaggio che il professor Cohen aveva cercato di consegnare ai suoi allievi, e chissà, forse proprio a lei. La vita non era solo sopravvivenza, non era solo il cinico utilizzo delle risorse disponibili per riprodursi e non morire. C'era qualcosa di consapevole, qualcosa che implicava il concetto di scelta, di relazione volontaria con altre vite.

L'esistenza di Amanda era stata solo un susseguirsi di inverni fino a quel momento, ma era tempo di cambiare. Doveva pensare a se stessa e agli altri in un unico quadro.

« Amanda? Sei ancora lì? T'ho chiesto cosa mi dai in cambio. »

Il personale russo della base e i militari americani erano impegnati a familiarizzare, Shannon e Mikhail in mezzo a loro. Lui sembrava alticcio. Sorrise incrociando lo sguardo di Amanda e le mandò un bacio. Lei ricambiò il sorriso e il bacio. In quel momento ne fu sicura: quell'uomo era attratto da lei. Volendo, poteva convincerlo a seguirla. Era tempo di scegliere.

« Amanda? »

« In cambio ti do Mikhail Rebko » disse lei senza esitare.

48

Novus Ordo Mundi

Shanghai, 1º maggio

Certi uomini sono tanto impauriti dalle novità che preferirebbero un disastro annunciato a un successo inatteso. Il Senatore ne era sempre stato sicuro e lo spettacolo cui assisteva lo convinse che il Magister, l'uomo incaricato di presiedere il Consiglio di amministrazione della MOST, doveva appartenere a quella categoria di persone. Ossessionato dal controllo degli eventi, aveva presentato gli ultimi due mesi di attività del Senatore come una sequenza di fallimenti. Non era stato un discorso neutrale, come sarebbe stato lecito attendersi da una relazione introduttiva.

« Mi corregga se sbaglio, Senatore » chiese il primo consigliere prenotato a parlare, un alto militare cinese che aveva appena acquisito la quota di maggioranza della Chase Manhattan Bank, a quanto si diceva. « Abbiamo perso il lago Vostok? È così? »

« Il lago è sempre là. Intatto. »

« Ma le vie d'accesso sono ostruite. Siamo al punto in cui eravamo trent'anni fa, quando iniziarono gli scavi. Ci vorranno altri trent'anni, questo non lo può negare. »

« In realtà è inesatto, generale. » Una donna sulla sessantina interruppe il j'accuse del militare. Vietnamita, capelli bianchi raccolti a chignon e un tailleur che sembrava più marziale della divisa del suo interlocutore. « Siamo al punto di trent'anni fa, giusto, ma le tecnologie di oggi non sono le stesse. »

« È vero » aggiunse un altro consigliere. Gli occhi da siberiano, obliqui e incastrati sotto la fronte, ignorarono il generale. Puntavano dritti al Magister. « Inoltre ci sono stati otto anni di fermo completo e negli anni di crisi della Federazione Russa si lavorava ben poco. Gli anni di scavo effettivo, con le vecchie tecniche, sono stati circa ventidue. »

Due ragazze, i corpi longilinei stretti nei *qipao* rossi arabescati, si avvicinarono al tavolo per servire il tè. Sorridevano imbarazzate e si muovevano impettite, forse impressionate dall'importanza dei presenti. O forse era solo l'alto colletto alla coreana a farle sembrare rigide come automi.

Un po' di soggezione sarebbe stata comprensibile. La sala riservata all'ultimo piano del World Financial Center a Shanghai ospitava spesso riunioni di alti dirigenti dell'economia, cinesi, indiani o di paesi occidentali. Ma un Consiglio di amministrazione della MOST andava oltre gli standard consueti. L'insieme dei presenti controllava il capitale speculativo più potente del pianeta. La Korporatsiya poteva rovinare paesi sviluppati medio-grandi. L'aveva appena fatto.

« Senatore » chiese il Magister, « abbiamo una stima dei tempi per aprire un nuovo pozzo? »

« Sei anni al massimo. »

« Ma abbiamo perso un Hydrobot » tornò all'attacco il generale. « È costato una fortuna, quel drone. »

« E ne abbiamo un secondo in comproprietà con la NASA. Del tutto inutile, a questo punto » aggiunse il Magister. « A proposito: è vero che ha allertato lei la squadra di recupero americana? »

« Un'agente di livello quattro... »

« Non scarichi la colpa su altri. Gli agenti di livello quattro sono solo informatori, se li è scelti lei. »

Il Senatore sapeva che quello era un punto debole sul

quale l'avrebbero attaccato. La Casa Bianca aveva preteso il recupero di Shannon McCain prima di raggiungere Base Vostok e questo era stato un piccolo guaio. Non ce l'aveva con la presidente, sapeva come ragionavano a Washington. Un blitz riuscito ti fa guadagnare un milione di voti, una ragazza morta da sola in mezzo ai ghiacci perché tu hai dato la priorità a un'operazione militare te ne fa perdere dieci. Sono gli elettori a stabilire quei numeri, i politici tirano solo le somme. Ma ora doveva essere convincente e mostrarsi sicuro.

«Quello che è successo alla base russa è stato un bene per noi, credetemi» disse senza abbassare lo sguardo.

«Un bene? In pratica gli abbiamo consegnato l'unico uomo che è stato a contatto con il Vostok.»

«L'alternativa era lasciarlo in mano a Mosca. Ora è in un laboratorio medico della NASA, e quello che sapranno loro lo saprò anch'io.»

«Un altro agente di livello quattro?» chiese con evidente ironia il generale.

«Una fonte affidabile. La teniamo in pugno.»

Lo disse con sicurezza, e non bluffava. La biologa russa passata alla NASA dopo la caduta del Muro era negli USA grazie a lui. E con quello che aveva combinato quando era membro del Partito comunista, a casa non ci voleva tornare di certo.

«Ce n'è abbastanza per dichiarare comunque fallito il Progetto Vostok.» Il generale non si dava per vinto.

«Signori...» Con lentezza studiata il Senatore squadrò gli altri consiglieri, uno a uno. «Ricopro la carica temporanea di Stratego perché mi occupo di strategie.»

«Strategia non significa tempi eterni» lo interruppe il generale.

«Le strategie non hanno a che fare solo con il tempo, ma anche con le posizioni.»

« Il Progetto Vostok doveva darci una posizione dominante tramite il controllo dei mercati energetici, se lo è dimenticato? »

« Vostok significa Est » rispose il Senatore con voce paziente. « Lo ricordo a chi non ha familiarità con il russo. Il trasferimento di potere e ricchezza dai centri finanziari ed economici di Stati Uniti ed Europa a quelli dell'Oriente era la grande mossa. Le piccole manovre sui mercati energetici non erano che strumenti. »

« Strumenti che hanno fallito, tuttavia. »

« Generale, se un guerriero perde la spada nel combattimento ma alla fine uccide l'avversario spezzandogli il collo con lo scudo, lei si sentirebbe di dire che ha fallito? »

Le domande retoriche sono sempre un buon espediente per guadagnare tempo. Il silenzio dei consiglieri incoraggiò il Senatore a proseguire.

« La MOST ha decuplicato la propria ricchezza mobile nell'ultimo mese, ognuno di voi è molto più ricco di prima. »

« Ognuno di noi. Mi risulta che anche lei abbia fatto ottimi affari di recente. »

Il Senatore lo ignorò.

« Inoltre mezza Europa è nostra, il potere americano è ridimensionato, le sedi delle decisioni mondiali sono più spostate a Oriente ora, dove noi abbiamo solide alleanze strategiche. Un nuovo bipolarismo sta nascendo, fra America e Cina. »

« E questo è un bene per la MOST? »

« Certo che lo è. L'anarchia finanziaria degli ultimi due decenni è destinata a finire. »

« Siamo diventati ricchi, grazie a quell'anarchia. »

« Nonostante quell'anarchia, signori. E poi, a che serve avere tanti soldi se non si può costruire nulla di solido? » Il Senatore si spinse in avanti sul tavolo come se dovesse alzarsi da un momento all'altro. « Il terrorismo sarà per forza ridimensionato nella nuova situazione geopolitica, il mondo sarà più stabile, potremo impegnarci in progetti immensi, di cui solo i nostri figli vedranno i frutti. Così ragiona una grande organizzazione. »

Il generale si avvicinò alla vietnamita e bisbigliò qualcosa d'incomprensibile. Altrettanto fece il siberiano. Gli altri consiglieri si limitarono ad annuire. Il Magister riprese la parola.

« Senatore, devo chiederle di uscire. Il Consiglio discuterà a porte chiuse la sua posizione. »

Il Senatore uscì e salì le scale che portavano alla Sky Walk, la passerella superiore del World Financial Center. Da quattrocentosettanta metri di altezza, oltre le spesse pareti di cristallo, Shanghai sembrava quella dei giorni normali. La massa di persone che festeggiavano il Primo Maggio si confondeva nel traffico quotidiano. Gruppi di anziani dall'andatura incerta scendevano dagli autobus, aiutati da giovani volontari, riconoscibili per la bandoliera rossa sul petto. Attorno la nuvola grigia della folla e qua e là microscopici punti bianchi dove si apriva un parasole, accessorio senza il quale una donna cinese non uscirebbe di casa in un giorno di festa.

Molte persone avvertivano un brivido di vertigine osservando Shanghai da quell'altezza, avendo sotto i piedi nient'altro che un pavimento trasparente, motivo per cui avevano costruito quella passerella. Ma la vibrazione che fece trasalire il Senatore aveva un'altra origine: il satellitare lo avvisava di una chiamata. Il tipo di segnale era quello degli agenti di livello quattro. Con un sospiro l'uomo estrasse il telefono, sapeva già cosa aspettarsi, inutile continuare a rimandare quel colloquio.

« Voglio uscire da questa storia! » esordì subito una voce, stridula per la rabbia.

Il Senatore sbuffò senza rispondere, sapeva per esperienza che certe tempeste si calmano da sole, e più con il tempo che con qualsiasi altro rimedio.

« Mi ha sentito? » riprese la voce. « Basta, finito, *c'est fini, todo terminado*, in quante lingue glielo devo dire? »

Shannon McCain continuò, elencando al Senatore tutto ciò che avrebbe voluto fare invece di lavorare per la MOST, i posti che avrebbe voluto visitare, quanto Amanda Martin fosse diversa da come lui gliel'aveva descritta, le avventure che avevano condiviso, come ora si sentisse fuori luogo in quel ruolo di confidente, l'importanza dell'amicizia.

« Non è così semplice » si limitò a replicare lui, approfittando di una pausa nel fiume di parole. « Avevamo un patto o sbaglio? »

« Che prevedeva di tenere d'occhio la dottoressa Amanda Martin e di riferire eventuali contatti fra lei e ipotetici servizi segreti, non di affrontare una banda di ex criminali di guerra serbo-croati o vai a sapere di dov'erano, vestiti come in Guerre stellari e per giunta comandati da uno psicopatico con un taglio di capelli che neanche in galera! »

« Non era lui al comando. Ho sempre avuto io il controllo. »

« Ah, davvero? Anche mentre ero rinchiusa al freddo e al buio in mezzo all'Antartide, prossima alla fine? »

« Non sei mai stata prossima alla fine. Avevi il codice d'emergenza, no? »

« Certo, come no? Il cazzo di tatuaggio che m'avete fatto al polso! »

« Calmati. »

« Ha bruciato come un ferro da stiro per i primi due giorni, lo sapeva? »

« Perché non è un tatuaggio normale. Scomparirà da solo fra un paio di settimane, senza laser e senza dolore. »

Un lungo silenzio confermò al Senatore che la ragazza si era sfogata a sufficienza.

« Potevi richiamarmi, se avevi tanta paura » disse allora. « Prima di mettere di mezzo la Casa Bianca. »

« E come facevo? Lei aveva minacciato di bloccarmi il codice di comunicazione. »

« E così hai chiamato Base Casey, facendo muovere le loro conoscenze a Canberra, eh? »

« Mi restava un'ultima chiamata. Facciamo le cose in grande, mi sono detta. »

« Per recuperare te, la squadra della marina è arrivata in ritardo a Vostok. Per non parlare del fatto che l'operazione è stata diretta dalla Situation Room e io ne ho perso il controllo. Se lo dicessi ai miei partner del Consiglio di amministrazione MOST, non credo che ti ringrazierebbero. Ci hai pensato? »

« Non ringrazierebbero nemmeno lei, dato che ero una sua agente. Mi sbaglio? »

« Comunque in qualche modo ce la siamo cavata » disse lui, ignorando la provocazione. I consiglieri sapevano tutto, in realtà, ed entro qualche minuto gli avrebbero comunicato se godeva ancora della loro fiducia.

« E sbagli a dire che eri una mia agente: lo sei ancora. »

« Se lo scordi. »

« Come pensi di finanziare i tuoi costosi hobby sportivi in futuro, ragazza mia? Materiale ipertecnologico, mesi di preparazione in luoghi assurdi, squadre d'emergenza medica e troupe televisive al seguito: ho fatto due conti di quanto ci sei costata negli ultimi tre anni e non ci volevo credere. Senza contare che potrei rivelare un paio di cose su come ti guadagni da vivere, alla tua nuova grande amica. Chissà come la prenderebbe. »

Tutto ciò che il Senatore udì fu un ronzio d'interferenza.

« Rimani in attesa di ordini » aggiunse allora, e con un sorriso chiuse la chiamata.

Shannon McCain era ancora sotto controllo. Del resto, lui non ne aveva esperienza diretta, ma era sicuro che rinunciare a uno stile di vita dispendioso non fosse per niente facile e, con gli sponsor sempre meno disposti a pagare per folli avventure sportive, lui aveva ancora il punteggio più alto. Come al solito.

Quattrocentosettanta metri più in basso, i preparativi per la ricorrenza continuavano intanto silenziosi. Su un immenso piazzale di cemento, migliaia di scolari, camicia bianca e gonna o pantaloni neri, si allineavano secondo precisi schemi di gruppo, in modo da rappresentare i caratteri cinesi di « Primo Maggio ». Troppo lontani per distinguerne i dettagli, ma il Senatore s'immaginò le cravatte rosse sulle camicie bianchissime a maniche corte.

Con la notte sarebbe cambiato tutto e i fuochi artificiali avrebbero incendiato il cielo di Shanghai. I cinesi avevano molte ragioni per fare festa, il mondo era cambiato nelle ultime cinque settimane più che negli ultimi cinquant'anni. L'intervento di Pechino, appoggiato dalla MOST, aveva contenuto il contagio finanziario e riportato l'ordine in Europa, ma l'aiuto cinese non era stato gratuito. In un colossale episodio di selezione darwiniana la specie più adatta aveva prevalso e un nuovo ordine mondiale era emerso. La Korporatsiya aveva previsto tutto e fatto la scelta migliore. Il Consiglio avrebbe dovuto riconoscerlo.

« Senatore? I consiglieri l'attendono in sala. »

La hostess che l'aveva raggiunto al centro del corridoio trasparente s'era avvicinata con discrezione, quasi in punta di piedi. Accento inglese perfetto, la carnagione scura e il profilo squadrato e largo del viso ne dichiaravano la provenienza tibetana.

Lui la seguì. Il dibattito era stato lungo, segno di sostanziale disaccordo fra i consiglieri.

« Senatore » esordì il Magister. « Il Consiglio ha deciso di rinnovarla nella carica di Stratego per tre anni, in virtù dei successi finanziari ottenuti dalla MOST. »

Il Senatore trattenne con fatica un sorriso compiaciuto.

« Tuttavia » continuò l'uomo, « le chiediamo di non abbandonare il progetto di sfruttamento delle molecole ricostruttive. L'umanità invecchia e gli over sessantacinque assorbono quasi i due terzi della spesa sanitaria: un mercato che non possiamo ignorare. Ma non aspetteremo sei anni. Alla scadenza del suo mandato, tireremo le somme. »

« Vi ringrazio per la fiducia, in un momento tanto difficile » si limitò a dire il Senatore. « Un momento oscuro, per molti ma non per la MOST. »

Accennò con il capo all'ologramma che galleggiava al centro del tavolo, il motto della Korporatsiya: Magna Opera Supererunt Tenebris.

« Le grandi opere sopravvivranno alle tenebre » concluse.

Mentre i consiglieri abbandonavano la sala chiacchierando di come organizzare la serata o scambiandosi proposte d'affari, il Senatore tornò alla Sky Walk.

Oltre il vetro del corridoio sospeso, nella selva dei nuovi grattacieli di Shanghai, la sagoma della vecchia Pearl Tower spiccava nella sua eleganza d'altri tempi. Man mano che il sole calava, l'acqua dello Huangpu assumeva un intenso colore dorato. Il buio saliva e le prime luci artificiali sulle cime dei palazzi disegnavano i contorni della nuova Shanghai.

Il Senatore sorrise. Era tempo di fare nuovi piani.

49

Ruggine

USS Zumwalt, *10 maggio*

In uno dei tanti episodi di depistaggio che avevano accompagnato le prime tecnologie Stealth, un dirigente della NASA s'era fatto fotografare sullo sfondo di un aereo levigato come un sasso di torrente.

«Non possiamo dire nulla, salvo che la forma del velivolo è il punto cruciale» aveva dichiarato alla stampa, lasciando intendere che il segreto dell'invisibilità fosse una carena priva di spigoli, mentre era vero il contrario. Sono proprio i piani netti angolati che, deviando le onde radar in direzioni diverse, riducono il riflesso.

La USS *Zumwalt* era una perfetta dimostrazione del principio: difficile trovare qualcosa di curvo nelle linee dello scafo o delle sovrastrutture.

«Sembra progettata da una fabbrica di auto della Germania Est» aveva commentato Mikhail durante l'atterraggio, osservando la nave dall'elicottero.

Era di cattivo umore da quando avevano lasciato Base Vostok e Amanda aveva ignorato la battuta, ma ora, dopo due settimane di esami clinici da parte dell'unità speciale del Biomedical Research Branch di Houston, imbarcata sulla *Zumwalt*, il silenzio risentito di Mikhail cominciava a pesarle.

Seduta su una panca in compagnia di Shannon e di due tazze di mediocre caffè, nel corridoio di fronte al laboratorio nel quale lui era sotto esame, Amanda aspettava da un'ora di potergli parlare.

« È vero, l'ho convinto io a lasciare la base e a seguirmi » si lamentò con l'amica.

« Il problema è che non gli hai detto nulla dell'accordo con la NASA » disse Shannon. « È una questione di fiducia. »

« Forse non mi avrebbe seguita, se gli avessi detto degli esami. Ma ho preteso il rispetto del protocollo del dipartimento della Salute per le indagini non invasive. »

Amanda era sicura che anche i russi avrebbero comunque sottoposto Mikhail a esami, e magari meno rispettosi del paziente. L'energia con cui il direttore di Base Vostok si era opposto alla sua partenza era stata rivelatrice. Ma con la dispensa semidistrutta, il carburante razionato e i feriti da trasferire d'urgenza, l'aiuto americano gli serviva. La contrattazione era stata rapida. Soprattutto perché Mikhail aveva espresso il desiderio di andarsene e in questo Amanda era stata decisiva. Alla NASA lo avevano riconosciuto e le avevano offerto un posto in prima fila, lì a bordo della *Zumwalt*, anche se ormai lei aveva dato le dimissioni dall'agenzia spaziale.

« E ho voluto esserci anch'io, per controllare » aggiunse. « Non mi pare di averlo fregato, no? »

« Secondo me è tutta scena » rispose Shannon con un'alzata di spalle. « Tu gli piaci. Il silenzio dev'essere il modo russo per fartelo sapere. »

Accartocciò il bicchiere di carta ormai vuoto e lo lanciò con un tiro a parabola, centrando un cestino a quattro metri da lei.

« A proposito » aggiunse, « anche la tipa che sta arrivando ora è russa. »

Shannon accennò a una quaranta-cinquantenne bionda platino, alta e glaciale. Avanzava nel corridoio a falcate decise, con un piglio da parata militare. Il camice bianco di una o due misure in meno del dovuto fasciava un fisico procace.

« Che ne sai, che è russa? »

« Ho sbirciato sul suo badge, in mensa: Natalia Ivanovna, non sembra un nome del Midwest. E mi sono informata: biologa, una importante. »

« E che ci fa qui? »

« Mi pare ovvio: sostituisce te. Hai dato le dimissioni, ricordi? »

Due marine seguivano la donna a breve distanza, ma da come lei camminava sembrava fosse alla testa di un esercito.

Si fermò davanti alla porta del laboratorio, trincerata dietro un mezzo sorriso, squadrò Amanda quasi la pesasse su una bilancia.

« La dottoressa Martin, suppongo » disse.

« E lei invece? »

« Solo una biologa che fa ancora il suo lavoro. »

La donna aprì la porta ed entrò nella stanza.

I due marine si sistemarono ai lati dell'ingresso, schiena alla parete e gambe larghe, come se si preparassero a restare là per ore. Era abbastanza ovvio che la presenza di Amanda nel laboratorio non era prevista, o almeno non ancora.

« Quella ha tanto silicone in corpo che non affonderebbe nemmeno ingoiando un'ancora » disse Shannon. « Dai, non fare quella faccia » aggiunse poi, di fronte all'espressione malinconica dell'amica. « Se vuoi, gli parlo io, a Mikhail. Non fosse stato per me, a quest'ora marcirebbe in qualche laboratorio militare in Siberia. »

Shannon lo disse con un certo sussiego. Era l'ennesima volta che ricordava come fosse stata brava a sbloccare la radio e a mobilitare la squadra di recupero della US Navy, conducendola a Base Vostok.

« Scritta a margine degli appunti di quel pazzo. Ancora non riesco a credere che avessimo la password sotto il naso e che ci sia sfuggita » disse Amanda.

Le sarebbe piaciuto rivedere quelle carte, ma l'ultima ricognizione satellitare aveva mostrato un grosso avvallamento nel punto in cui avrebbe dovuto esserci la base MOST. Se c'era stato davvero un veicolo, qualcuno l'aveva spostato. Forse i russi, oppure la Korporatsiya, che magari aveva altri uomini in Antartide.

« È strano, no? » disse ancora. « Li avevo letti con attenzione, quegli appunti, e non avevo visto annotazioni che somigliassero a una password. E neanche Mikhail. »

« Ti assicuro... »

Grida provenienti dalla stanza di Mikhail, accompagnate dal rumore di oggetti infranti, interruppero la replica di Shannon.

« Sembra che lo sciopero del silenzio sia finito » disse lei.

Si alzò in piedi e afferrò con un gesto rapido la maniglia della porta, spalancandola. I due marine, sorpresi, si mossero in ritardo. Uno di loro si portò alle spalle di Shannon, afferrandola per i polsi, ma lei si lasciò cadere, cominciando a scalciare e costringendo anche l'altro a intervenire.

Amanda ne approfittò per entrare.

« Signora, si fermi subito! » gridò uno dei due militari, impegnato a proteggersi dai calci di Shannon, che il collega tratteneva a terra per le braccia. Ma Amanda era già dentro.

Mikhail era seduto su una branda d'ospedale, collegato a un apparecchio biomedicale da cannule e fili elettrici che partivano dal torace e dal braccio destro. Con il sinistro aveva afferrato una siringa.

Amanda la vide sibilare come un proiettile in direzione della russa, appiattita alla parete della stanza, e mancarle il viso di pochi centimetri, esplodendo in cocci sulla coriacea pelle in fibra di carbonio della *Zumwalt.*

« Fuori di qui! » gridava lui. « Portatela fuori o l'ammazzo! »

« Mikhail! » gridò Amanda.

« Amanda! »

Poi due braccia grandi come idranti l'afferrarono, trascinandola fuori.

« Complimenti, ottimo lavoro! » riuscì a gridare in direzione della russa appena prima che i marine chiudessero la porta.

Un'ora più tardi, Amanda era seduta nella saletta riunioni superiore dello Ship's Mission Center, il cervello unico della nave, incaricato di gestire tanto i servizi quanto il combattimento. Oltre il pannello trasparente del ballatoio in cui era situata la stanzetta, Amanda poteva vedere i tre grandi multi-mission display sistemati a parete al piano inferiore e le prime due file di workstation individuali dedicate agli analisti. Di fronte a lei, oltre un tavolo rotondo e un bricco di caffè più che passabile, omaggio del comandante, sedevano il direttore del dipartimento di Esobiologia della NASA, una donna in camice bianco presentatasi come responsabile delle analisi cliniche e un uomo con una mimetica da fatica, ma non era un militare o comunque non della *Zumwalt*, dato che non aveva badge.

« Una vecchia conoscenza dei tempi della Russia, la dottoressa Ivanovna » le stava spiegando il suo ex capo. « Uno dei tanti cervelli fuggiti dopo la caduta del Muro. Lavora con noi adesso, ma sembra che tra lei e il russo ci fosse qualche vecchia ruggine. »

« A quanto pare » disse Amanda, senza sorridere. La presenza di quella donna aveva fatto infuriare Mikhail al punto di minacciare lo sciopero della fame. Lei era riuscita a farla allontanare dalla nave e a calmare lui. Il personale del Biomedical Research Branch aveva apprezzato, ma sembrava che ci fosse dell'altro. Non l'avevano certo convocata nel punto più segreto della nave per offrirle un caffè.

« Mikhail mi ha promesso che terminerà il ciclo di esami. »

« Non è quello il problema, Amanda. »

« Dottoressa Martin » esordì la donna in camice bianco. « Nei primi giorni i traccianti radioattivi a basso dosaggio hanno segnalato un elevato turnover cellulare. » Consultò i fogli davanti a lei prima di proseguire. « Gli esami a valle hanno riscontrato un aumento delle fosfatasi e di altri enzimi coinvolti nel rinnovo delle cellule ossee. Poi è sparito tutto. »

« Interessante. Per questo mi avete convocata qui? Mikhail mi ha detto che gli avete fatto trasfusioni di sangue massive: posso sapere perché? »

« Qualche ustione superficiale s'è cicatrizzata più in fretta del normale, dottoressa Martin. Tutto qui il miracolo del Vostok? » le contestò ancora la donna, ignorando la domanda.

« Quando ci lascerete andare? Avevamo un accordo. »

« Ecco, appunto. Qualcuno dice che ti sei inventata tutto proprio per negoziare quell'accordo. »

« Cosa? È ridicolo! »

« Io ti credo, Amanda. »

« Quindi cosa vorreste fare? Riportarmi in America per rispondere di omicidio di secondo grado? »

« Tecnicamente siamo già in America » disse l'uomo in mimetica, che fino a quel momento aveva solo ascoltato e non si era neppure presentato a inizio riunione. « Questa è una nave militare degli Stati Uniti. »

« Ma non stiamo navigando in acque americane » disse Amanda.

« Non la riguarda dove navighiamo. E comunque non cambia nulla. »

« Vedi, Amanda, il fatto è che la tua posizione è delicata, e lo è anche quella di Mikhail Rebko. Lui è un cittadino straniero, e di un paese con il quale non vogliamo tensioni. Tu, ufficialmente, una ricercata. E la cattiva notizia è che non possiamo fare niente per far cadere quell'accusa. »

« Quindi il nostro accordo è saltato? »

« Lui non è più di alcuna utilità, per noi, come ti hanno appena spiegato. »

« E io? Sono inutile anch'io, giusto? »

L'ex capo di Amanda sospirò, abbandonandosi sullo schienale della sedia.

« Sicura di voler dare le dimissioni? »

« Le ho già date. »

« Le tue decisioni sono molto egoistiche, Amanda. Ma se le confermi, non rimane che lui. » Indicò lo sconosciuto in mimetica.

« Quest'uomo è stato il mio capo per anni alla NASA » disse Amanda. « Questa donna è specializzata in biochimica clinica. Lei invece? Non si è presentato, posso sapere qual è la sua specializzazione? »

« Io? » disse l'uomo, guardandola come se volesse ucciderla e stesse solo riflettendo sul modo migliore per farlo. « Io faccio sparire le persone. »

50

Epilogo

Cairns, 10 giugno

La Trinity Inlet era stata il migliore rifugio di tutta l'Australia per gli idrovolanti della RAAF, negli anni della guerra contro i giapponesi. L'agente immobiliare l'aveva sottolineato più volte per convincere Amanda ad affittare la casa. Aveva descritto i giganteschi Catalina a due motori mentre ammaravano, rimbalzando come pietre piatte sulla superficie smeraldina dell'acqua con una scia di spuma bianchissima a poppa, quasi ne fosse stato testimone.

Amanda l'aveva affittata solo perché era a un chilometro da Cairns ma lontana dalla confusione. E perché aveva un comodo pontile: bastava scendere le due rampe di scale che partivano dal terrazzo per avere un mare di verde lussureggiante tutto attorno. Animali dovunque, dalle iguana alle tartarughe azzannatrici, ai pappagalli dal becco rosso o alle farfalle Birdwing, più grandi di una mano aperta. Bastava avvicinarsi alla riva per vedere i flathead o i grossi barramundi pascolare pigri sui bassi fondali. Un inno possente alla vita, aria pura per Amanda. L'alcol era un fantasma sepolto, ormai.

Era difficile immaginare quel posto come base militare. Nel labirinto di canali della vasta zona umida che separava la casa dalla città, l'unico conflitto riguardava i diportisti locali. Come ogni fine settimana, dilagavano nell'ansa fra la penisola di Yarrabah e l'Admiralty Island e sgomitavano per guadagnare l'ormeggio migliore. Poi davano fondo e accendevano i barbecue. Più o meno le stesse cose che facevano nelle sere feriali nei giardini di casa. Più o meno le stesse cose che si preparavano a fare lei e Mikhail.

Lui era sulla spiaggia in quel momento, un puntino scuro sulla striscia di sabbia dorata stretta fra gli imponenti ammassi di mangrovie. Un puntino che si avvicinava mentre alzava orgoglioso una preda.

« Mikhail deve avere fatto buona pesca. » Shannon, stravaccata sulla sedia a dondolo al centro della veranda, era già alla terza birra. « A proposito di pesca, voi due state insieme o no? »

Amanda sospirò. Non avrebbe voluto farlo, si sentiva ridicola e sapeva che c'erano ancora delle cose da chiarire con Shannon, ma era più forte di lei. Quando pensava a Mikhail, si sentiva sciogliere lo stomaco.

« Fino a un mese fa non voleva neanche parlarmi, sai? Diceva che l'avevo venduto. »

« Se è così, avete fatto grossi progressi. Sembravate in attesa dell'uragano Katrina. »

Shannon li aveva sorpresi abbracciati come due adolescenti quando era arrivata, un'ora prima.

« Comincia a capire che ho fatto la cosa migliore per entrambi. Io, del resto, ho mandato al diavolo la mia carriera di esobiologa. »

« Sei l'insegnante di scienze più desiderata di Cairns, di cosa ti lamenti? »

« Chi ha detto che mi lamento? »

La vita con Mikhail andava alla grande. Lui era pieno d'energia e anche se a volte s'infiammava per questioni che a lei sembravano insignificanti, riusciva a infonderle calma e trovava sempre il modo di farla stare bene.

« Ci vieni alla festa sulla *Zumwalt*, stasera? » chiese Shannon, aprendosi un'altra birra.

Sul lato opposto del vasto specchio d'acqua, dove il relitto interrato di un vecchio ferry-boat si stagliava orgoglioso come navigasse ancora, un gommone della US Navy scivolava lento nella corrente. I marinai a bordo sembravano occupati a pescare. Qualcosa per integrare la mensa di bordo o magari sorvegliavano proprio lei e Mikhail. La nave madre, la USS *Zumwalt*, era parte di una visita promozionale della US Navy presso gli alleati del Pacifico, almeno questa era la versione ufficiale. La *Zumwalt* non si vedeva ma Amanda sapeva che era ormeggiata a Cairns, oltre l'isolotto. Aveva ricevuto già quattro chiamate dal suo ex capo e un sms del comandante l'aveva invitata a bordo per la cena. Lei non aveva risposto.

«Allora, ci vieni o no?»

«Te lo scordi. Ci vai da sola, alla festa.»

Shannon era la più attiva presenzialista che Amanda conoscesse. Prime cinematografiche, concerti di star del rock: non si perdeva un evento mondano anche fuori dall'Australia e passava più giorni in volo che a Cairns, sempre che non fosse impegnata in qualche prova sportiva ad alto rischio. Per fortuna s'era fatta cancellare quel lugubre tatuaggio sul polso, quello con il testamento. Ad Amanda era parso un buon segno.

«Dai, perché non venite tutti e due? Hai paura che se lo riprendano, il tuo russo?» la incalzò Shannon.

No, impossibile. Il corpo di Mikhail non ospitava alcuna traccia di vita sconosciuta, o almeno non più. Alla fine del lungo ciclo di esami, i medici avevano fatto a Mikhail qualche biopsia, poi s'erano arresi e l'avevano lasciato andare. Tutto sommato, Vostok aveva regalato ad Amanda più felicità di qualsiasi altro luogo della Terra. La regola del freddo era stata sconfitta.

Shannon sorrideva, sulla sedia a dondolo, in attesa di una risposta.

«Siamo cittadini australiani, ormai» disse Amanda. «E

poi non mi va di rivedere quella gente, rifare i soliti discorsi. »

« La stessa cosa vale per me. » Con un balzo, Mikhail superò gli ultimi gradini che portavano alla veranda. Alzò un barramundi di almeno un paio di chili. « La cena è qui. »

« Lo sai che quella nave è un posto speciale » provò a insistere Shannon. « Ci sarà un sacco di gente che conosci. »

« Ecco, proprio per questo non mi va di venire. E nemmeno a Mikhail. Se vuoi restare a cena, sei la benvenuta. »

« Come no? A reggere il moccolo a voi due che vi guardate negli occhi e giocate a Giulietta e Romeo? Grazie per la birra. »

Shannon si alzò. Senza salutare, attraversò la veranda e scese le scale che portavano al molo.

« Sei sempre la mia migliore amica, Shanny. »

« Anche tu. » Shannon alzò il dito medio al cielo, senza voltarsi.

Amanda si appoggiò al parapetto della veranda, sperando in un gesto di saluto di Shannon, ma l'amica si allontanava a passi decisi.

« Se non m'andasse di aiutarti a cucinare? » chiese Amanda, alzando la voce perché Mikhail dall'interno la sentisse.

« No problem! » rispose lui.

Quel rifiuto di raggiungere gli ex colleghi della NASA le era pesato. Forse in una serata diversa avrebbe detto di sì, chi poteva dirlo? Anche se lì in Australia, con Mikhail, sentiva di avere costruito un equilibrio nuovo, come una seconda vita, c'era qualcosa di quella precedente che era rimasto in sospeso, come una pratica aperta che, proprio perché la si possa dimenticare per sempre, richiede prima di essere completata. Ma era anche bello starsene lì, in attesa della cena, da consumarsi in terrazza mentre il sole se n'andava.

A metà del canale, l'Explorer Crocodile carico dei primi turisti della stagione si apriva a fatica una strada nelle acque calme e verdi, fra i mille piccoli sloop ormeggiati e le ingombranti barche-casa, l'ultima follia della moda locale.

Dall'interno arrivava la voce di un radiogiornale.

« ... paradossale, ma dopo il tramonto dell'Europa come potenza economica è un pianeta con lo stesso nome a conquistare l'attenzione dei governi del mondo. La straordinaria scoperta sulla luna di Giove potrebbe infatti aprire orizzonti sconcertanti. I radar della sonda Galileo IV hanno inoltre... »

« Misha, alza il volume! »

La brezza di terra dall'interno aveva preso a soffiare con discrezione, portando un'illusoria sensazione di frescura che invece solo la notte avrebbe assicurato.

« ... non hanno voluto commentare la notizia di un presunto enorme cilindro metallico rilevato dai radar satellitari sotto la crosta ghiacciata di Europa. »

Mikhail raggiunse Amanda sulla terrazza. Nelle mani stringeva una piccola web-radio e sembrava senza parole.

« L'Agenzia nazionale cinese per lo spazio, nuova proprietaria di Galileo, prepara una missione di sbarco, ma la MOST Korp, principale finanziatore del programma di esplorazione di Pechino, non intende escludere la NASA. »

« Che ne pensi? » le chiese lui.

« Alimenterà centinaia di siti complottisti e fra una settimana diranno che s'erano sbagliati » rispose Amanda, affacciandosi alle scale che portavano al molo.

« Forse hai ragione. »

« E se anche fosse vero, non lo direbbero certo a me. »

« Non più, immagino » sospirò Mikhail. « Allora, come lo facciamo questo barramundi? Al sale o alla griglia? »

Sul pontile, rallentata dalle molte birre, Shannon stava ancora litigando con le cime d'ormeggio del gommone.

Il giorno seguente, Amanda avrebbe preso servizio come ogni giorno alla Cairns Tropical School, sarebbe entrata nell'elegante palazzina progettata – come le colleghe non mancavano mai di sottolineare – da un architetto di Sydney, e avrebbe firmato un registro. Consigli di classe con i genitori, valutazioni degli studenti, esercitazioni di laboratorio: era quella la sua vita ormai, altro che misteri interplanetari.

Oltre l'ansa della Trinity Inlet, la USS *Zumwalt* prendeva il largo, forse per dare fondo lontano dalla costa e offrire più privacy ai suoi ospiti.

Mentre il caccia americano si portava lento al centro del canale, Amanda non poté fare a meno di ammirarne la silhouette pulita e squadrata, la prua a sperone come le navi d'inizio Novecento. C'era qualcosa di elegante e aggressivo insieme, in quel profilo. Qualcosa che nessun edificio progettato da un architetto di Sydney, o New York, Milano o qualunque altro posto, avrebbe potuto eguagliare.

«Allora, hai deciso?»

La voce di Mikhail la sorprese, imbarazzandola come se le avesse letto nel pensiero, poi Amanda realizzò che si riferiva al barramundi.

«Non so» disse senza riuscire a staccare gli occhi dalla baia, dove le luci ambrate di poco prima avevano lasciato il posto alle tonalità violacee del crepuscolo.

«Be', inizio a pulirlo, intanto» disse lui rientrando.

Verso est, oltre Glen Boughton, a più di due ore dal culmine notturno, Giove era già visibile. In un cielo che presto una debole falce di luna avrebbe lasciato preda dell'oscurità, il puntino biancastro sarebbe diventato più brillante ancora. Con un buon binocolo, Amanda avrebbe persino potuto vedere il transito di Europa. Roccioso, coperto dai ghiacci e con una tenue atmosfera di ossigeno, quell'astro non molto più piccolo della Luna aveva qualcosa in comune con l'ambiente antartico. Le sonde avevano segnalato la presenza di silicati compatibili con forme organiche, ma anche se erano solo congetture e prove concrete non ce n'erano, Amanda non poteva fare a meno di pensare a un dramma teatrale studiato a scuola. Quando Eva discuteva con il Serpente, argomentando con fatti concreti, cose che lei vedeva e sentiva, e l'altro l'accusava di non saper andare oltre l'esistente, di fermarsi ai cinque sensi.

« Io penso a ciò che ancora non esiste » le diceva lui. « E mi chiedo: perché no? »

Vinta la battaglia con le cime d'ormeggio, Shannon era un puntino lontano nell'acqua piatta, al termine di una scia bianca in direzione della periferia meridionale di Cairns, dove le prime luci artificiali facevano brillare le gru e i ponteggi metallici del cantiere navale.

Mikhail aveva sintonizzato una stazione musicale, intanto, e sull'onda di un suono a metà strada fra samba e rock una suadente voce maschile s'insinuava nella terrazza, saturando l'aria fresca della sera come una nuvola d'oppio. Le note calde e vibranti di un basso accarezzarono la pelle di Amanda e lei si lasciò stringere da quell'abbraccio ipnotico – e se avesse avuto ragione il Serpente? –, si sciolse i capelli e al ritmo incalzante delle percussioni rientrò in casa a passo di danza.

Nota dell'autore

La prima volta che mi capitò di leggere del lago Vostok pensai di avere capito male: non poteva essere vero.

Era l'inizio del 2012 e i principali quotidiani avevano annunciato che il 5 febbraio, alle 20.25 ora di Mosca, alla quota di meno 3769,3 metri dalla superficie antartica, un team di ricerca aveva raggiunto il più grande e antico lago subglaciale conosciuto. Erano articoli divulgativi, verità scientifiche e fantasia si sovrapponevano, eppure mi lasciarono senza parole. Un lago sotto quattromila metri di ghiaccio, forme di vita sconosciute, russi e americani, un pozzo che aveva richiesto trent'anni di scavi, misteriose sagome radar, anomalie magnetiche: in poche righe c'era la sinossi di un thriller.

All'epoca, con qualche breve racconto all'attivo e ancora alla ricerca di un soggetto adatto per il mio primo romanzo, mi sembrò una premonizione irresistibile. Il lago Vostok era tanto sorprendente da sembrare inventato e il primo passo fu separare, nella vasta letteratura disponibile in materia, fantasia e realtà.

Primo dubbio: può esistere un lago sotto la superficie antartica? Sì, infatti ne esistono quasi 400, molti dei quali comunicanti fra loro. Esteso come l'Ontario, il Vostok è coperto da una zolla di ghiaccio alta quattro chilometri e grande come la Calabria. Con una temperatura di soli tre gradi sotto zero, si mantiene allo stato liquido per l'enorme pressione cui è sottoposto e (forse) anche per attività vulcaniche. I russi (in realtà con la collaborazione americana e francese fra il 1996 e il 2000) hanno davvero scavato per circa trent'anni per raggiungerlo. Sospettando la presenza di un lago fin dal dopoguerra, iniziarono gli scavi nel 1967, anche se solo dagli anni '80 in modo sistematico. L'esistenza ufficiale del Vostok è stata annunciata nel 1994, in un convegno a Roma.

Cosa lo rende unico? L'isolamento, soprattutto. Risale a quando l'Antartide aveva un clima caldo, con fauna e flora di tipo tropicale. Sigillato dal ghiaccio in seguito ai mutamenti climatici circa 15 milioni di anni fa, dovrebbe contenere, nello spesso strato di sedimenti del fondo, reperti biologici introvabili altrove.

C'è vita nel lago? Al momento della pubblicazione di questo romanzo, la questione è controversa. Finora due sole sonde hanno raggiunto il lago (la seconda nel 2015) ed entrambe hanno riportato in superficie migliaia di forme di vita di tipo batterico. Tuttavia nel primo contatto potrebbero essersi verificate contaminazioni da parte del liquido di perforazione pompato nel pozzo allo scopo di contrastare la pressione del ghiacciaio. I campioni prelevati nella seconda esplorazione con una diversa tecnica dovrebbero essere più affidabili. Ma per una risposta certa sarà necessario esplorare a profondità maggiori. Tuttavia nel 2015 un Hydrobot della NASA ha scoperto nuove forme di vita, fra cui tre specie di pesci, nel lago subglaciale antartico Whillans, a oltre 700 metri di profondità, in condizioni ambientali simili (ma non identiche) al Vostok. Le riviste *Nature* (21 gennaio 2015) e *National Geographic* (30 gennaio 2015) ne hanno dato conto.

C'è atmosfera sulla superficie del lago? Dinamiche complesse possono incorporare ossigeno, trasportandolo in profondità. I ghiacciai sono lenti, ma quello del Vostok ha avuto milioni di anni a disposizione. Schiacciato dal peso del volume sovrastante, lo strato d'ossigeno potrebbe avere uno spessore minimo, oppure significativo: le previsioni dei modelli sono controverse. Nei punti di contatto delle due sonde finora inviate non c'era atmosfera.

E il misterioso cilindro in fondo al lago? Quotidiani anche importanti ne hanno parlato al momento del primo contatto, ma senza citare fonti o prove concrete. I Sound Penetrating Radar americani, russi e anche italiani hanno scandagliato a lungo, senza rilevare forme geometriche anomale.

Esiste davvero un pozzo che comunica con la superficie? Sì, ma nella parte finale misura meno di venti centimetri di diametro, sufficienti per una sonda, non per uno scafandro. Le tecniche di scavo nel ghiaccio sono però molto migliorate, proprio in questi mesi, e la prospettiva di un pozzo più largo appare oggi impegnativa ma non impossibile. Peraltro nel Vostok c'è una pressione equivalente a un fondale di 3500 metri circa, mentre gli scafandri attuali reggono fino a 600 metri di profondità. Inviare un uomo invece di un robot oltre quel limite sarebbe poco conveniente, tuttavia tecnicamente realizzabile.

Ma non è tutto qui.

I luoghi non sono semplici spazi, e per capirli non basta rispondere a domande su coordinate o temperature e pressioni. Ciò che li rende unici è la vita che ospitano, quella umana prima di tutto.

La stazione antartica Vostok ha una popolazione, uomini e donne che la abitano da più di mezzo secolo. Ricercatori che lavorano, azionano trivelle a decine di gradi sottozero, si muovono con enormi trattori derivati dai semoventi dell'Armata Rossa, vivono per quattro mesi l'anno nel buio completo, giocano a biliardo (sì, il tavolo esiste davvero), festeggiano i progressi degli scavi con bevute collettive, si muovono in un piccolo villaggio senza tempo, dove a un quarto di secolo dalla fine dell'URSS non è raro vedere i simboli di falce e martello dipinti sulle pareti delle baracche, e CCCP è il modo prevalente per scrivere Russia. Le fotografie della base raccontano storie e altre le lasciano immaginare. Uomini che mangiano e chiacchierano, spalla a spalla, le lunghe barbe e i maglioni sformati e fuori moda, proprio il cliché dello studioso dei film hollywoodiani, in stanze le cui pareti sono tappezzate di vecchie carte geografiche e di scaffali pieni di libri. Su un poster dell'incrociatore *Aurora*, tappi di champagne fissati con puntine da disegno e accanto a ognuno una cifra scritta con un grosso pennarello: la quota raggiunta dal pozzo G-5. Nella penombra di una stanza, illuminata solo dal riverbero degli indicatori analogici d'un apparato radio che sembra emerso da un altro secolo, un uomo chino sui comandi: cosa sta dicendo ad altri uomini o donne, a migliaia di chilometri da lui? In un blog in lingua russa ho letto storie appassionanti di piccole avventure quotidiane sempre a un passo dalla tragedia: un convoglio che smarrisce la rotta, la caduta in un crepaccio, un incendio a bordo di un Karkhovchanka. Narrate da uomini che hanno la mia età o anche più vecchi e rivolte ai ricercatori della base Vostok di oggi, testimoniano lo sforzo di tre generazioni di russi nell'esplorazione del luogo più freddo e inaccessibile del pianeta.

È leggendo quei racconti e guardando quelle facce che è nato il personaggio di Mikhail; e pensando alla sua storia, quello di Amanda; e pensando a lei, quello del suo antagonista, Gabriel. Tre esseri che hanno reagito in modo molto diverso al dolore che li ha segnati e per motivi altrettanto diversi proiettati verso il Vostok e i suoi segreti, attratti da quel punto misterioso come da un magnete. Perché è quello, alla fine, il centro gravitazionale del romanzo: geografico, narrativo ma anche umano.

Non sono mai stato in Antartide ma i tanti resoconti,

i diari e i post on line di chi opera e vive fra quei ghiacci – inclusa la pattuglia italiana di Base Concordia – non hanno fatto che confermarmi ciò che ho appreso in anni di lavoro con tante comunità locali: anche il luogo più affascinante della Terra lo è soprattutto grazie alle persone che lo abitano.

Ringraziamenti

A Fabrizio Cocco, editor Longanesi, per le mille cose che mi ha insegnato nel processo di preparazione di un libro, incluse prospettive attraverso le quali osservare un romanzo, che rimarranno nella mia « cassetta degli attrezzi ».

A Giuseppe Strazzeri, direttore editoriale Longanesi, per avere pubblicato uno sconosciuto esordiente in una collana prestigiosa.

A Raffaella Roncato e Tommaso Gobbi, Elena Pavanetto, Giacomo Lanaro e Giulia Tonelli, per la convinzione e le belle idee con cui hanno sostenuto questo libro.

A tutta la redazione Longanesi, a partire da Patrizia Spinato, e ai vari lettori che hanno contribuito, con commenti e osservazioni originali, a migliorare la storia che ho raccontato.

A Mario Marchetti e a tutto il Premio Italo Calvino, sia per avermi dato l'opportunità di essere notato da Longanesi, sia per specifici consigli su questo romanzo.

Indice

Fotocomposizione Editype s.r.l.
Agrate Brianza (MB)

Finito di stampare
nel mese di maggio 2016
per conto della Longanesi & C.
da ELCOGRAF S.p.A.
Stabilimento di Cles (TN)
Printed in Italy